陳映真全集

4

1979
—
1981

人間

目次

如何建立嚴肅的批評制度[1]

當代台灣的文學批評，大約有兩種：一種是互相標榜，一種是訓練有素的學者以他們受過訓練的眼睛、方法去接近作品，再加以分析出來的。

這兩種批評當然可以幫助讀者去了解作品。

而我覺得，目前，台灣最缺少的一種文學批評，即思想的批評。我由這個觀點來回答，或許不太切題。

不過，我一直認為思想是一切文化、藝術的靈魂。這可證諸世界偉大的作品，較明顯的是舊俄時代的文學作品，像杜思妥也夫斯基的作品，看完了總是很沉重、叫人很嚴肅地要想到人生的各種問題；杜氏作品說明了偉大的作家必有一偉大的信念，對人，對人與人的關係，人與世界的關係；以及人怎麼活下去的問題，都有一套解釋。是這套解釋感動我們，啟發、教育我們，也批評了我們，安慰了我們。

尋找作者的意圖

我讀作品時比較注重的是，作者想要表達些什麼——什麼樣的人生觀？他對世界有一番什麼樣的解釋？他的看法對活著的人有什麼啟示？這是我所關心的。如果我寫的批評還是文章的話，立意也在這兒。

追蹤作者提出的見解

文學批評，不僅是剖析作者提出的人生觀，而且還在於為什麼要提出如此的一套見解；那必然跟這個時代有極大的關係。比如說宋澤萊的小說〈打牛湳村〉裡的世界離不開今日的農村，若不了解今日台灣農村問題，便無法深入了解〈打牛湳村〉裡的一些問題。

我從事批評，比較不注重技巧的問題。一篇小說值得我評的，必定是技巧已經達到一定水準的作品，否則它不會打動我。宋澤萊的作品令我驚奇，但是讀的時候並沒有先從技巧的觀點仔細去分析。我認為技巧並不重要。

不論順著說，倒著說，技巧都只是根本條件而已，一個具有文學天賦的人，儘管不曾受過技巧訓練，也可以創造出一套文學技巧出來，而變成藝術品。

技巧的確是第二次元的東西，是次要的。

進一步對作者的解釋提出評斷

第三個要素，就是進一步對作者的解釋，提出評斷。

如果有個作者也寫〈打牛湳村〉那樣背景的小說，他所寫的農民卻是戴著斗笠的快樂優游的知識分子，批評者就該對他的小說世界有所分析，以現實條件去比較，討論作者對農村的這番解釋。這種解釋是對是錯？為什麼作者做這樣的解釋？這種解釋可以幫助讀者了解農村？或只是對農村的一種戲劇化的歪曲？

批評受制於各時代的文學思潮

但是，批評並沒有恆久不變的原則；如莎士比亞的作品在英國文學史上，每個歷史時代給予的批評都不太一樣，有的朝代對他評價很高，有的評得比較低；而同樣給予高評價的批評，其著重點也不一樣，或從其某一特點及精神分別下評，各個時代的解釋不盡相同，就是因為各時代的文學思潮有所流變的緣故。

由此可見，批評不是絕對的；是受各個歷史時期的社會、經濟、文化、政治等因素所影響的當代思潮所左右。若不能依此去理解，則我們必不能了解，今日公認的好作家，為什麼必須經過那麼多年之後才受到重視，甚至有很多作者身後才得到他的文學地位，最明顯的就是日據時代的台灣文學。這的確是時代的氛圍、思潮所造成的。

但我們可以舉出多位文學藝術泰斗，儘管受到當代批評的殘酷待遇，可是等一切條件齊備之後，他的成就還是會張顯出來。

而作家所以在作品中提出一個問題，並不由於他個人的聰明，是因為他所居住的時代、環境已經具備了他提出或思考該問題的條件。如果在個人價值還不被重視的時代，作家就無法提出有關個人價值的問題和批評；又如婦女地位的問題，非到個人主義倡行，婦女可以獨立謀生，婦女解放思想也不會出現；所以批評家不能以今人的眼光去批評他，他是受制於當時的社會條件，他的思想也跳不出那個框框。

一個先進的作家、批評家只不過是比常人敏感，可以預見別人所不見的問題。但那個問題已經存在，或已經在望了。

學院派批評，或以某一哲學派別去解釋作品，有人以存在主義學說去分析，有人用弗洛依德的觀點去分析，或從生理學、社會學的角度去分析，這種種方法無非是給作品以不同角度的解釋。往往，愈偉大的作品，解釋的角度愈多，有的批評家窮畢生心力只為了研究一部作品或某位作家，像《紅樓夢》這樣偉大的作品可以造就一門「紅學」。

由此，我們看到了批評的無限可能性，一方面，也看到了批評的限度。

批評會帶來抑壓嗎？

至於批評對文學作品是否會帶來抑壓的問題，我想這是批評的力量的問題。假使文學的批評標準像中世紀教會對人的要求，凡事都要符合上帝對人類的計畫，違反這個計畫就被視為異端，像大陸文革時期的幾個樣板，除了那幾個樣板，其他都不算作品——這當然是一種抑壓。但，我們得弄清楚，這類的批評，算不算是批評？

所以從全面看，這種批評對文學作品構不構成壓迫——我相當懷疑。如果有的話，大概也不會太大。

綜合說來，批評不是對作品的審判，而是一種——闡釋吧！這種闡釋受制於時代各個不同的思潮和價值體系，是因時而變的。我們只能要求以內容、思想為主，去分析，我認為這是目前台灣比較需要的批評方式。

當然，一個批評家下筆必須公正——這是起碼的條件，這已經不是批評的問題，恐怕只是批評家的人格、對待事情的態度吧！

初刊一九七九年十月《書評書目》第七十八期

1 本篇刊載於《書評書目》的「如何建立嚴肅的批評制度」專題。系列文章前有林依潔的編按文字：「姑且不論這樣的討論，是否會流於形式，是否真能畫出文學評論的座標；至少，這些專家們的意見讓我們確信：空洞的、言不及義的文學批評早已被揚棄了。／文學批評必須正視文學內容，而不當再助長弱質的、漫無目的的感傷主義或抒情主義的文學心靈。從這次的理性談話中，我們已經隱約看到一片文學批評開發地——文學批評家以其器識、學養，拋卻私心，為我們拓出更高大恢廓的文學領域。／這是我們的意願。／針對『如何建立嚴肅的批評制度』這個論題，我們一共訪問了八位報紙副刊編輯、出版社負責人、作家、評論家，分別就『我國目前的文學評論流派』、『我國文學批評的缺失』、『被訪問者所期待的文學批評面貌』……等方向討論，並請被訪問者就個別立場，提出具體的看法。／我們除採取對談的方式外，何欣、彭瑞金、蔣勳三先生則分別以書面提出意見。／發表順序按被訪問者姓氏筆畫排列。」，本文僅摘錄陳映真的部分。

關於「十・三事件」1

〔《美麗島》雜誌〕編案者：

青年名作家陳映真（永善）歷劫二天歸來後，以他慣有的筆調寫下這篇感人的記述。我們基於某些考慮，從略了文中記述作者思想情況的部分（約二千三百字）。作者說這「為的是向海內外關心我和錯愛於我的朋友們，告白我目前的政治見解的大略。也為的是我深深地感到，表達個人最深切、最真摯的思想之自由，是今天中國人應不惜以生命去換取的權利。」我們知道這使本文減色不少。我們悲切地希望我們的下一代能不再背負我們這一悲哀！這是我們應該告白於讀者並向作者致歉的！

從本文的記述中，我們可以看出軍法當局在處置本案時的作法較過去是有了改善，我們希望這是一個善意革新的開始！

十月三日早晨約莫七點四十分，內人才上班不久，我正在客廳讀報，一夥年輕的治安人員驀然闖了進來。

「我們是調查局，想請你去一趟。」

一個年輕人在胸口袋裡掏一下派司，又塞進口袋裡。我無言地起立，在他們的簇擁中，到樓上的臥室換下睡衣，隨便換上一身便服，又復在簇擁之中，下了樓。

「有證件嗎？」我無氣力地說。

有人讓我看文件。警備總部軍法處的拘票，說是涉嫌叛亂，拘捕防逃！

——為什麼？怎麼會？這是怎麼回事啊！

一種絕望性的疑惘，在他們驀然闖進的片刻就攫住了我。一年多來，我淪落商界，為生活奔忙，過著沒有時間讀書、寫字、思想的日子，萬萬想不到他們連這樣的我也不肯放過。

和十一年前一樣，我被兩個人一左一右地挾持著，坐進一部大轎車。放眼望去，整條巷子若說十步一崗，五步一哨，大約也不為過。車子就那樣停了約莫三、四分鐘。「在搜索中罷……」我茫漠地想。而車子也終於開動了。

我看見他們收崗收哨，人數之多，令人困惑。一路上，他們還好幾次用無線電對講機聯絡著。

——全面性的逮捕罷……。

我憂愁地想著。晨起空腹抽菸，覺得尤其的辛辣、焦渴。然而他們也讓我一根接一根地抽，望著車窗外，車子正駛過秀朗橋、駛向新店。車外是忙碌起來了的早晨的台北。然而一車之隔，已經是兩個世界了。

據我抵達新店頭城的調查局總局時填寫的單子，我是在早晨八時二十分抵達的。當我走進偵訊室，我的腦子裡老想著擺在通到這偵訊室的走廊上的一隻白色帆布擔架，擔架上隱約著點點陳舊的血跡。

——我是「二進宮」，這一回怕逃不過一頓好打罷。

我慌茫地想著。「吃過早點麼？」他們問。「吃過。」我胡亂地說。「不必客氣，我們都為你準備好了，有牛奶、有麵包。」我望著窗下長桌上的口杯[2]和土司，默然不語。

年輕的治安人員熱心地為我送來溼毛巾，把牛奶推在我跟前，我終於喝了泡得又濃又甜的牛奶，菸燻的、苦澀的口感到甜美。

偵訊是從一位年長、官位較高的先生開始的。他說我出獄後還是不老實，說我罪證齊全，要我自己交代。我說我實在不明白我犯了什麼事，他於是冷笑，說我自己做的事自己頂明白，事到如今，還是老老實實交代清楚的好。後來他問我的思想，我坦白地，大略地述說了我的思想。他對我的述說，似乎尚無不滿，要我好好地和別的治安人員合作，就走了。

偵訊在他們堅持由我自動「交代」，而我又茫然不知從何「交代」的情況下陷於長時間的膠著。過午，偵訊室的門開了，十來個人紛紛抬進封好的八、九個紙箱。我一望而知是搜索出來的東西。可是我十分奇怪，我哪來那麼多東西讓他們扣案……。

就在這時，一位警總軍法處的檢察官帶著一位書記官來問我一些個人的基本資料，然後說我「涉嫌叛亂」，諭知羈押，並說當面開啟扣案物件清點。我於是才知道他們分別在我的私宅、內人娘家、我的小公司和家父的住宅進行了搜索。我一面在扣案物上簽字，一面奇怪為什麼他們扣下的東西全是無關要緊的名片、記事本、書籍、錄音帶、文稿和文件。如果其中有什麼「要緊」的東西，大約是一本英文托洛茨基的《論文學》影本，一本通俗的政治經濟學之類的影本，一本日文的《戰後台灣經濟》影本，一大堆國際特赦協會和其他人權組織的新聞信、小冊子、剪報，兩卷葉嘉瑩教授有關中共文學的訪問錄音帶，一卷錄一支中共歌曲的錄音帶，一份政治犯家屬互助會的章程草稿。其他全是與政治不相干涉的持有物。

這些查扣物件的清點，花費了很長的時間，有許多東西，不能不以類如「文件二十三件」歸一包，在紙包上讓我簽名的方式，才縮短了清點的時間，我一面簽字清點，一面納罕何以搜索規模竟這麼大。我也忖思其中上述少數「問題」物件，能構成我什麼大罪，足以讓他們這麼大張旗鼓地逮捕。

這第一天，他們要我寫下我自己的思想情況。我重新記述在這裡，（下略）……

偵訊的第一日深夜，發生了依照過去的經驗為奇異的事。有一位年輕的治安人員說：

「陳先生，我看你累了，我們也需要休息，待會兒送你到下面去休息。」

我曾以為這是酷刑拷打的開始。然而他卻給我一顆Roche藥廠的Valium 5[3]，讓我服下。「下面」是地下室押房。鐵柵、鐵門、巨鎖的開合聲在狹小的走道中吱呀作響。頓時間，我一下子回到十一年前初入監房的時刻。人變成了號碼，無助地囚在一間間囚房中，和一切的親朋、一切的塵俗，截然地隔絕。在那時，我記得我曾不住地思索，何以古今中外，人會不約而同地想出囚牢，作為懲罰的手段……。

藥片終於使我沉睡。

第二天一整個早晨，我仍因殘存的藥力，得以在早餐、放封（約十分鐘）、午餐的間隙中，沉沉入睡。

約莫下午二點，我又被帶上偵訊室。

第一天頭一次問話的年紀較長、階級較高的治安人員來問話。他劈頭就說，他讀過我寫的資料，「果然不出所料，你是個狂熱的共產主義分子。」他說。他接著說我罪案如山，死有餘辜！但他要我為內人想想，要我為年歲已高的父母想想……。他說他不相信我是心腸硬到只顧自己當烈士，不顧身後遺族的慘痛的那種人。他問我要自己坦白交代呢？還是如昨日我要求拿事情來問。我說我實在不知所犯何事，請一一問責。他笑著說：「好，我們會問你，有很多事問你，一樣樣問得清清楚楚……」他要我答話時坦白老實，不可避重就輕……於是他走了，把我留給其他的治安人員。

但是這下午的偵訊，氣氛似乎顯得較為輕鬆了。有一位年輕的治安人員，一直詰問我六十四年出獄後「思想既沒改變」，應有所「作為」。我說我已在十一年前想要「做」什麼，但失敗了，自己知道不是那塊材料。他們笑了。但儘管這樣，他們還是不斷的問，我所寫的東西，和我那不曾改變的思想有什麼連繫。我知道他們在找「為匪宣傳」的口供，但我還是坦然地告訴他們；我的幾些文學評論，自然反映了我特定的世界觀。然而，我知道，那些充其量也是文學社會學的最淺顯的論文，他們怎能據以入人於罪呢？而況「為匪宣傳」者，依據法律，是「以文字……做有利於匪之宣傳……。」我的文學評論，又如何能「有利」於中共呢？我想著他們的用心，內心且感到無比的悲楚。

一整個下午，偵訊終於初步落實到兩個問題上：其一是我和黨外人士的關係；其二是我和我同在六十四年間出獄後的難友間的關係。這兩樣關係，我全是清清白白的，沒有絲毫不可明說之處。此外，他們也問我和國外人權組織的關係，我也坦然相告。

估計在夜晚八時左右，說是有高級長官要見我。走進偵訊室來的是一位穿淺黃青年裝的官員。坐定之後，他說他看了我寫的資料，覺得我竟是一個「有理想、有抱負、有愛國心的知識分子。」但據說我把理想和熱情用錯了方向。社會主義是不能救中國的，只有三民主義能救中國。三十年來，台灣沒有流一滴血，土地改革成功了，台灣也沒有林彪、四人幫，沒有千萬人頭落地……。他說我是個孝子……而「一個孝子不會是惡人。」因此政府決心以非常的處置，來爭取我的心。他已呈報檢察官，決定交保……。

我一時不能明白整個變化的意義。但從被捕的一刻到現在，我的心中充滿著無邊的悽苦和沮喪。在中國，這種恁恣拘捕知識分子的日子，究竟還有多長啊！

我在四日夜間九時許被送到警總軍法處，開過一個諭知交保候傳的庭，就由內人具保，回到家裡。我立刻駛車到北投見我年邁的父母。在知道我被捕後一直出奇地安詳，被其中一位年輕的治安人員讚譽「真有基督的生命的長者」的父親，看見了我，才猛然擁我入懷，我淚落的跪俯在他抖戰的懷中，不知是悲戚還是再生的喜悅……。

一回來，我立刻感受到許多兄弟們、朋友們摯熱的關懷。王拓兄、作成兄、明德兄、艾[4]琳達小姐、廷朝兄、聰敏兄、陳菊小姐以及許許多多其他我所認識與不認識的朋友們為我多方奔波、聯絡。我也聽說張俊宏議員為我質詢於省議會。有些親愛的朋友，在那兩天中，幾乎沒有正式吃過一餐飯。

在北投，我接到鼓應兄從美國打來的電話。後來從在美國的四弟的電話中，才知道鼓應兄在哥大的一場演講中，臨時改變講題，宣布了我被捕的消息，講到痛心處，為之失聲。當夜回到中和寓所，又接到愛荷華大學聶華苓和安格爾教授的電話，才知道在美國的中國作家「不分左派、中間派、右派」，一致支援了我。白先勇、陳若曦、歐陽子、劉紹銘、鄭愁予、李歐梵……都簽署了抗議信，美國作家組織，和在愛大開會的來自世界各國的作家也表示了抗議。安格爾教授並說我的案件受到愛德華．甘迺迪、枯柏[5]等參議員的關注，並正擬向卡特總統提出……。

對於中國作家同仁以及其他更多的在美同胞的關懷和支持，我感到最深的、引以為榮的感謝。我引敘了國際人士的支持，絲毫不以其為國外名流而以傲人。但對於他們的熱情、關心和善意，我要在這裡由衷地表示個人的感謝，我也特別感謝台灣民主政治促進會的朋友們，超乎政治之見解所做的無私的支援，我也必須感謝在日本的拯救台灣政治犯委員會的關懷。最後，我也感謝內人在那兩天中不眠不休的奔波中表現的出人意表的堅毅。

歸來以後，我的生意受到即刻的影響。有些客戶因我的案件見報，對於是否繼續做生意，表示明顯的躊躇。我曾在十月八日和十一日兩次向調查局寫了報告，說明我的困境，要求他們出面向我的客戶說明，卻石沉大海。警總軍法處的鞠檢察官，明白地告訴我要有關方面出面解決我的難題，是不可能的。我的生意、我的生計，正面臨著危機。

但我心中了無怨懟。我深深地感覺到我的事業畢竟在文學工作上。劫後歸來所感受到的溫暖，使我感到我在文學工作上是何等虧欠了無數說與不說的兄弟們、朋友們、同胞們的期待。我自知我在文學上的成就是微不足道的。馱負著與我的才能不稱的關愛，我決心不論今後的生活多麼艱難，我要把這隻筆獻給我所愛的中國和她的人民。我從來不以為自己是一個英雄人物。正相反，我的道德、文章兩無可取，我有一般凡人的許多缺點。今後，我也永遠不會自以為是一個什麼英雄人物，我在劫後的餘悸中，所以懷著恐懼寫下這些，只是為了向一切關懷我的案件的人一個誠實而且應有的交代，也為了我痛切地感覺到一個人表白自己最深在而真實的信念、思想的自由權利，是每一個中國人應該挺身而出爭取的權利。

最後，讓一切在專制的暗夜中顛躓前進的中國人民，懷著愛、寬恕、和對於幸福之永不妥協的追求底意志，勇敢、堅強、緊密地團結起來！

初刊一九七九年十月《美麗島》第一卷第三期
收入一九八八年四月人間出版社《陳映真作品集8・鳶山》，二〇〇四年洪範書店《陳映真散文集1・父親》

1 本篇初載於《美麗島》雜誌時，從略文中記述自身思想狀況的部分，一九八八年人間版《陳映真作品集8．鳶山》和二〇〇四年洪範版《陳映真散文集1．父親》均按初刊收入，並未將從略的部分復原。

2 初刊版及洪範版均為「口杯」，人間版為「茶杯」。

3 初刊版及人間版均誤植為「Volume 5」，此處據洪範版改作「Valium 5」。

4 初刊版及洪範版均有「明德兄、」，人間版則無「明德兄、」四字。

5 初刊版及洪範版均為「枯伯」，人間版為「古柏」。

夜行貨車・序[1]

收在這個集子裡的[2]，是我在去年所做的三篇，連同我少時所做的一些小說的集合。這樣，在我出版了的三本小說集裡[3]，便包括了我不知竟何以弄起文學以來的一切作品。

回顧起來，我的成績是至極薄弱的。而尤其在今日，把我少時的一些慘綠的感傷、一些無氣力的悲忿和愛，無疑地裎露在今日的青年的面前，使我頗有一份深深的羞愧。然則，所以終於決定結成這本集子，是讓青年和自己共同審視二十餘年來我之不勝其顛躓而且困乏的腳蹤，也藉以共同思索今後更其艱難的途程上所當有的、共同的步履。

在中國，和在古老的亞洲一樣，一切不屑於充當本國和外國權貴之俳優妾妓的作家的命運，是和寫一切渴望國家的獨立、民族的自由、政治與社會的民主和公平、進步的作家一樣，註定要在侮辱、逮捕、酷刑、監禁和死亡中渡過苦艱的一生。近百年來，在中國，有許多作家曾以孤單的身影，面對從不知以暴力為恥的帝國主義和封建主義，做過勇敢而堅毅的抗爭；也為曾信其必至的幸福和光明，歌唱過美好而充滿應許的歌曲。然而，曾幾何時，他們也以更其孤單的身影，在腐化和墮落了的革命中，或破身亡家、或備嚐更其殘酷、更其無恥的損害和侮辱。

然則這樣的中國文學家們，卻永不因而放棄追求幸福、愛、真理和公義的最堅強的意志。每次想起歷盡半生浩劫後的丁玲、艾青和巴金，用和緩、堅定、了無仇恨的語言說，他們但願再活幾年，再寫出更好的作品，留給明日中國的青年，我總是禁不住滿眶的熱淚。當苦難磨盡了從私人境遇而來的忿恨；當監禁和羞辱更堅定了對於民族明日的希望，他們變成了不可仰望的巨人，使一切獨裁者、文學偵探和墮落了的革命家渺小若草芥。

是的，物質生活基本上公平和充裕；精神生活不虞組織性的謊言和神話教條；政治上充分的自由、民主；國家完全的獨立；民族從帝國主義下獲得解放……這一全中國人民共同的、不可壓抑的、不容妥協的願望，就是海峽兩邊的中國作家自己的願望。他們決心不惜犧牲性命，為實現這一民族共同的願望，和全中國人民一道，奮鬥到底！

在這樣一個莊嚴的民族願望之前，我提出這本表現了我思想上和藝術上無數缺點的作品，供今日青年給予最嚴厲的批評，並以這應有的批評，造就更好、更能表現今日和明日中國人民精神面貌的、新一代的中國作家。

一九七九年十一月

一九七九年十一月一日

初刊一九七九年十一月遠景出版社《夜行貨車》
另載一九八〇年三月《愛書人》第一三六期
收入一九八八年四月人間出版社《陳映真作品集9・鞭子和提燈》

1 本篇為一九七九年遠景版小說集《夜行貨車》之自序，收入人間版時，篇題改作〈顛躓而困乏的腳蹤——《夜行貨車》自序〉。

2 小說集《夜行貨車》，除〈自序〉外，收有小說十四篇：〈哦！蘇珊娜〉、〈獵人之死〉、〈麵攤〉、〈永恒的大地〉、〈某一個日午〉、〈纍纍〉、〈加略人猶大的故事〉、〈將軍族〉、〈賀大哥〉、〈上班族的一日〉、〈夜行貨車〉、〈祖父和傘〉、〈貓牠們的祖母〉、〈蘋果樹〉。

3 指《第一件差事》（遠景，一九七五）、《將軍族》（遠景，一九七五）、《夜行貨車》（遠景，一九七九）三本小說集。

〔訪談〕答友人問

我在《美麗島》雜誌十月號發表〈關於「十・三事件」〉以後，曾有幾位朋友針對那篇文章跟我廣泛的談起了一些問題。以下是我們談話中比較重要的內容。

「從略」的話

問：〈關於「十・三事件」〉這篇文章，據《美麗島》編輯案語中說，曾「基於某些考慮，從略了文中記述作者思想情況的部分」約二千三百字。許多人對於這「從略」的話，抱著很大的關切。目前，你是否覺得可以談談那一段話呢？

答：其實，那於我是一段苦痛的話。我說的是過去一段時間裡我的政治思想，以及近一年來我思想上的徬徨和苦悶。

問：如果你實在不願意談……。

答：六〇年代初葉，我因讀到一般讀不到的書，思想「左」傾了。於那時，我認為只有社會主義才能救殘破的中國，並且對共產黨寄予很大的希望。

閱讀和思想的循環發酵，終於到了產生所謂「行動的飢渴感」的地步。但是，畢竟是小知識分子嘛，能「做」些什麼？不外乎紙上的東西，終於被一個今日以何索之名蛇行文壇的人，便宜地出賣了……。

其實，我並不曾讀過《資本論》。我只是讀到《政治經濟學教程》那種程度罷了。辯證法，我只有常識性的了解。像我這樣的人，在三十年代，以及今日西方大學校園裡，隨便用功一點的學生，都比我強。這樣的我，在台灣，竟被視為充滿危險性的「大左派」！

問：你說到近一年來的苦悶……。

答：噢！近一年來，大陸的資訊，空前大量地出現在台灣的電視上、報紙、雜誌上。不只是文字、照片，更有活動的影像。我一貫不相信這些，總是打個五、六折去讀，去看。然而，我終於覺得不對頭。使巴金的蕭珊受到那樣待遇的共產黨，和我讀史諾《中國的紅星》裡的共產黨，怎麼也對不起頭……。這半年來，我一直處在慢性的思想苦悶裡頭。「從略」的話，大概如此。

認同的主體問題

問：中共把問題都歸到「四人幫」。你的想法呢？

答：「四人幫」搞得天怒人怨，大約是沒有錯。但是，把責任歸於「一小撮」，我想不對。十一月分《中華雜誌》登了北京大字報（「幾個清醒人的夢話」），看得見大陸上的人民、知識分子不同意這看法。他們在為過去惡夢似的十年找歷史的、社會的根源，說得真好。大陸上的青年，啊，我們的兄弟骨肉，還提出大陸上經濟落後，腐朽保守思想當道，官僚階級的形成等諸問題。說共產黨員幹部有「腐朽保守思想」；說搞群眾路線，輪流下放，開門整風的共產黨有官僚結構形成，而且「從中央到地方，尤其是中層幹部的相當部分，逐漸形成了在勞動、收入、地位的明顯的固定的差別……」，對我是很好的教育。更重要的，他們普遍要求民主。

問：三十多年來，台灣的民眾也要求民主。你是說，大陸人民要民主，有特別重要意義是不是？

答：啊，我一時也說不清楚。這樣說吧：

第一，我一貫認為，西方式的、「資產階級民主」，有虛偽的一面。這是至今我也這樣想的。不同的是，我曾相信在大陸有人民的、無產階級的民主。現在，事實擺著，這一點，我錯了。否則，人民、無產階級有充分的民主權利，怎麼會鬧「四人幫」，怎麼到現在才說「中國革命勝利並不是一個人之功績」？

第二，我開始想，不能把民主的問題，用「資產階級性」這麼簡單地收拾。就好像資本主義生產，是人類的一種進步，而社會主義社會的建設，少不了以資本主義的技術、資本、管理為條件——比如說，過去中國正是資本主義太少而不是太多，才使中共今天面臨著資本積蓄、現代技術和生產管理上的問題。今天，在精神上，中國也同樣缺少資產階級民主生活的經驗，好據以發展成更真實，更縱深的，人民的、無產階級的民主生活。

第三，現在，我理解到中國的未來，基本上，是中國人民的未來，而不是那一個黨，那一個政權的問題。要求生活上基本上公平充裕；政治上充分而真實的參與，有真實的民主，人民群眾真正的當家做主人；精神上沒有教條、戒律，有充分思想、言論、信仰的自由，這是海峽兩岸中國人民共同的、不能妥協的、不可抑壓的共同願望。誰實現了，滿足了這個願望，誰就受到全中國人民最堅定、熱情的支持。反之，誰壓抑、反對這個願望，誰就一定要滅亡！這話，我這次在調查局裡，也是這麼說了的……。

問：可是，「人民群眾」之為物，說具體也具體，抽象也挺抽象的。

答：我不同意。幾十年來，我們在這個分裂的祖國兩邊的政權中，找尋、選擇認同的對象。有人選擇台北，有人選擇北京，也有的人兩邊都不要，要自己塑造認同的目標。現在想來，這些都不能充足地滿足民族認同的需要。但是如果我們認同的主體是那創造了中國歷史的中國人民，我們就不會由於哪一個黨、哪一個政權而使我們失落了認同。我們所認同的，是那歷史的、文化的、混合著恥辱與光榮、挫折與勝利的、我們的父祖所立、所傳的國。對於一個愛國者，他不能說：我愛漢、唐，不愛宋、明……。而這父祖之國，歸根究柢，正是無數中國人民所建造的。

在中國大陸，現在勇敢地批評大陸體制的人，不論對於中共有多麼苛烈的責難，但其愛國之情，灼灼感人。不，這簡直是百多年來中國愛國知識分子共同的特點：批評當權，熱愛國家。批評，為了他深愛這個祖國。離開了政權，國家還有什麼呢？人民。愛國的中國知識分子最高的誥命，來自人民——而不是那一個黨，那一個政權。這是我新的覺悟，不論是國民黨，不論是共產黨，都在歷史上受到這人民和知識分子不惜以犧牲生命表達擁護之忱。此無他，因為他們在那一定的歷史時期內正確地、勇敢地、偉大地站在中國人民的利益上，為實現中國人民共同的願望而奮鬥過。今天，他們所以受到批評，我想，也要從這個視角去分析。

魏京生案件

問：你的以人民為主體的愛國論，頗見新義。我的問題是：在現實上，中國人民目前還不是國家政治生活的主體……。

答：是啊。

但是，一個潮流正在形成。你簡直可以用皮膚感覺到那正在中國——大陸和台灣——形成的民主的潮流。李一哲、魏京生，北京西單街上一張又一張的大字報，一本本油印刊物，說「人民要民主，要民主建國已成為不可抗拒的歷史潮流」。在我們台灣，有黨外人士的民主運動，以及新生代要求民主、自由、公平、正義的流向。我相信這真是「不可抗拒」的。當然，在台灣，由於特殊的歷史條件，運動的性質在目前也有它的特殊點。但從長遠看，對於中國人民的民主生活，一定有它必然的貢獻吧。

問：能不能說得更詳細些？

答：你瞧，我還真沒概念呢。這麼說吧：如果台灣的民主運動日臻於完善，到台灣的老百姓真能當家做主人，地方主義和分離主義就會自然地消失吧。台灣好歹也搞過選舉，更重要的是在選舉中人民經驗了通過民主方式向當道爭取、訴說、辯論，甚至達成了自己的願望。這種經驗，對於中國的民主生活的一般，是有益的、共同的經驗。

問：對於魏京生案件，有什麼看法？

答：坦白說：我是失望的。這是個很不漂亮的、不公平而愚拙的審判。一個二十九歲的青年，能礙著什麼事呢？我實在難於想像：史諾所描寫的，有過延安時代的那個共產黨，會跟一個手無寸鐵的，在紅旗下長大的青年，認真作對。這對比有多麼難看啊！

魏京生的案件可以分兩個部分。一個是思想部分。這是要「講道理、擺事實」的問題。如果一個人只因思想不合於支配性的教條，就要滅身亡家，這樣的政治，非破滅不可。中共為什麼不在真正公開的法庭上，就魏京生的思想是非展開深入細密的辯論？難道中共自己對馬克思主義失去了信心？

第二部分是行為的部分。據說魏京生出賣國家機密。出賣了什麼機密？怎樣取得又怎樣出賣？出賣給了誰？都應該有確鑿的證據。

最使我傷心的是那種虛偽的審判。叫幾個人去旁聽，拍張照片，由國家新聞社發給全世界，說這是公開公平的審判。魏京生的親人、朋友、同人，和關心他的同胞，外國新聞記者一概不准旁聽。在台灣我有過經驗，看到、聽到的也很多。這種審判真使我感到噁心。因為，如果這是朴正熙、馬可士、巴勒維的法庭，不足為奇。這是以「人的解放」為言的中共的法庭，我實在噁心。我如果有途徑，很想對魏京生就他所受極不公平的審判和判決，表示我最深切的同情，和嚴肅的抗議。

民族主義前途

問：「十・三」事件之後，在台灣，講民族主義的人似乎遭到許多誤解。你的看法不知怎樣？

答：像中國這樣一個國家，民族主義在一定的未來的歷史上，仍然具有十分重大的影響。因為尋求國家完全的獨立、民族完全的解放這些課題，在帝國主義強國仍然支配一切的時代，對中國仍然是一個急切而不曾過時的歷史使命。

民族主義，對於中國，在目前階段，是要使中國從帝國主義的經濟的、政治的、文化的、軍事的支配中求得完全的解放；是民族內部的和平和團結；是承繼民族文化遺產中的精華，並發揚光大之；是有條件、有選擇地、認真、虛心地學習其他國家的長處，求民族之發展和向上。這也是台灣主張民族主義的人基本的、共同的主張，永不妥協。

國民黨內有少數人對民族主義者的誤解，是因認為民族主義者同情中共，主張以中共為主體統一中國。不錯，民族主義者中有少數一些人，例如我自己及當年和我同案的朋友，曾經對中共寄予很大的希望。但是，據我所知，這些人在最近一段時間中，也和我同樣修正了想法。我們有思想苦悶。但是我們在「以中國人民為認同主體」這個新的發現中，重新肯定了我們民族主義的立場。這樣，我們也取得了基於求全而以同樣的熱情批評國共雙方的自由。畢竟，是先有中國人民而後有國共，而不是先有國共而後有中國人民啊！此外，絕大多數台灣的民族主義者，都只是一意要中國富強、民主、和平、團結、統一，湔雪百年來的屈辱，求民族之發展和昌盛。在歷史上，國民黨由於錯誤的政策，好幾次失去了可以團結、應該團結的力量。目前對講民族主義的人的誤解，應該以具體調查和研究為根據，再作修正。否則，歸根結柢，受害於錯誤政策最大的，恐怕還是國民黨自己。

但是不論處境多麼險惡，我們永不從民族主義立場退讓下來。縱有人想把目前台灣的民族主義者抓光、殺光，我肯定還有新一代的民族主義者產生。何況，廣大的大陸愛國的「離心」知識分子和人民，都是這樣的民族主義愛國分子。

問：對於目前明顯地為政府拉攏的，比較不提民族主義的黨外力量，有什麼看法？

答：第一，三十年來，他們為台灣民主化、自由化所做的貢獻和犧牲，是十分重大的。應當這樣肯定：他們是三十年來台灣民主、自由運動的領導力量。

第二，就民族主義問題而論，我和他們有不同意見。但是，對於他們走向這一條路，個人是懷抱著期望的態度[1]。意思是說：台灣內部客觀的政治條件應該負一部分重大責任。如果統一後的中國仍然不能使台灣人民真正當家做主，分離主義將會長期存在，並且發展下去。

第三，我們需要的是真正的同胞之愛。沒有真正的民主、自由和公平，就不能產生真正的民族同胞之愛，並藉以獲致真實的民族團結。對於分離主義，首先是應該有一分民族的歉疚——不論錯誤由誰鑄成——而不是自以為是的譴責。中國人民，作為一個民族，首先應有一份檢討，說「對不起」的心懷……。

愛國是一件拚命的事

問：據說你目前在生計上遇到一些困難？

答：困難是有一些。但是，我受到的關懷、愛護尤倍於困難。我的感激是無法言說的。尤其是自覺自己的貢獻與這些同胞兄弟之愛不稱時，我有一份深重的羞愧。

關於我的案件，有許多耳語。關中說我的「案件未了」。我還在交保候傳的狀態嘛，這是當然的。但說我的案情「牽涉多人，證據確鑿」，甚至說我是「匪諜」、「為匪利用」的謠言，則頗有置人於死的險惡了。

然而，百年來，對於中國人，愛國一貫是拚命的事。為了愛國，受到誣蠛、打擊、坐牢、問吊、殺身、亡家的事，充滿於中國的歷史中。然而中國的愛國者永遠不因而把國家一腳踢開。正相反，在逼迫和患難之中，越是感覺到和自己的國家、自己的民族走得那麼貼近。你簡直可以和她說話、觸摸到她，真的。

初刊一九七九年十二月《中華雜誌》第十七卷總一九七期
收入一九八八年四月人間出版社《陳映真作品集8·鳶山》

1 「懷抱著期望的態度」，人間版為「懷抱著一定的諒解和同情的態度」。

法西斯主義的幻想

台灣在非常時期，對於文人、教授、知識分子的思想檢查，個人雖不贊成，但能理解到其自有安全的必要。幾十年來，大抵上是由政府的安全人員在安全機關裡進行的。像蘇俄那樣，在台灣、公開的「點名批判」，公開的舉人姓名，在大眾傳播上向知識分子、文學家、教授指責思想的「忠貞」，是最近三年多來的事。點名的「思想檢舉」，似乎由發表在台灣一個「民營」大報副刊上的一篇文章開始[1]。在這文章上，公開舉出王拓、尉天驄和我的名字，從文學作品和評論文章中斷取適合的文字，對舉名的個人和整個鄉土文學加以誤解、歪曲，從而粗暴地進行毫不隱諱的政治性指控和打擊。

繼之，由二三據說是「反共義士」發行的雜誌[2]，更進一步以一個機關雜誌的形式，囂狂地進行這種政治性誣衊和謾罵。他們能在一個高度政治敏感的社會裡，絲毫無需理性的舉證，就能以高度政治敏感的罪名指控，任意加諸他們所憎恨的人們，而無需負半點法律的、政治的責任。

從麥卡錫主義說起

我們不是共產國家，為什麼有不負責的思想檢舉呢？其實即連美國也有的。一九五〇年，美國一位保守派參議員約瑟夫·麥卡錫對一群西維琴尼亞州的共和黨婦女組織發表演說，他大聲疾呼地說他握有國務院中二〇五名潛伏的共產黨人的證據。在冷戰的高峰時期；在韓戰所引起的不安中，報章雜誌大事渲染。如果有人指出這二〇五名只是國務院因各種不同原因而不考慮永久僱用的人，他會立刻被戴上「共黨同路人」「蛋頭自由主義分子」「克里姆林宮的奸細」的帽子。在一片赤色恐怖心態中，國會通過了一項法案，不但對知名的文化人、議員、官員、文學家展開了廣泛而無情的政治指控和調查，甚至連美國政府的宣傳機構「美國之音」也被指控為「塞滿了共產黨徒、左派分子、（羅斯福）新政分子、極端分子和粉紅色人物。」後來的調查顯示，麥卡錫所握有的「證據」，無非是一些過時的資料，或對資料的「誤解」——甚至是刻意變造過的「證據」。然而，在當時，如果有人追究「證據」的真實性，在他追究之先，立刻便飛來一頂大帽子：「共黨的工具」！正因麥卡錫做得太過，費正清等反而乘其敝而起了。

即使在社會經濟上、在歷史和政治體制上具有比較深厚的民主主義根基的美國，也有被像麥卡錫這樣一個狂人驅使到瘋狂的邊緣的危機。而越此一步，便是希特勒、莫索里尼、東條英機下恐怖、狂亂、專制的夢魘般的法西斯的地獄了。

然而，法西斯的因素（Fascist elements），在這充滿各式各樣的危機和不安的世界中，廣泛地存在於各種性質和形式的國家中。資本主義的、民主主義的美國，存在著三K黨白色騎士、「十字軍」（領導人Kenneth Goff）等瘋狂而殘酷的法西斯集團。在許多社會主義國家裡，也存在著殘酷打擊和鎮壓持反對意見的人民的「社會法西斯」因素。他甚至與布爾賽維克有共同的根源。在台灣，我們從這幾個「反共義士」的文字和行為中，嗅出一種怪物。

極端恐共病中的囈語

美國的超右派，「十字軍」的領袖哥夫（Kenneth Goff）說聯合國是「猶太人的工具」。美國新法西斯組織「約翰・柏奇社」（John Birch Society）說共產黨人早已攫取了華盛頓；美國國會正為國際共產黨的世界革命工作。他們也說聯合國根本是美共的工具。

一九六四年，美國另一個新法西斯集團「三K黨白色騎士」（White Knights of Ku Klux Klan）的一項文告說：

「共產黨人，為了黨的利益，會毫不猶豫地殺死自己的黨人……例如現在被謀殺的甘迺迪總統。誠然，從來沒有過一位總統像這個『赤色傑克』那麼心甘情願地做共黨的走狗。他事無鉅細，都和共黨合作。但是，一旦他的共黨主子認為他對黨的用處已盡，而且他的死亡更有利於黨（並以其死亡使英國南方受到譴責），他便立刻被他所忠心服侍的主人處死了……」

正常的人看到這種論調，不免失笑。

但這正是一切法西斯的論調。他們在極度的恐共症中看到的世界，正像一個焦慮症患者所「看」到的被不存在的、幻想中的危機之恐懼所歪扭的世界。

法西斯式的羅織

我曾在六十八年四月號的《中華雜誌》刊登了〈美國的黑人奴隸制度〉這篇譯文[3]。文章的內容，是研究英國和美國資本主義的原始積累，是如何以黑種人的生命和血淚所堆積的，也在論證美國奴隸莊園體制如何成為美國初期資本主義積蓄之基礎。我翻譯這篇文章，是有感於長年來台灣思想、學術界對美國盲目的歌頌和美化，馴至斷交之後，一般民眾難以適應。因此譯出，希望有助於對美國更實際和更真實的理解。

但台灣的法西斯們，先是說我是「小左派」，是「日共領導的台共分子」，忽而又說我是台獨

「黑拳幫」，於是便「連想」到「同為台獨的彭明敏」在《文星》發表過〈泛非思想的感情因素〉[4]，而其「用意在宣傳所謂被壓迫非洲民族的獨立思想，以鼓動台獨」。於是台灣法西斯們就「覺得陳某既是台獨分子，他這譯文的用意，必與彭某相同！」

台灣法西斯說我是「小左派」，是說我主張親共，就該有別於「亞細亞孤兒意識」的「台獨」吧。如果所謂台共是指謝雪紅一班人，則台共至少不是主張台灣獨立的。而忽然間，我又變成了「台獨黑拳幫」，其錯亂、歪扭如此！而其政治誣陷之粗暴，目無法律者如此！

彭明敏的文章，我不曾看過。但〈美國的黑人奴隸制度〉並不在「宣傳被壓迫非洲民族的獨立思想」，已見前述，這和「鼓動台獨」，是不相干的。再退千萬步說，如果有這樣一篇文章，真在「宣傳被壓迫非洲民族的獨立」，正是中山先生反對帝國主義、扶弱濟傾的民族主義思想，不能說這樣的思想「鼓動台獨」。美國電視長片《根》在台灣上下全集播出，依法西斯們的看法，怕是整個新聞局、電視臺全都被「台獨黑拳幫」滲透了！台灣有少數人主張台獨，此有複雜的因素。但是台獨的性格，絕不是一個被壓迫民族向帝國主義、殖民主義要求獨立和解放的問題。台灣的法西斯主義者，有意無意間竟把自己裝扮成對「台灣民族」施行壓迫的「帝國主義者」，正好授台灣人士以柄，使他們以所謂「台灣人民族主義」反對所謂「漢族沙文主義」，其愚騃如此！

台灣的法西斯們，還羅列了五點取自〈關於「十・三事件」〉[5]的文字，判定我是「台獨分子」！

首先說到我被司調局搜走的政治性文件和書籍。這些東西正好沒有一樣和「台獨」扯上關係。再說，只要我沒有將它們借人，講給別人聽，我便不犯法。

其次說我「犯過叛亂罪，現在思想也沒改變」。其實這些話和被《美麗島》刪去的二、三千字有關。在其中，我說過我的思想，這也因為服刑期間，監方思想工作做得不理想，使我的思想在基本上難於改變。沒有一個認真思想的人會被迫改變的。他必須自己變。一直到一年多來看見報紙上關於四人幫的種種，想法自動的改變，詳情已見《中華雜誌》今年元月號拙文〈答友人問〉。然而法西斯們卻故意橫栽，黔驢技窮，一至於斯。而這橫栽，也是與「台獨」全然無關的。

其次說我和「黨外人士的關係」。我是本省人，種種牽連，自難免「關係」。和黨外人士有「關係」，犯不了什麼罪，因為就是一個黨外人士，本身也不犯法。我和「黨外人士」畢竟有什麼樣的「關係」，從這次「美麗島事件」後獲案偵訊中的人們，也應該弄得十分清楚了。其實，國民黨人士如陳履安、關中等人，不也和「黨外人士」的「關係密切」嗎？也沒聽說他們就有台獨的嫌疑。至於「外力的關注與支持」，首先不是我去要求得來的，我與他們絕大多數人也素昧平生。自從退出聯合國、中美斷交以後，美國和其他國家的個人和民間團體，不也頗有許多對我國政府表示「關注和支持」的嗎？總不能說這些「外力」的「關注與支持」使政府成了「台獨」的政府！

因此，如果這狂亂、昏瞶的法西斯羅織，能從我「最後，讓一切在專制的暗夜中顛躓前進的中國人民，懷著愛、寬恕、和對於幸福之永不妥協的追求底意志，勇敢、堅強、緊密地團結起來！」這樣的話中，歸結出這是我「越益堅強台獨的決心」的結論，也不足為奇了。

繼之，法西斯們又舉出另外的五點，證明我是「台獨黑拳幫」。

他們先說我「參加過叛亂」，並且「承認以前主張認同中共的民族主義」。說到我的「叛亂」，那種「叛亂」，借錢江潮先生的話說，至多是我青年時代孤獨地尋找思想出路的結果。至若說「叛亂」的程度，比起今天在黨、政、情治單位中活躍著的一些人的當年，怕還真是瞠乎其後吧。然而法西斯們卻不敢說這些人是「台獨」，只威嚇、寃誣我這個命途多舛的文人！

次之，法西斯們說我主張以中國人為認同主體的民族主義，竟而是「台灣民族主義」！台獨的主張，千條萬條，基本的一條是否認「台灣人民」是中國人。當我說「不論處境多麼險惡，我們永不從民族主義立場退卻下來。縱有人想把目前的台灣的民族主義者抓光、殺光，我肯定還有新一代的民族主義者產生」時，是針對台灣法西斯們說台灣民族主義者是最危險的敵人而言。而還有一句下文：「何況，廣大的大陸愛國的『離心』知識分子和人民，都是這樣的民族主義愛國分子。」如果法西斯們要從我「台灣的民族主義者」這詞語上去找碴子，他們也應當看到我這樣的話：「……絕大數的台灣民族主義者，都只是一意要中國富強、民主、和平、團結、統一，湔雪百年來的屈辱。求民族之發展和昌盛……。」「台獨黑拳幫」有我這種論調嗎？

如果真有這種論調，那已經不是「台獨」；而他們要反對這種論調，那恐怕是只有比法西斯更下流的漢奸罷。

法西斯們說我強調：「不能使台灣人民真正當家做主，分離主義將會長期存在，並且發展下去。」從而說「台灣人民當家做主」、「分離主義」就是「台獨」。

我的原文是「如果統一後的中國仍然不能使台灣人民真正當家做主，分離主義將會長期存在，並且發展下去。」這是說明今日台獨底成因。「當家做主」是一句中國話，任何中國人都可以說。「當家做主」也是淺顯的話，意思無非是「民為邦本」，是「民主」之謂。這是孫中山先生的主張。將來的中國，不但台灣人民要「當家做主」，全中國人民也應自己「當家做主」。法西斯主義一貫反對民主，反對議會民主主義，主張一黨、一人的專政，施行專制恐怖主義。日本的東條英機、德國的希特勒、義大利的莫索里尼、美國的三K黨莫不反對人民當家做主，台灣的法西斯們亦然！

任何主義都會過時。封建主義不是過了時嗎？對於三民主義者而言，資本主義也是過時的東西。我不主張民族主義永不過時，但卻極力主張在目前，民族主義對中國而言絕不過時。這樣的主張，在針對前不久一些「民族主義過時論」者之時已經講過。而這「民族主義過時論」，也曾在鄉土文學論戰中，由一個不以阿諛權貴為恥的文人提出過。我一貫反對這樣的「民族主義過時論」。今天亦然。

中山先生以「世界大同」為三民主義終極的理想。但現在要以民族主義為寶貝，不能講世界主義。在一個沒有帝國主義，一個真正自由平等的大同世界，民族主義當然便過了時。即連「社會主義的國際主義」或者資本主義的國際主義，怕也過了時吧。什麼「黑拳幫台灣民族主義」，什麼「大陸中共的民族主義」，再將兩者合而為一，從事羅織。法西斯們根本不知何謂民族主義，才有如此狂亂的羅織和誣衊。

法西斯的恐懼反應

我所以不憚其煩地舉出台灣法西斯們對我的政治誣衊，不為了要向法西斯們喊冤辯解（這是我不屑為的），而更多的是為了以台灣的實例，舉證法西斯「推理」（實即羅織）的異常的狂亂和非理性的性格。

從歷史上看來，法西斯主義總是在這樣的條件下產生：

資本主義的矛盾激化，經濟不景氣發生，引起來自工會或左翼運動的激進化；

議會民主主義失去了效率性，政治秩序呈現不安；

遭逢一個敗北的戰爭，使國家蒙受恥辱，社會解體，民心渙散；

缺少一個強而有力的政府，維持有效的統治，等等。

在這些條件下，社會中的極右翼開始尋找一個責罵的對象，把一切現實中的挫折歸向他，希特勒把箭頭指向猶太人，麥卡錫指向幻想中和真實的共產黨人和「共黨同路人」；三K黨和南非共和國的少數統治主義者指向黑人。在台灣，法西斯要「小左派」、「日本人培植的台共分子」、「台獨黑拳幫」作為退出聯合國、中美斷交事件等等的代罪羔羊。而最根本的原因，這些狂囂的台灣的法西斯們，是對於大陸中共的病態的恐懼。正是這種恐懼反應（fear reaction）成為他們錯亂推理的根源。

以大部分西歐法西斯以猶太人為憎恨和攻訐對象一事加以分析，首先，猶太人是出賣了耶穌並釘死耶穌的民族，而且至今信奉「異教」（猶太教）。早在中世紀，猶太人被視同賤民，在他們所能從事的卑賤職業中，有一項是銀行票號和貸款者，在資本主義發生危機的時代，猶太人更被法西斯們視同造成這危機的「國際性陰謀集團」。在法國，法西斯們竟不惜炮製德瑞弗假案（Alfred Dreyfus Case）煽起極端反猶的種族主義，以遂行摧毀民主體制，施行思想言論檢查，推行個人獨裁的法西斯運動。甚至造成屠殺數百萬猶太人的惡夢般的悲劇。在德國，反猶狂熱還結合著熾熱的反共主義，正如日本軍閥在反共的名義下，屠殺了千萬中國愛國志士，踐踏了廣大的中國土地一樣。

據佛爾曼(James D. Forman)的研究指出：從心理學方法去研究，法西斯主義「只是對於共產主義的過分的恐懼反應」(Simply a exaggerated fear reaction to Communism)。反共，要反之以道。這是《中華雜誌》一貫的主張。胡秋原先生一再大聲疾呼：反共要反之以學問，以理性。以歇斯底里亞、以焦慮性精神病去反共，不但要失敗，且將會為自己民族和國家帶來千萬年都不可彌補的損害。

投機分子的幻想

然而，到目前為止，台灣的法西斯，缺乏成長的土壤。

第一，台灣社會經過近二十多年來的發展，早已不是民國四十二年以前那樣一個脆弱的社會。它經得起中壢事件，經得起余登發事件，也證明經得起一個高雄事件。在國際事件上，它也承受得住退出聯合國和中美斷交的震盪。一切生產、外貿、經濟、社會和政治，基本上都沒有受到這些事件的影響而動搖了社會的結構。這種巨大的社會力量，是由無數在台灣優秀的中國人民(本省人外省人)辛勤、努力建設的結果。而且也在這個社會力的基礎上，國民黨在台灣的統治，基本上是有效率的。因此，台灣的有產者——法西斯的社會根源——除了極少數，還能信賴現有社會秩序。

第二，退出聯合國、中美斷交等重大外交事件，都在經濟基本上繼續繁榮的背景和條件下安然渡過，使法西斯因素無從尋找代罪的羔羊，藉以煽起極右翼的政治旋風。

第三，在台灣，由於有一部民主的《憲法》，軍事力量對政府有高度的忠誠，作為法西斯重要根源的軍方力量，不致獨立發展成為一隻軍事法西斯獨裁的力量。

最後，在台灣的小法西斯們之中，截至目前為止，還沒有出現過那種具有個人魅力和語言煽動力的。台灣法西斯們的文采拙劣愚下，品格低俗，為士林笑。

凡此，都規定了在目前條件下，台灣的法西斯們難有成長的條件，那只是投機分子的幻想，註定了要在國人的嘲笑中歸於失敗的。

貫徹民主主義

許多學者都認為法西斯因素普遍潛伏在全世界各個性質和形態不同的社會。只要這世界上還可能發生戰爭，還存在著極端化的「種族愛國主義」、經濟不景氣、失業、偏見和具有特殊個人魅力的「領袖」，就存在著法西斯主義復興的危機。然而，政治就像這世界上的一切事物一樣，是進化的，我們寧可相信：一九一九年到一九四五年那樣惡夢似的法西斯時代，已經一去不返了。

隨著冷戰時代有消逝之勢，對於西歐，五〇年代的對「國際共產主義的陰謀」恐懼感，已經因為共產主義經濟的不具「優越性」和國際協商（international negotiation）之大行其道而大為沖淡，越來越失去成為法西斯土壤的性質。對於台灣，三十年來海峽兩岸的經濟競賽，連中共的余秋里也說「台灣經濟發展迅速，一般人民生活都比我們各省人民生活高幾倍，國民所得據說占世界第四十四位，列入富有地區」（余秋里，〈政治與經濟關係講話〉，《時報雜誌》第十二期）。在政治上，台灣至少沒有過夢魘似的十年「文革」，而且在不斷挫折與調整中，台灣的民主運動，有了初步的成績。而且消息傳來，對「美麗島事件」採取了有史以來國民黨處置政治事件最寬大、最理性的方式處理，使因叛亂起訴的人縮小到八名。這使我們想到國民黨在近來幾度面臨國內外重大事故時成熟而理智的反應。隨著不同的政治經濟條件，不同的歷史階段，國民黨已在基本上擺脫了工業化以前的法西斯（preindustrial Fascism）的危機（如義大利）。今後，政府和台灣全體中國人民，更要加倍努力，堅定我們走民主主義的信念，在高度的自信和智慧中，警覺並鏟除「工業化以後的」（post-industrial）法西斯危機，建設一個真正自由、平等、繁榮、昌盛的祖國，為世界的和平與進步做出更多、更好的應有的貢獻！[6]

初刊一九八〇年三月《中華雜誌》第十八卷總二〇〇期
收入一九八八年五月人間出版社《陳映真作品集11・中國結》

1 指彭歌〈不談人性，何有文學〉一文，刊載於一九七七年八月十七—十九日《聯合報・副刊》。

2 指《疾風》雜誌。

3 〈美國的黑人奴隸制度〉為Kiomizu, Tomo Hisa所著，陳映真之譯文刊載於一九七九年四月《中華雜誌》第十七卷第四期，頁四四—四七。

4 彭明敏〈泛非思想的感情因素〉一文，刊載於一九六三年十二月《文星》第十三卷第二期，頁一五—一八。

5 〈關於「十・三事件」〉刊載於一九七九年十月《美麗島》第一卷第三期，頁四七—四九。

6 本篇刊於《中華雜誌》，文末有原編者案：「本文是陳映真先生的看法。本誌同仁原來也大體以為如此。但將七期《疾風》全部研究過之後，認為這不是『法西斯』而是『四人幫餘孽』式、『紅衛兵』式的，理由已見胡先生訴狀及編輯部各文。」，收入人間版時未載此段編按文字。

美好的腳蹤

謝緯醫師的一生[1]

民國五十九年六月十七日，一個異常燠熱的午後，一輛德國小國民車，駛出南投鎮，開向一條通往二林的山路。才到坑口村的時候，車子開始巍巍顫顫地向路邊斜刺，在一個偶然目睹的農夫來得及叫出聲之前，車子撞上路邊的一棵小樹，停在那兒。

車禍的消息頃刻間傳遍了山城南投。錯愕、嘆息、憂愁、悲慟籠罩了整個小鎮。許許多多的人放下工作，不約而同地湧到肇事的地點。車頭撞歪了，但車上的人卻只那麼安祥地俯伏在方向盤上。沒有傷痕，沒有血漬。人群越來越多，把這坑口的山路整個堵塞了。警察和檢察官忙著拍照、驗屍。「我載回去！」「我來。」「我來好了。」突然間，許多計程車司機異口同聲地志願把屍體運回南投。大家熱心地把面貌安祥、餘溫猶在的身體，抬進一輛計程車。車子慢慢地掉頭，群眾面容悲戚，默默地讓出一條路，注視著車子載著他們所敬、所愛的人的身屍，向南投漸去漸遠。

「我不能讓病人多受一分鐘痛苦」

整個南投都在談論南投鎮上大同醫院謝緯醫師之死。有許多人情不自禁地擠進大同醫院，撫屍號啕；有幾位老太太失聲暈厥。[2]「我們都還沒有報答您，先生，您卻去了……」她們哭著說。不計其數的素樸、貧窮農民、附近的山胞都哭了。「為什麼？這麼好的一個人，為什麼啊……」。許多虔誠的基督徒突然陷入深深的懷疑：「主啊！為什麼要他走，那麼忠心的僕人，為什麼？」

十七日一早，謝緯醫師在他設立的埔里基督教醫院工作了一個上午。中午回到家，立刻接替他的夫人楊瓊英醫師的診察工作。吃過午飯，每天馱負令人無法置信之沉重醫療工作而疲憊不堪的謝緯醫師，到臥室假寐。但不到兩分鐘，楊瓊英醫師詫異地看到謝醫師惺忪著睡眼，在床頭穿襪子。

「今天到二林看過病，要到彰化去一趟，有人請吃飯，所以回來會晚些。」謝醫師一邊穿襪子，一邊說。

「既然要休息，何不再多睡一會兒？」楊醫師說。

謝醫師抬起頭來，留下最後一句永遠叫人懷念、心痛而廣為流傳的話：

「我必須在兩點鐘到二林。我慢了一分鐘，病人要多受一分鐘痛苦。我不能讓病人多受一分鐘痛苦。」

據謝醫師的醫界同仁說，疲勞過度的謝醫師，可能是在車上發生突發性心臟衰竭，早在車子失去控制，撞上路邊的樹木之前，已經棄世了。「油門鬆了，車子撞得不猛，謝醫師身上也因此沒有任何傷痕。」有人回憶說，「謝醫師一生以救人為念，在那最後的時刻，他自己固然髮膚無損，但若因車禍而傷及人畜，料想也不是謝醫師所願的。」

死而後已[3]

許多愛他、關心他的人，曾經不時地勸謝醫師，不要接下那麼多工作，保重身體。然而謝醫師總是笑著說：「等我死了，才能在上主的懷裡，好好地、好好地休息！」

謝醫師的工作量是令人難以置信的。除了他自己的大同醫院裡的工作，他也是台南北門烏腳病免費醫院的義務醫師。在二林基督教醫院、埔里基督教療養院，他都排有定時的診察時間。他參加過山地、西部沿海偏遠地區巡迴醫療的工作。他也是彰化基督教醫院的董事長。他擔任過南投縣醫師公會理事長、常務監事的工作。由於他是一位實踐的、虔信的基督徒，他也擔任台南神學院董事、長老教會總會議長，以及其他許多教會行政工作。謝醫師夫人楊瓊英醫師回憶道：

「他每天的工作繁忙，除了在南投醫院的業務外，還奔波於埔里、二林、北門各義診醫院之間。再加上總會議長的職責，工作更為忙碌……。在家，每天清晨七時的家庭禮拜，他從沒有因任何理由缺席過……。六月十七日那天，當我睡眼惺忪地起床時，他已坐在書桌前寫一封信給教會……。也難怪他會累垮了！縱是鐵打的，也經不起這長久的精力透支啊！」

世上不乏為了自己的事業，以過人的精力畢生忙碌的人。為了企業的擴張、財富的積蓄、美名和成就，把每天的每一分鐘用得徹底而富於生產性。但謝醫師的忙碌，既不為利，也不為名。他的身後，只剩幾萬元新台幣。他只忙著兩件事：解除和拯救無數病患的苦痛和生命，以及找出更多的時間奉事他所信的上帝。

「在所不辭」

然而，這樣一位以行醫的方式奉獻一生去實踐他宗教虔信的醫生，並不是天生就準備好要走上這一條充滿熱情的勞苦之路。在謝世前沒有多久，謝醫師在一份外國的宗教雜誌《標竿》

(Guide Post)上發表了一篇題名為〈在所不辭〉的文章，述說他曾是一個躊躇不決，在遇到重大抉擇時，總是以人的計算，去逃避迎面而來的挑戰的人。

謝緯醫師在民國五年，生於一個富於名望的大家族。他的父親是一位基督徒名醫，母親也是有名的傳統基督徒家的女兒。「小學五年級的時候，我因為患了嚴重的肋膜炎而被送進醫院。」謝緯醫師寫道：「有時候我看到醫師眼中透出憂愁、嚴肅的神色。母親的眼中則含著淚珠……。」年幼的謝緯意識到自己正面對著死亡。有一夜，他衰弱地祈禱：「……我一向自私，請寬恕我，假如你醫好了我，我將要獻上自己為祢工作。」

小小的謝緯真的逃出了死亡。台中一中畢業之後，少年的謝緯一心想考大學預科，卻兩試不中。「我原想讀完大學才唸神學院的。」謝醫師在一篇自傳的提綱上說。沒有人知道這是不是他第一次試圖迴避他少時的誓約。

在母親的堅持下，少年謝緯打消了赴日深造的念頭，進入台南神學院。在神學院中，謝緯決定了他那獻出一生以為上帝器皿的人生。「上帝啊！為您獻上我，做您的器皿，請您悅納。」神學生的謝緯在日記上寫著：「如果為基督所做的事工的生活，必須放棄我一切所有……甚至因而必須打碎我肉身的一部分，我也會甘心樂意去追求這理想、最具意義的生活……。」

當謝緯讀完神學院最後一年的課程，日本侵略戰爭的火焰正熾，而日本警察對於基督教的抑壓，也日益嚴酷。青年謝緯又一次面臨重大的挑戰。整個時局對於以傳教為一生志業的人有明顯的不利。他開始思索逃避。他放棄了在逼迫中負起傳道責任的道路，東渡日本，「決定到一所大學去研究文學。」

「可是，當太平洋戰爭爆發的時候，日本開始總動員，」謝緯寫道。在總動員的時代，醫師雖也會被徵召，但野戰醫院總比前線安全。「我再度逃避，」謝緯醫師寫著，「這回是跑進了醫學院。」

一九四五年，謝緯在東京市郊澀谷的一間醫院中服務。這時盟軍開始轟炸，青年醫師謝緯四周，每天有炸彈在爆炸。他找了一個藉口，離開澀谷，跑到仙台的一家私人醫院。

他又逃避了。

在仙台，他「住在一棟舊木屋的一個房間。屋後有一片墓地。日子倒過得很平靜。」謝緯寫道，「然而這種日子沒有維持太久。美國轟炸機對準著我們居住的那個城轟炸。有一天夜裡，因為尖銳的警報聲，俯衝飛機，以及爆裂的炸彈，使我的房間震戰不已，彷彿這個世界已經瘋狂。」就在這時，一顆燃燒彈擊中了他的房間的隔壁。他本能地越窗而逃，坐在屋後墳場的一座墓石上，怔怔地望著幾秒鐘之前自己還待在裡面的小屋，正掀起熊熊的大火。

謝緯醫師寫道：

「一個人獨自處在這火花閃爍的黑暗中，一種安寧的心情開始悄悄地爬進我的心裡。我在逃避什麼？當然不是上帝。──但是，如果我在逃避人，那麼我如何幫助他呢？

「那天晚上我下定了決心──從此以後，我要把自己完全交託在上帝的手裡。我的生命屬於祂，我永遠不再逃避任何一項挑戰！」

面向挑戰

當一個虔信的基督徒說要把自己交託在上帝的手裡，那意味著他放棄了出於人的、小我的計算，而唯獨以信仰的原則（對教外人來說就是信念和理想），決定他一生生活實踐的方向。孤獨地坐在墓石上，注視著戰爭熊熊火光的那一夜，成了謝緯醫師最重大的轉捩點。他從善於因人智的計算作為抉擇其行動的人，一變而為只向原則和信念，而「赴湯蹈火，在所不辭」的人。

從此以後，謝緯醫師的一生，便成了他一次又一次迎向挑戰所織成動人的行道者的一生。

他回到他原本逃離的、烽煙中的東京。他「發現以前那間醫院安然無損。」他再度為病人工作，並且在協助治癒那些戰亂中的病人時，找到全新的熱情。謝醫師寫道：「由於我已經不再顧慮自身的安全，所以我能夠更長久、更辛苦地工作而不知疲倦。」

民國三十五年，謝緯醫師帶著新婚妻子楊瓊英醫師回到台灣。三年後，他認識了一位已經開始在台灣山地為那些貧困和疾病所折磨，卻遠離現代醫學福祉的人們，組成一個巡迴醫療團的外國傳教士，孫雅各夫人孫理蓮教士。

「謝醫師，這些窮苦的人們需要你，」孫理蓮教士對他說，「我們要為了神的緣故包紮他們的傷口，照顧他們的病痛。」

謝緯醫師回憶說，這是他回到台灣以後所面臨的第一個挑戰——而他沒有逃避。這個山地巡迴醫療團加入了一個年輕而富於經驗的醫師。

此後，謝緯醫師和巡迴醫療團常常在崎嶇的山路上跋涉七、八個小時，時而攀緣陡壁，時而涉行險水，時而在峽谷間陳舊的吊橋上匍匐，時而穿過陰暗潮溼的惡林。在荒山上席地過夜是常有的事。三餐粗糲，有時為了減輕嚮導山胞的負荷，謝醫師經常自己馱負行李。這一切，都是為了將現代醫學成就的福祉，帶給為文明所棄的、貧病的台灣少數民族。謝醫師不知疲倦地工作，每天就這樣地診治五百名以上——有時候上千——的山地病患。「犧牲不是折磨，痛苦反而是快樂」，謝醫師回憶這段將近一年的生活時寫著。

這個由美國宣教團體主持的醫療團，最初曾每月補助謝醫師美金六十元。幾個月以後，他告訴同團的呂春長牧師說：

「美國人到台灣行善，我們拿他們的錢，對神說不過去，對人抬不起頭。」

於是他放棄了津貼，卻以更深的熱情從事他艱難的山地醫療工作。

對於謝緯醫師，這是另一個挑戰。他祈禱、沉思、接受了挑戰。他沒有逃避。

民國四十年十月，他到美國賓州大學醫學院深造，前後三年。這第三年，他在紐約水牛城總醫院擔任外科醫師。有一次，他和一位基督徒同僚談起台灣山地肺病患者的不幸遭遇。在當時，山胞的肺結核患病率，約為山胞人口的百分之十五左右，而且強烈傳染性的開放性肺病患者尤多，死亡率很高。

「讓我們建立一所醫院。」那位美國同僚說。

「我們到哪兒找到錢啊？」謝醫師急忙問。

他們決定在美國開始募款，他們即刻捐出當時身上的錢，一共是美金五元。

謝醫師帶著部分捐款回到台灣。他又一次迎向新的挑戰。他在埔里山地建立了一所肺病療養院。幾年後，他又專為平地人蓋了一所療養院。

療養院的診察、治療、食宿，全部免費。為了療養院的開支，從來沒有人知道謝緯醫師從自己大同醫院經營所得，拿出多少錢投入療養院。

有一次謝醫師隨著孫理蓮教士來到南部台灣的西海岸一個小小的村莊。他們發現那兒的居民一直為一種奇異的疾病所摧殘。病人由腳逐漸向腿部變黑，痛苦萬分。當居民看見醫療團，他們向醫療人員哀號，懇求他們鋸除病變的肢體。頭一次，台灣的醫療人員發現了名為「烏腳病」的，可能由於水中過量的砷而引起的血栓症。

「他們需要一間診所……」孫教士強忍著滿眶的淚水說。

「可是我們上哪兒找錢呢？」謝醫師問。

「錢的問題交給上帝去辦，」她說，「目前的問題只有一個，你願不願意負責照顧這些可憐的人們？」

謝緯醫師低頭沉思。離開南投一百英哩的診所！「我主，這難道又是一項新的挑戰嗎？」他抬起頭。

「好，我接受了。」謝醫師平靜而堅定地說。

一粒麥子若不落在地裡死了……

曾經與謝醫師在許多醫療傳道艱鉅的工作中共事，半生奉獻給基督教醫療服務的孫理蓮教士回憶說：

「他無私的秉性，對於當時在他那個大多數人都會孜孜於自己前途的年紀，是令人訝異的。當他從美國深造返台，他大可出任台灣任何一所基督教醫院的院長，賺更多的錢，贏得更大的聲譽。但是，他竟為了能全心服事那些貧苦無告的人們，而放棄了這一切。」

孫教士回憶說，在謝醫師自己的醫院，他要看潮湧而來的病患。在烏腳病免費醫院中，他是唯一的一位義務外科大夫，不取報酬而熱心的獻出他寶貴的才能和時間。在西海岸，他籌畫了一所醫院去幫助那些為貧窮和各種痼疾所摧殘的同胞。

有一位目前在埔里鎮鄰近鯉魚潭的基督教療養院協助管理的汪學文先生，謝緯醫師的從兄弟說：「這所肺病療養院在當初是完全免費的。治療、給藥、食宿，都不花病人一分錢。」久而久之，一些病人竟以為理所當然。偶爾給藥時耽擱了一點時間，有些病人竟惡聲惡口，使療養院裡的工作人員感到灰心、忿怒。「謝醫師知道了這件事，對我們說：要真心真意去愛人，是一件不容易的事。」汪學文先生沉思在回憶中說：「他說，那些不講理的病人也許正是上帝的使者，差遣來試煉我們的信心和愛心……。」

他總是以謙和的笑臉面對病人。他耐心地傾聽病人的吐訴，耐心地解釋病情，在必要的時候，為診察一個病人花三十分、四十分的時間是常見的。

他從不向病人催討積欠的醫藥費。更多的時候，他不向那些貧困所軛的病人拿一分一毫的醫療費。有一次，一個病人在看完病時說沒有足夠的錢買藥。謝醫師囑他放心先取藥回去用。過了不久，那病人慌忙地跑回診所，說是他在藥袋裡發現了幾百元，怕是藥劑生弄錯了。「錢是給你用的，」謝醫師平靜的說，「我知道你有困難，應該有所需要……。」

當一個山胞來到他的診所，可能已經長期延誤了治療。病況沉重，全身又髒又臭。謝醫師總是立刻開始治療，眉頭都不皺一下。

他從不躊躇接受任何一個危篤不治的病人。他曾告訴一位追隨他多年的汪清醫師：「我們必須珍惜上帝賦予每一個人的生命。絕不能放棄任何微小的機會，去拯救垂危的生命。」一般醫師視若災難的醫療糾紛，他從不放在心上。「神奇的是，絕大多數別人不收的危篤病人，在他手中挽回了生命。」一位醫護人員回憶說。

他的生活，按照他自已的說法，正是他所極欲效法的「聖隸」——聖主耶穌的奴隸。他奴隸般不斷地勞苦工作，無窮盡地付出，仍然不能避免一些耳語、一些誤會、一些中傷。

為什麼謝緯醫師選擇了這樣一條滿是荊棘的路？

在謝緯醫師的一次講道中，他引敘耶穌上耶路撒冷過節的時候，有幾個希臘人來找耶穌，聽祂講道，且深受感動。謝醫師說，「希利尼（希臘）是當時的文化中心，有許多科學家、有學問的人、富有的人……，耶穌可以在那兒談論，名利雙收。」但耶穌鄙棄了這世人以為榮華的路。祂選擇了通向各各他的路——充滿了痛苦、荊棘、黑暗、死亡的道路。謝醫師說：「耶穌宣稱『一粒麥子不落在地裡死了，仍舊是一粒。若是死了，就結出許多子粒來。愛惜自己生命的，就失喪生命；在這世上恨惡自己生命的，就要保守生命到永生。』耶穌真是言行一致的實踐者。祂這麼說，也這麼死了。」

美好的腳蹤

雖然謝緯醫師為人謙和、笑口常開、永遠懷有一顆不知算計、不知仇恨的赤子之心，但世上也不乏具備與他同樣個性的人，卻沒有一個人能像他一樣，在他短暫的一生中，留下那麼多叫人愛戴、敬仰的美好腳蹤。

他不是一個滔滔雄辯、具有某種天生吸引力的那種人。然而，他的力量卻來自他那徹底實踐的生活。他每一個實踐的足跡，都成為永不褪色、雄辯的、引動千萬人心的風采。

如果我們回顧整個世界醫學成就的歷史，我們會突然發現：無數醫學上的成就，其背後絕不是一個又一個冰冷的醫學科學的發現和進展，而是推動了這些成就和進展背後的許多悲憫心，以解除病人苦痛，拯救病人寶貴的生命這一個延綿數千年來的醫學的道德力量。正好是這道德的光輝，一塊塊堆砌成一座巍峨、輝煌的殿堂；正好是在跟隨那一盞道德的明燈下，無數醫學家們美好的腳蹤走出遼闊的、醫學研究的道路。

史懷哲醫師說過：「每一個人都有他自己的蘭巴崙。」每一個人都可以按著他自己的條件，實踐他自己的理想和信念，正如史懷哲醫師在非洲的腹地建造了他的蘭巴崙醫院一樣。謝緯醫師正是在他足蹤所至之處，建造了一座又一座小小的蘭巴崙。那麼，在醫學院的課室、研究室，在每一位醫師的手術房、診所，便處處存在著可供他按自己的樣式，建立屬於自己的蘭巴崙。

初刊一九八〇年四月《立達杏苑》第一卷第一期，未署名
收入一九八七年七月雅歌出版社《曲扭的鏡子》（康來新、彭海瑩編），
一九八八年四月人間出版社《陳映真作品集7．石破天驚》

1 本篇初刊《立達杏苑》時，配有多幅謝緯醫師的肖像和家族照及視診照。
2 人間版此下另起一段。
3 人間版無此標題。

中國文學的一條廣大的出路

紀念〈中國人立場之復歸〉發表兩周年，兼以壽胡秋原先生[1]

民國六十六年夏天，一篇題為〈不談人性，何有文學〉[2]的文章，登在此間一家大報的副刊，對王拓、陳映真和尉天驄做了公開的、點名的、嚴厲的政治性抨擊。由於問題一開始就以異乎尋常的、明顯的政治詞語提起，加上攻擊者同伴們的吶喊和威嚇，整個文壇一時落在悲忿、焦慮和恐怖的噤默中。一直到同年九月，《中華雜誌》登出胡秋原先生〈談「鄉土」與「人性」之類〉[3]，對於前揭的〈不〉文，提出了有力的批評；十月，《中華雜誌》又刊出徐復觀先生〈評台北有關「鄉土文學」之爭〉[4]，從海外支持了鄉土文學。王拓的答辯論文[5]，在九月上旬刊出，其他鄉土文學家的辯論文章的刊出，大多是在這以後的事了。然而，胡秋原、徐復觀二位先生的文章之重要性，還不僅在於他們用嚴正的態度，恢宏的器識和豐富的文學知識批駁了批評者，護衛了好不容易在台灣成長起來的中國的、民族主義的文學，更其重要的是，胡秋原和徐復觀二位先生的文章，及時地廓清了一種疑慮，即大陸人要抑壓本省人的文學這樣一種不當有的忿懣的情緒，因而避免了「增加外省人與本省人的界線，增加年長的與年輕人的隔閡」的「不堪設想的」「後果」（徐復觀，〈評台北有關「鄉土文學」之爭〉）。

六十七年四月，尉天驄先生收集了有關討論鄉土文學的正反兩方面的文章，編成《鄉土文學討論集》[6]，付梓問世。同年四月和五月號《中華雜誌》，連續列出胡秋原先生為這本論文集的出刊而寫的序文：〈中國人立場之復歸〉[7]，算起來，離現在剛好發表了足足兩個周年。

一

〈中國人立場之復歸〉發表以後的這兩年間，整個世界和中國，都發生了一些重大的變化。國際政治多元化的傾向持續發展著；蘇聯的擴張之手繼續延伸的同時，它作為「第三世界忠誠的朋友」的假面具也隨之揭破，並且在東歐、在中東、中亞和其他貧困國家中引起反抗。美國的國勢顯現明顯的、比較性的衰退，但在它的政治支配日益萎弱的同時，它的經濟帝國的結構，基本上仍保持著巨大的力量，中共在掙扎圖存所做的巨大政策轉換中，暴露了它十數年來政治、經濟、社會和思想上極端嚴重的缺失和問題。在台灣，我們在這兩年間所面臨的衝擊和變化，則是此間每一個愛國憂時的人所耳熟能詳的。

在這樣的背景上，我們回頭重讀胡秋原先生〈中國人立場之復歸〉這篇文章時，就更顯現出它的若干現實的重要性。

首先，是胡秋原先生的「超越前進論」的再評價的問題。

早在一九六二年，胡秋原先生提出「超越傳統、西化、俄化而前進」的論點。二十年來，這樣的提法，似乎一直沒有受到中國知識界應有的重視。究其原因，胡秋原先生說：「殖民地、半殖民地紛紛獨立，形成所謂『第三世界』。美、俄爭奪第三世界，後者在政治上、思想上亦徬徨於美俄之間。」而中國也自然不曾例外。於是中國知識分子，在「只有西（資本主義）化才能救中國」和「只有俄（社會主義）化才能救中國」的兩種思潮之間長年徬徨、爭吵甚至於殺伐。在西歐資本主義的經濟、政治體制基本上還能炫惑一大部分貧困國家的知識分子，在它的體制基本上還不大容易看見它的疾病的時代；在社會主義的理想和信念基本上還沒有充分在實踐上顯露它的一些嚴重問題，它的體制[8]基本上還沒有暴露出對於自由、民主、人道上的深刻戕害，從而還引導著一大批貧困國家的良心的知識分子的時代；胡秋原先生的「超越前進」之論，不但不會受到重視，甚至還要遭到集中在西化派和俄化派兩極的知識分子的嘲笑甚至陷害的。

在中國，從過去在大陸到今天台灣的經驗，西方列強的思想主張和具體實踐，是異常辛辣的。不平等條約、租界、帝國主義的侵略戰爭、軍閥的割據、民族工業的受壓制、農村的凋疲；資金、技術的壟斷和支配；內政的干預……，構成中國人民對西化經驗的大部分內容。今天，即使台灣極右翼的人們，也開始以「帝國主義的干涉」來指斥相溫存已近半世紀的美國。

「反對帝國主義和封建主義」，「爭取祖國的獨立和民族的解放」，「建設社會主義的、人民的中國」……這些信念，也曾吸引、組織了多少愛國的中國知識分子和人民，為這些理想獻出畢生的精力，甚至犧牲了生命。然而中共在大陸統治三十一年的經驗，到了今天，中國人民已經深刻地體驗到「無產階級專政」和黨即黨官僚專政之間的矛盾；「社會主義民主」在理論上和實踐上的巨大差距；一個資本主義不發達、在民族資本積累基本上貧弱的條件上建設社會主義時，在理論上和實踐上的巨大而嚴重的困難；在政治經濟條件不充足的情況下，「社會主義」社會中封建法西斯因素的強大殘留及其可怖的影響；馬克思主義革命的極端宗教化所帶來對於人性、道德的令人戰慄的殘害；社會主義國際社會中支配和被支配者、社會帝國主義和社會殖民地的關係等諸問題，在過去大陸創痛猶如惡夢的體驗中，和世界社會主義運動的經驗中，為有識的中國知識分子和人民，提出一串串深刻而沉痛的問號。

在這樣一個付出了巨大代價、犧牲了許多寶貴生命、創傷猶深的歷史經驗之前，胡秋原先生的「超越傳統、西化和俄化而前進」的論點，已經以不同的形式、不同的語法，擺到生活在台灣、大陸和廣泛海外中國人民和知識分子的面前來，要求嚴肅的再思考，並且勢將以越來越鮮明的問題性，催促我們予以認真而嚴肅的再評價。

走中國人自己的道路，依照中國之社會的、經濟的、歷史的具體條件，而不是在西方或蘇聯的現成的模式中去挑選或抄襲其中之一，找出自己的出路——這是今後全體中國人共同的、艱難的課題。胡秋原先生正是理解到台灣的鄉土文學是相對於和「民國五十年以後，隨著美國影響之深入，日本『技術合作』之擴張，加工出口區之積極，經濟上一時有一面的發展，於是西化主義逐漸抬頭」這樣一個背景相應的西化文學而興起的民族主義文學；認識到鄉土文學「由本地人民的生活出發，有真實感」，寫的是「一些勤勞、樸實、被命運或『頭家』所顛倒捉弄的小人物」；認識到鄉土文學走出滔然而來的外來文化和文學之支配，從自己的同胞和土地上汲取創作的泉源，建立民族的風格，從而肯定鄉土文學「對外國而言，反對西化俄化而回到中國人立場」，所以認定它「今以此處的鄉土始，究必以到大鄉土之大陸終」。

「中國人立場」。是的。中國文學的立場應該是中國人的立場而不是歐美或俄國的立場。在為中國人民求一條自己的出路的奮鬥中貢獻出自己的力量，這便是今後一切中國鄉土工作者的重大責任。

二

其次，是在「超越傳統、西化、俄化而前進」的認識中，取得更為自由、活潑，更為生動而富有創意的思想生活和創作生活。

長年以來，中國知識分子和第三世界的知識分子一樣，在「政治上、思想上」「徬徨於美俄之間」。在三〇年代，左翼文學家容不得胡秋原先生「文藝至死是自由的、民主的」這樣一種提法。胡秋原先生主張文藝與政治之間存在著一定的、根本的距離，主張文學固有它的階級性格，然而卻不因而簡單化到使文學成為一階級的武器；主張容許其他文學（例如小資產階級的文學）存在的文學的民主主義；主張文學的極端細緻、複雜性，從而需要心靈的自由，因為「沒有自由，即無文學」；主張拒絕在文學討論上之武斷的、教條的、機械論作風。這些今日看來愈益顯見其深刻現實意義的論點，竟被當年的左翼把它與當時的極右文學觀點等同起來，施以組織性的抨擊和威嚇。另一方面，台灣三十年來的文學思想生活，卻讓極端世紀末的、頹廢的西方文學支配一切，反對文學走出個人主義，反對文學寫得平白易懂，讓更多數的民眾分享文學的感動，從而為民族和國家的向上，略盡文學家的微薄；主張文學僅僅是一些懂得「深奧」的知識的少數人所獨享；主張所謂「美感的中立」；主張文學的目的只是單純的「快樂」；同時在社會政治思想上主張拋棄文學的民族主義，以大國的經濟侵略為一種「互惠」；主張貧富不平均的現實合理性……。於是在六〇年代以前大抵上還保留著一些「進步」，和「自由主義」面貌的西化派知識分子，在鄉土文學論戰中完全暴露了它極端保守，甚至法西斯的性格，不借以「工農兵文學」的帽子扣住鄉土文學，並高聲呼叫，引人打「狼」。

胡秋原先生的〈中國人立場之復歸〉，一方面堅持他一貫的「文學至死是自由的、民主的」這個理念，另一方面對於台灣極端惡質西化的文學思想給予深刻的批評。一方面對於左翼文學的「黨文學」和史大林以降的「文藝政策」和中共的「工農兵」文學對中國文學和文學家所造成的慘禍，做了沉痛而辛辣的批評，另一方面，顯明地主張文學的民族性，主張文學可以寫「小人物」和窮人，可以寫「繁榮後面」存在的「廣大貧困與不幸」，可以反映「帝國主義、殖民地經濟、買辦獨占資本之事實」。

曾有一段長時期，文學的自由和民主，曾是懷抱著「進步的世界觀」的中國文學家所諱言的。結果文學的自由與民主，一度為主張西化小趣味，在巨大民族苦難的環境中主張「幽默」，胸無文學精神，玩弄個人小情趣的洋場才子們所庸俗化了。也曾有一段長時期，反帝、反封建、追求人的解放和幸福這些高尚的理念，吸引了多少愛國的，優秀的中國文學家，並毫不躊躇地為這個理念獻出一切。但是，幾十年下來，在宗教化的教條主義和極左路線下，中國的文學家遭受到新文學運動史上最大規模、最悲慘的精神和肉體的迫害。結果反帝、反封建、追求人的解放和幸福這些文學主題，為另一極端的極右派所禁壓，為墮落了的西化的「自由主義者」所嘲詈。但是胡秋原先生〈中國人立場之復歸〉這篇文章，適時地提出超越和清算這兩個左右偏向的主張，即正確地認識到文學範圍中自由和民主的問題；正確地理解到人類社會生活中文學的特殊細緻和自由的領土，也嚴肅而義無反顧地認識到文學的民族性格，和文學關懷國計民生、文學應當不避諱對「帝國主義、殖民地經濟、買辦獨占資本」的批評和抗議的權利。在「中國人共同立場」——即「保持中國民族的自尊心，保持中國人之間公平，不相侵侮鬥爭，團結以求自立，不依附外人，不受外人侵侮，並由九億人之利害觀察世界」——上，中國文學在思想取得了更遠大的天空和地平線，更生動活潑而富於創意的寬闊的發展道路。

三

再次，是自由對於文學的思想、研究和創作的重要性這個問題的提出。

胡秋原先生曾在五十年前一篇文章中說：「摧殘思想的自由，阻礙文藝之自由的創造……是與文化之發展絕不相容的。」因此，胡秋原先生反對任何形式的「文藝政策」。他說道：「全體而言，沒有文藝政策是成功的。……政權的保護可以使科學進步，卻不能得到文藝的開花，而壓迫只能造成沉默，阿諛和陷害。」

箝制思想的自由，壓制文藝之自由創造，輕者造成文藝發展的停滯、呆板，嚴重者造成教條、迷信當道，支配一切，造成一時代心智的長期黑暗、鈍滯，為文藝工作者帶來心智和肉體上慘虐的損害。近十五年來中共文壇的災難，是世界思想史上許多教條主義的、黑暗時代的另一個舉證。當一個文學家為被壓迫者、被侮辱者發出抗議的吼聲，那並不來自一個教條的威迫，也不來自威權的命令，而是來自藝術家「偉大情思」自然的發露。因此，胡秋原先生認為：「有《憲法》保障思想著作之自由；有《刑法》制裁危害社會之活動，即無文藝政策之必要。」中國必須從長久以來數見不鮮的文化、文藝和思想統治的歷史中汲取充分的教訓，不再讓「右派」的大帽子壓死無數的文學家，也不讓「工農兵文學」的血滴子，飛向文學工作者的脖子。正相反，胡秋原先生主張：「如要有文藝政策，那便是在憲法範圍內對學術文藝作一般鼓勵，供給研究，創作的便利，解除寫作的困難，保持自由創作、自由批評的風氣。」對於文學上不同意見的爭論，應該從文學作品本身去爭論和比較；應該在文學理論的範圍內去爭辯。胡秋原先生在另外一篇文章中說：在文學問題的爭論中，「政治力量之後援……縱能取勝於一時，終為慘敗之原因。利用文藝為政治鬥爭工具者也一樣」。因為文藝有這樣一個特點：她是「尊嚴的、嬌潔的、自主的、自由的」。

四

最後，中國文學，應該有鮮明的民族風格，並為中華民族精神的向上，民族的團結與和平而努力。

在〈中國人立場之復歸〉裡，胡秋原先生說，文學應該「給其同胞以安慰、鼓舞、啟發，在潛移默化中，鑄造一個民族之感情與意志，使其更為人道，也便成為團結一個民族精神的分母，紐帶與水門汀」。

對於「我們需要何種文藝」這個問題，胡秋原先生回答說：我們需要的文學，是「表現中國人命運、憂患、奮鬥、失敗、愚蠢、恥辱的文藝；表現中國人最好的精神、風格、理想的文藝，也便是洗滌我們的恥辱，使中國人的心靈光明純潔崇高，克服中國人之卑怯、苟且、不誠、不義、自私、分裂、互相殘害，重建中國人情感之相通，因而重建中國民族之團結與尊嚴，並鼓舞其精神向上、向前奮發，使中國人的生活更善、更美、更人道的文藝！」胡秋原先生認為這一切都必須「通過中國民族憂患的體認，克服……崇洋媚外的死症，以復歸於『中國人立場』」。

中國，在可以預見的幾十年內，還要面對許許多多的困難。為了克服這一些困難，把中國建設起來，中國文學的任務，便在於協助建設新的中國的心靈：即滌除「中國人之卑怯、苟且、不誠、不義、自私、分裂」，甚至中國人「互相殘害」的黑暗、落後的心靈，從而鼓舞中國人光明、美善、富於同胞之愛的心靈，振起民族的自尊心，增進民族的和平與團結。文學再也不應是任何一個政治黨派的「吧兒狗」或「留聲機」，也同樣地不應該只是「文人才子」為了自己個人的「快樂」，吟風弄月，風流自賞的遊戲。中國文學家，正如胡秋原先生五十年前所說，絕不是什麼神聖，也沒有什麼「天才」的特權，足以高人一等，不許別人批評。但中國文學家，也絕不是「臣罪當誅」的「臭老九」，歌德搖尾的「吧兒狗」。中國文學家，與其他一切愛國的中國人民和知識分子完全一樣：竭盡所能，為社會和國家的發展向上，為了民族的和平與團結而努力工作。

胡秋原先生發表〈中國人立場之復歸〉，轉眼已經兩年了。這篇文章的發表，總結了鄉土文學的一些基本性質，並給予一定的評價，廓清了來自右翼對鄉土文學的誣衊、圍剿，和來自一批墮落了的西化派的打擊和誣陷，對於在台灣的中國民族文學的發展，是令人難忘的貢獻。尤有進者，胡秋原先生「超越前進」之說；文學生來是自由和民主之說；文學之復歸中國人立場之說；文學為中國民族心靈之建設、為民族團結與和平之論，在數十年來中國文學家歷盡滄桑的體驗背景中，更顯出〈中國人立場之復歸〉在未來中國文學思想上重要指導性意義，為中國文學指出一條寬闊的出路。同時要指出，這些論點，並非胡先生在兩年前才提出的，而是他五十年來文藝思想之一貫發展，這是由他的《文學藝術論集》[9]所清楚地證明的。作為中國作家的微末的一員，我衷心感謝胡秋原先生，並以這拙劣的文字祝賀胡秋原先生七十之壽。

初刊一九八〇年六月《中華雜誌》第十八卷總二〇三期
收入一九八八年五月人間出版社《陳映真作品集11．中國結》

1 本篇刊載於《中華雜誌》「胡秋原先生七十壽辰」特輯。
2 指彭歌〈不談人性，何有文學〉一文，刊載於一九七七年八月十七—十九日《聯合報．副刊》。
3 胡秋原〈談「鄉土」與「人性」之類〉一文，刊載於一九七七年九月《中華雜誌》總一七〇期。
4 徐復觀〈評台北有關「鄉土文學」之爭〉一文，刊載於一九七七年十月《中華雜誌》總一七一期。
5 王拓〈擁抱健康的大地——讀彭歌〈沒有人性，哪有文學〉的感想〉一文，刊載於一九七七年九月十—十一日《聯合報．副刊》。
6 尉天驄主編的《鄉土文學討論集》（台北：遠流、長橋聯合發行，一九七八年四月）一書，收有本文前述彭歌、胡秋原、徐復觀、王拓所著之四篇文章。
7 胡秋原〈中國人立場之復歸——為尉天驄先生《鄉土文學討論集》而作〉（上）、（下）兩篇，刊載於一九七八年四月《中華雜誌》總一七七期、一九七八年五月《中華雜誌》總一七八期。
8 人間版無「基本上還沒有充分在實踐上顯露它的一些嚴重問題，它的體制」。
9 見胡秋原《文學藝術論集》二冊（台北：學術出版社，一九七九年）。

胡秋原先生與中國新文學 1

主席、各位貴賓，胡先生的親友，各位朋友：

今天是胡秋原先生七十壽辰。我和胡秋原先生的因緣較淺，雖然早在我的青年時代，就開始拜讀先生的各種著作，但得以親炙先生的道德、學問，體會先生對於民族、國家以及青年的深切關愛之心，是我有幸忝為《中華雜誌》的編委的這約莫一年間的事。以我這麼淺近的關係，卻能在今天這樣一個聚集了許許多多認識先生的學問、品格和情懷千萬倍於我的、先生的故舊門生；聚集了更多來自四面八方，為著先生幾十年來為我們的國家、民族、社會所做的貢獻表示最真摯的敬意的長輩們、以及同輩們和新一代朋友們的場合，在這裡講幾句祝賀和紀念的話，感到特別的榮幸。

先生從二十幾歲開始，就從事於思想和研究的工作。幾十年來，這些工作的成績，不論在國內和國外，都已成為一種卓然的存在，無可搖撼，不容抹殺。特別是對於中國而言，經過幾十年來中國歷史的具體經驗，越來越顯出先生的這些思想和研究工作的現實重要性。我今天要報告的是，先生的文藝思想，和這些思想對於現代中國文學的重要意義。

首先關於文藝的功能問題。先生早年來的意見，是以為文藝反映人生，批評人生，指導人生。至於文藝是「為人生」抑或「為藝術」的問題，先生則以為問題的提起，已有錯誤。文藝「為人生」還是「為藝術」的問題，是依文藝家對於他所處的時代之態度而定。在一個充滿黑暗、不公、生靈塗炭的時代，如果一個文藝家對於這一切閉眼不見，兀自詠風吟月，固然可憎；但在一個制式文學當道，思想言論受到禁壓，文學流於僵化的時代，一個嚴肅追求美的創造的藝術家，正是對既存的苦悶的反抗，有進步的性質。反之，在一個黑暗的時代，一個文藝家以為正義、人道呼籲，向暴力和謊言抗議作為文學的使命，固然可敬，但是在一個組織性的暴力之前，作家昧著良心歌功頌德，則無論他的形式和內容如何合於「人生派」的文學，也是應當加以棄絕的。

最近幾年來，先生更發展了屬於他自己的文藝哲學。先生從近代生化學的發展所究明的生命最基礎的情況，理解到：美，是從生命本身的平衡、節奏、對稱、傳導、運動等諸性質所發露。先生也從近世腦醫學的發展，認識到美，是人類情緒活動中的回饋作用所發展出來的、一種文化的、社會的要求。先生從生命出發，去觀察美學上的諸問題，就有了這個基本的命題：「生命的發展就是美的發展」。因此，文藝在根本上就是人生的。生命的生化學的一面，也就是說生命自己完美的性質，說明了美的自己完美的性質；生命的腦醫學的一面，說明了美和文化、和社會間密切的關聯。於是「為人生」和「為藝術」的文學之區別，成為一個盾牌的兩面，互相生成。

「人生派」和「藝術派」文學在中國的爭論，由於人生派主張文學為「革命」，為人類的解放服務，較之當時藝術派之主張庸俗的藝術至上，不關心沉淪中的中國，而顯得理直而氣壯。一時中國的青年文壇，莫不以「人生派」的文學為前進。先生在那樣的時代，提出文學即人生，不承認「人生派」和「藝術派」的區別，是需要一種鑠見，以及由這鑠見而來的勇氣的。

幾十年來，中國文學的具體實踐，固然證實了藝術派的庸俗和墮落，但一大批優秀的人生派文學家，也從爭取解放的文學工作者，變成了不能不在鎖鍊下阿諛，說謊的文學家，遭逢了極大的迫害和摧殘。在這個餘痛猶生的歷史背景中，秋原先生的文藝哲學，也就是他的藝術出於生命的自己完美的性格，和藝術作為生命、文化、社會之要求，有她獨立、向善、和自由的本質這種說法，便應益顯出它的重要現實意義。

先生從生命的現象所得的藝術哲學，以為藝術追求美善，一如生命本身之美善；藝術排除和克服醜惡，一如生命排斥病害。人的生命，從最基本的蛋白質發展到社會、文化的生命之後，在創造了政治、經濟，宗教等等，同時也創造了文學藝術。就文化、社會的生命而言，它克服壓迫、暴力、不公、罪惡、掠奪、欺詐這些醜惡，從而要求正義、良善等。文藝求人類心靈的淨化，人心的相通，實現人類相互的愛，和平和團結。

生命發展為民族。於是先生認為中國的文學必以中國的語言文學，去表現我們民族的情感、精神、憂患和希望，促進中國人的和平與團結，克服來自內部(例如「自外」、自相壓迫內爭、墮落)和來自外部(例如帝國主義經濟、文化的侵侮)的醜惡。

因此，依先生的看法，文學對一個社會和民族的人心，發生鼓舞、安慰、陶冶、淨化、團結的作用，這不是出於一黨一派的意理或教條和某種道德的教訓，而是出於生命、文化和社會的自然要求。因此，文學使失望的人受到鼓舞；使憂傷的人得到安慰；使粗暴蒙昧的心受到陶冶；使黑暗汙濁的心得到淨化；使相互仇恨、殺伐的人類，重歸於和平與團結。

文學要完成這些功能，先生又認為必須有充分的自由。先生著名的文藝自由論，依個人的揣摩，可以分成兩個層次去理解。

首先，是文藝從她與社會階級、政治經濟諸關係的機械論的關係中，獲取應有的自由。先生認為：文學與階級，與產生那個文學的特定的社會經濟之間固然有一定的關係，但這關係是極為微妙而複雜的，絕不能以庸俗的機械論觀點加以制約。先生很早就看見文學藝術獨立的、特殊的、自由的法則；認識到文藝「實在是反映著時代環境中種種物質底、精神底、錯綜複合的關係，而決不單受政治經濟的支配，從而被庸俗化到只作一階級的武器」。

其次，是文藝作家需要創作上的主觀底與客觀底自由。主觀的自由，是說一個作家必須覺悟到不做一黨一派的工具，吧兒狗，或者留聲機，不做一個複頌教條的機器。客觀的自由，是要容許作家有思考和創作的充分而必要的自由。從而，先生反對予創作以各種宗教的，政治的教條的限制；反對左的和右的「文藝政策」。先生說，「文學至死是自由的」這句話，經過長年的爭論和歷史體驗，成了回響長遠的名言。

為了一種高尚的理想，出於一種尊貴的動機，中國曾有過多少優秀的作家，有意識地拒絕，否認和放棄了這自由。但三十年來的具體經驗，在蘇聯，在中國大陸，「革命家」們用在馬克思主義中找不到的「黨文學」和「工農兵文學」的框框和教條，使兩個最富文學才能的民族的文學自身、創造力、作家的心靈，甚至於可貴的生命，受到重大的殘害。沒有這種歷史經驗，先生的文藝自由論，是很難於讓資質優異，懷抱著熱烈的淑世的理想的作家所理解的。

因為尤其是在大陸，三十年來，一部現代中國文藝思想史，就是一部爭取文藝自由的思想史。從王實味、丁玲、艾青，以至於所謂的胡風集團，和去年十月中共第四次文藝工作者代表大會上，中國的作家們以不同的形式和語言，向中共索取文藝的自由。三十年來的大陸文藝界的歷史，也是一個充滿了對作家殘酷迫害的歷史。中共四次文代會上所發表，據說為「林彪四人幫」迫害致死，並遭受身後誣陷的著名文藝工作者名單，竟長達一百一十八名！對於中國文藝工作者，這是歷史上未曾有的一場浩劫。而先生的遠見，經過這一場浩劫，才顯出它的真理。

但是果如先生所說，自由是文藝的屬性，自由是文藝從生命所賦予的性質，那麼，不論那壓力有多麼巨大、多麼殘暴，文學對自由的要求，終於要像巨石壓迫下的種籽，破重而出，而生發，而茁長。這是中共壓迫不了，蘇聯無法使他們噤默，任何獨裁者，都不能堵死文學要求自由的聲音。這也是經由歷史的實踐所證實了的。

為了主張文藝的自由，五十年來，先生不斷地與人辯難。對於中共具體壓迫文藝自由的事件，先生總是不憚煩地加以抨擊，對於受到中共迫害的文藝工作者，先生總是為他們大聲疾呼。文學的民族主義，文學的自由和文學的人道主義，可以概括先生整個文藝思想，並身體力行。也正出於這一貫的思想主張，先生以遠大的眼光，恢宏的器識，毅然支持了鄉土文學。這是在台灣的新一代中國文藝家們所畢生不能忘懷的。

當我們對數十年來現代中國文學做一個回顧。西化派文學極端的個人主義，小趣味主義，貴族主義，形式主義和世紀末傾向，已經從歷史實踐中證明了他們沒有能力去反映、批評和指導劇變中的中國所提出的諸問題。在另一方面，無數富於才華，愛國心和正義感的優秀的中國作家，曾一度出於高尚的情懷，組織到「左翼」的旗下，並且在一九四八年前，有過初步的、優異的貢獻。然而，三十年來的悲痛的歷史經驗，以昂貴的代價，他們終於在組織性的教條和暴力下，認識到文藝本身和作家的自由，是不可妥協、不可讓與的。而胡先生關於文藝自由；關於文藝高於政治，不受一黨一派所利用；關於文藝不應有任何形式的壓迫性、奴役性的政策，例如——聯共的黨文學和中共的工農兵文學；關於文藝求人類心靈之淨化，克服各種形式的醜陋，促進人類的和平、公正、互愛與團結；關於文藝的民族內容和民族形式；關於文藝應表現民族共同的願望、精神和憂患，排除「外化」、排除自相殘殺和爭奪，從而增進民族內部的和平與團結……這些論旨，特別是經過這三十年來中國文藝作家所經歷的遭遇所構成的共同的體驗的背景中，先生的胸懷、先生的眼光和先生的洞識，更能在民族共同的反省中，顯現出具體的、現實重要意義，而成為先生對於現代中國文學一項珍貴而重大的貢獻。

半個世紀以來，先生的思想和研究工作本身，已經自己塑造了先生在中國和國際上一定的評價和地位，不必用我們有限的語詞來增添先生應有的光榮。我只是不能已於在先生歡渡七秩壽辰的這個場合，容許我代表新一代在台灣成長起來的中國的、愛國的文藝工作者，用我們的掌聲，向先生致敬，並以最嚴肅的感激，說：「胡老前輩，為了您為中國文藝工作所做的貢

獻，我們謝謝您，我們要更謙虛、更嚴肅、更努力地工作，為中國文學的自由和發展，做出貢獻。」（掌聲歷久不絕）

初刊一九八〇年七月《中華雜誌》第十八卷總二〇四期

1 本篇係胡秋原先生七十壽辰祝賀會上的發言稿，為《中華雜誌》的「記胡秋原先生七十壽辰祝賀會」專題文章。「胡先生壽辰講演會」時間：一九八〇年六月十七日；地點：台北市實踐堂。

試論蔣勳的詩[1]

一、「現代詩」餘留下來的影響

在世界冷戰的高峰時期的五十年代，台灣的中國新詩，回過頭到歐戰後的、三十年代的西歐，找到「波特萊爾以降的」殘餘，拂去塵埃，重新裝扮，展開了新詩的「再革命和現代化」。三個十年過去了。作為對於中國舊詩、舊文學之革命的白話詩和文學，看來還有一條長遠無盡的發展前途。但是，以劃時代的「再革命」者出現於台灣的「現代詩」，固然曾喧騰於整個五十年代和六十年代初，卻在六十年代中期以後，實質性地陷入懷疑、停滯，而於七十年代，進入它彌留的時期。

但是，這現代詩的影響，依舊是十分深遠的。

極端的形式主義

首先，現代詩極端地強調詩的形式之重要性。現代詩注重詩的所謂「視覺效果」。詩中傳達的意念和情感，受到徹底的忽視。現代詩誇張地打破約定俗成的句子和詞彙，毀滅傳達意念和情感所必要的句構和邏輯。

極端的個人主義

內容決定形式。但形式也反過來制約了內容。台灣的「波特萊爾以降」的西歐「現代詩」，固然成為表現逃避五十年代巨大苦悶最適切的文學形式，而「現代詩」這樣的文學形式，也制約了它幾十年間逃避和拒絕現實生活的內容的性格。詩，至此已不再描寫生活著的人和人的生活。詩被用來任意地向人拋示個人不可理解的、混亂、蒙昧而無意義的意識的底流。人生只剩下連場不可索解的夢魘；歷史只成了一長串難挨的時間。在極端的個人的極端的心理底層中，人和人，人和世界的關係完全消失了。人生再也沒有值得可以奮鬥、可以熱愛、可以忿恨、可以蔑視、可以崇仰、可以歌、可以哭的事物……。

晦澀

「現代詩」在語言上的極端晦澀，是和這「現代詩」表現個人極端的內在生活本身的非常思考的、非邏輯的性質，互相因應的。然而，逐漸地，現代詩反句構和反邏輯的表現「技巧」，從作為表現特定內容的結果，反過來成為獨立的原因和目的。語言成了目的，而不是手段。在追求「語言的密度」或「張力」這樣一種「理論」的指導下，現代詩人放肆地破壞中國語言一切約定俗成的法則。現代詩的晦澀於是日甚一日。並且在現代詩「導讀」家們圓夢解謎式的強解下，玩弄文字的晦澀的詩風，早已經遠遠地超越了不回歸點。

因此，現代詩的不能傳達，是從三個方面造成的：

第一，現代詩所表現的，是詩人最個人、最原始、最底層的心理的流動。它的本身，本來就是不可索解的。一個人心靈最暗黑的底流，是一種前思索和前邏輯的流動，詩人對之，已不甚了然，對於他人，就更無意義可言了。

第二，現代詩不關心一切個人和自我以外的、共通的、社會的事物。凡是在社會的共識這個基礎上使人與人互相溝通的事物，都是現代詩所不屑於入詩的。因此，在內容上，就缺乏可溝通共識上的條件。

第三，不論作為結果或原因，現代詩刻意破壞語言表達上一切中國語言中約定俗成的法則。中國語言中共同承認的符號、思維方法，被徹底地棄絕。溝通的手段既壞，傳達之門便緊緊地關閉了起來。

孤立

六十年代初開始，現代詩不但遠遠地離開了民眾的生活，也越來越迢遙地離開了一般知識分子的生活。原本比其他任何形式的文學更易於觸動青年、民眾和知識分子的詩，卻在這時遠遠地離開了青年、民眾和知識分子。在台灣成長的四十五歲以下絕大多數的知識人，從來沒有過詩的生活——快樂的時候熱情地吟誦某人的某一首詩；悲傷的時候從某人的某一首詩得到安慰；受侮辱的時候因某人的某一首詩而振起；絕望的時候因某人的某一首詩而重拾奮鬥的勇氣。現代詩不由自已地孤立了它自己。

殘餘的影響

七十年代開始，從關傑明的文章，爆發了一場在台灣具有重要的文學思想史意義的論戰，對台灣和香港現代詩做了深入的批評和檢討。「文學的社會性」、「文學的民族性」諸問題的提起，其實是對幾十年來台灣的文學、美術、音樂等等的總的檢討和批判。至若，「鄉土文學」的提出和「論戰」，從文學思想史的觀點看，其實只是「現代詩」論戰的延長。論戰之後，現代詩基本上宣告了不治。這是從論戰後，幾個現代詩巨匠再無作品發表，且即有作品發表，一般地捨棄了極端晦澀主義足以見之。從文學史的觀點看，說現代詩基本上已趨於死亡，是可以成為定論的。

但是，如果說現代詩已經完全成了昨日的事物，是絕對地昧於事實的。在絕大多數知識分子不理睬現代詩這個事實的對面，也存在著這樣的事實：目前，在大專院校和一般詩文學青年中，所謂現代詩「意象」經營之說；「語言的密度或張力」之說；「句構和邏輯的切斷」之說；「詩的空間性」之說等等，還頑健地占領著有志於寫詩的文學青年的腦筋，束縛著他們的手腳——儘管原初「創設」了那些理論的人們，已經不相信，或者已不十分熱心地相信那些理論了。

這說明了什麼呢？

這說明了七十年代初的新詩論戰，較多著力於批判，即「破」的一方。對於幾十年來除了「現代詩」那樣的東西而外從不知中國新詩的傳統的詩文學青年，離開「現代詩」這個他唯一讀過的詩形式，再也無法想像另外的、現代詩以外的詩的內容和形式。不錯，論戰以後，整個現代詩壇，一般地顯得比較明白易懂；一般地比較恢復了句構和邏輯……，但在最基本的精神上，台灣的詩在最深處依然保留著「現代派」強大的影響——例如意象經營論，例如語言密度論和極端個人主義的精神。固然可以這樣說：七十年代初的新詩論戰，在批判統治了台灣詩壇三十年的現代詩的工作上，有具體的成績，但在創作實踐上，相形之下，對反於現代詩的新詩創作比較薄弱。但現在仔細讀論戰後吳晟和蔣勳的作品，深深地感到他們的才華已經奇異地縮小甚至泯除了兩種詩風交替時幾乎不可避免的尷尬和稚拙的時期，並且初步有了相當優秀的成績。

二、「現代主義」以後

當極端西方化的、個人主義的、形式主義的、晦澀的現代詩瀕於式微的時代，一個註定了要取代「現代詩」而成為明日在台灣中國新詩之主要形式的詩，早已經懷孕著，並且生長著。這個新的生命，是從兩個根源完全對反於「現代」風而成長著。

吳晟頭一個根源是生活。

「現代詩」以「橫的移植」為言，以詩的「國際性」為言。而所謂「橫的移植」或「國際性」，主要是現代工業文明下——即城市生活中人的疏離、孤獨、精神薄弱、感官倒錯等等感情的「移植」和「國際」化。如果這一切都是真實的感受，倒也有它存在的價值。但是，在「現代派」最鼎盛的五十年代中期至六十年代初期，台灣的工業還只在為六十年代下半開始的巨大發展預備條件的時代。現代社會中人的疏離感等等的問題，在那一段時期中並未存在，或者存在而不顯明。「現代詩」的絕大部分，借畫家洪瑞麟批評「東美」旗下的畫家時說的話，都不是「描寫自己真實的感情」。它只是一群蝟居都市的詩人，把從西方支借過來的感情，灌水泡湯，競相遊戲的把戲罷了。

但是，在遠離了都市的遼闊的地區中，寫詩的青年雖也風聞、也閱讀「現代詩」，而且在最精細的分析中，也看得出在十分輕微的程度上，受到現代詩的影響——敘寫個人的感情多於寫外在的、社會的生活；詩句在構造、遣詞上的矯揉和造作等等。但一般地說來，在遠離了台北的廣泛農村中的詩青年，受到現代主義的極端形式主義、極端個人主義和極端的反語言之約定俗成、反邏輯的影響最淺而少。就在這個詩的現代主義惡影響最少的地區，孕育著現代詩趨於疲萎後代之而起的新的詩體的種子。其中，目前逐漸受到重視的吳晟，就是一個代表性的例子。

據吳晟的自敘，在現代派最鼎盛的年代；雖曾「非常虔誠地苦讀」現代詩，卻無法了解。他不能抑制自己那一份「鄉下人的固執」，不寫「現代詩」。「何況，我對詩的關心，實不如對人，對社會的關心，」吳晟說，從而他的詩「竟越寫越平白」。理由是「只覺得這樣寫比較實在，比較自然，比較能表達像我這樣平凡的人的平凡的思想」。早在民國五十七年，他寫了〈一般的故事〉；次年，寫了〈長工阿伯〉，距現代詩論戰還有三、四年。相對於現代派們崇拜自我，吳晟，因著他生活並勞動於勤勞的農村，關心的卻是人和社會。就在這裡，發生了巨大的差異。吳晟的詩有人與人的生活、生活著的人，以及生活著的人所構成的社會。不是吳晟主觀地拒絕現代主義這個表現形式，而是吳晟的思想、感情，要求一個適合表達這些內容的形式，平白、實在、真摯，充滿了對於人和社會的關切和干涉。

整個六十年代，對於少年吳晟是一個摸索和成長的時期。他寫自己和城市文明之間的梗隔之感；寫友情；寫少年的愁、少年的生澀的哲思。他的風格、他的語言，都像一個學著大人訴說複雜的（其實並不複雜）情感，和深澀（其實並不深澀）的思想的少年。

七十年代初的台灣文學界，以頗具思想深度的「現代詩論戰」展開。就在論戰前一年的民國六十年，吳晟寫成了他一系列「吾鄉印象」。從那以後，一直到今天，吳晟一組組地發表了「愚直書簡」和「向孩子說」。就吳晟個人來說，他真正地找著了完全屬於自己的風格和語言，用以表達吳晟自己的思想和感情——一個樸質、誠摯、熱愛和關懷著他周遭的人們和他們的生活的人的思想和情感。就整個台灣新詩發展的歷史說，吳晟的詩，標誌著一個新的歷史時期——即「現代詩」的終結和四十年代以前的中國新詩傳統的復興。從此，詩開始抒寫詩人真正的情感，開始關懷人和人的生活。而且，當我們回顧，我們不能不以一份歡愉的詫異發現，一旦擺脫了「現代主義」這個符咒，台灣的中國新詩，在吳晟優秀的才能和至為真誠的情感中，一開步就走得那麼穩健、溫馨、沉悒而感人至深。

蔣勳

對反於「現代詩」而成長起來的新詩，其另一個根源，便是來自認識上——即詩的哲學——的改變。

民國六十一年的「新詩論戰」，對於二、三十年來台灣現代詩的神話——如果不是一種集體的謊言——加以徹底的批評，並正面地提出了詩關懷人生，關懷社會；詩的民族風格和恢復詩的具體可傳達性等等的問題。現在回想起來，雖然論戰的題目圍繞著「現代詩」旋轉，但問題的提起，基本上觸及文學藝術在台灣二、三十年間一般地偏向個人主義、形式主義，而遠離人的生活和生活中的人這樣一個積弊。這是在台灣的文學思潮的一個重要的改變。就詩而言，現代主義在理論上已經因為它無法回應充滿變化、挑戰和危機意識的七十年代的諸問題而基本上崩潰了。在論戰中，將來替換了現代詩的新詩，應該有什麼樣的內容，並且以什麼樣的形式去表現那內容的問題，當時也只有比較概略的理論上的輪廓。除了在生活中自然發展出來的吳晟的「吾鄉印象」以次的詩篇，一時還沒有按照新詩的哲學而創作的作品。而蔣勳的詩，可以看成第一個按著在批評現代詩中建立起來的新詩的哲學而寫詩，並獲至初步的、優秀成績的作品。

據蔣勳自己說，他寫詩甚早。生活在台北的少年的蔣勳，開始寫詩不久，不可避免地掉到只求奇詞拗句，不顧篇章的「現代詩」遊戲的泥沼之中。然而不久，他開始懷疑，終至停止了寫詩的筆。一直到民國六十三年負笈異國，他才重新開始寫詩。民國六十一年發生在台灣的現代詩論戰時，遠在法國的蔣勳，支持了批評現代詩的一方。像絕大多數留學生一樣，受到保釣愛國運動影響的蔣勳，這時明朗地揚棄了現代主義，並且熱情地回應詩要關懷國計民生、有民族風格……這些要求，毋寧是極為自然的事。

三、蔣勳的詩

讀蔣勳的詩，覺得可貴的，是他一放開少年時代的「現代主義」影響，隔了幾年，重新發展寫出來的詩，不論在內容和形式兩方面，都沒有「現代」主義的殘留，也沒有一個作家在從一種詩風向另一種完全不同的詩風轉變時必有的一段尷尬的過渡。在台灣，很有一些詩，雖然說是和現代主義拮抗的，但幾年下來，一直處在一種「過渡」的境地。就收在這本集子裡的詩來看，最早的應當是寫在民國六十三年的法國的〈寫給故鄉之一〉、〈寫給故鄉之二〉、〈不寐之夜〉、〈海港〉和寫於六十四年的雅典的〈希臘之歌〉。在這幾首詩中，不論是感情、意念，和語言、句構，以及全篇由句而段、由段而篇的發展，完全不曾有絲毫「現代詩」的殘留。從內容來說，蔣勳寫的是一個漂泊於異域的青年，對於他不曾一見的故國和時常夢魂縈繫的少時家園的懷念。關於這一段經歷，蔣勳做了這樣的述懷：「我再度寫詩，是一九七四年的事。在法國讀書的一個假期中，獨自從巴黎搭便車遊義大利。」經過一個月孤單的旅行，在一個義大利的小鎮上，他「突然飢渴般地想看看中文印成的讀物」。在那個異國的小鎮上，當然找不到一本中國書。於是買了一本筆記本，試著把自己能背下的中文文章記下來。這一記，不料竟全是「青青河畔草，綿綿思遠道」這一類中國的古韻文。記著記著，不意也寫滿了一整本。蔣勳說。

他一邊筆記，一邊讀，深深地覺得「這些（中國古）詩全寫的是活鮮鮮的人生，敘說著生活……叫人讀來還是感到那麼親切。」於是蔣勳便在那孤單的客旅中一首首地寫起詩來。收在這裡的幾首，便是這時的作品。

就這樣地寫下來的蔣勳的詩，作為他個人或者作為這個時代中台灣新詩的再建設的開端，成就是相當巨大的。從現代主義釋放出來的蔣勳的詩，生動地說明了走出現代主義泥沼後詩在表情達意上無限遼濶的可能性。就以我這個一般的知識分子讀者來看，蔣勳的詩有這些初步的成就和勞績：

（一）詩的感情和思想的闊大

在寫於一九七四年的〈不寐的夜〉中，蔣勳寫出這麼遼闊、蒼勁、豪邁的句子：

〔……〕
風再一次橫狂，
雨再一次劈厲，
索性連這被褥也掀去了吧！

既是淚，
就讓它奔流；
既是髮，
就讓它披散；
既是一種聲音，
就讓它豪笑、高歌。

冬雷震震，
那六月滂沱的雨雪，
你來我身上滙流成河，
你來我身上把崖石劈碎；
讓我看一看烈焰，
那沖天的烈焰；
看一看怒濤，
那層層的怒濤；

大風，
呼吼咆哮的大風！
〔……〕

幾十年來，台灣「現代詩」都只在個人小方寸間陰暗、渾沌、如夢魘似的心靈的最低層中輾轉反側，醒不過來。它的語言艱澀而貧困，空虛而渺小。實際上，即使是在小說、散文中，幾十年來，台灣的文學也幾乎從不曾出現過如此奔騰、蒼茫、曠闊的喜悅和悲傷。在台灣的文學裡，「風」至多只是「吹」一「吹」，不曾「橫狂」；「雨」向來只是「淅淅瀝瀝」地、「濛濛」地下，素來也不曾「劈厲」過的；「淚」則總是要靜靜地、委屈地「流」罷，那是從不至於「奔流」的。「聲音」則委婉靡麗的為多，卻總不能聽見其「豪笑、高歌」的。至於「滂沱的雨雪」、「咆哮的大風」也絕不常見。蔣勳的這樣的句子，使我想起雙澤的這樣的歌：「我們的歌是豐收的大合唱，是洶湧的大海洋」——這是「現代詩」那樣拮据的形式所不能容納的意氣，讀來令人一震。

類似壯美高大的意氣，在蔣勳的詩中還很常見的。例如在〈寫給故鄉之三〉中，他寫道：
〔……〕

那裡颯爽的青年，
用他們大山的骨骼，
用他們大地的胸膛，
用他們大江的血液，
衛護著他們古老而又年輕的祖國，
去聯結五千里長城、
五千里黃河、
五千里長江 的每一處兄弟。
〔……〕

在〈海港〉中，他這樣歌唱：

〔……〕
這胸膛寬闊
可以馳十萬里長風，

這胸膛厚實，
劈下去
要讓四海喧嘯！
〔……〕

在〈寫給陳姓兄弟〉中，蔣勳這樣寫：

〔……〕
從髮裡生出草木，
從骨骼生出山脈，
從胸膛生出大地，
從那汩汩的淚水啊——
生出蜿蜒無盡的、
蜿蜒無盡的河流。
〔……〕

也許可以這樣說：新詩——連帶是小說和散文——在台灣發展了這麼多年，似乎從來沒有過這麼放眼於無垠的意境。這在五四以後以至於三十年代、四十年代的詩中，或者絕不少見。但在台灣，經過極端個人主義和價值的細小化之後，求於一個從「現代主義」的苦悶世界重新發展的詩人，尤以其語言的清晰和優美，應是蔣勳難能的成就。

(二)詩再度負起透過具體的形象去思維的性質，從而反映了生活，批判了生活，指導了生活

在「現代詩」的世界中，整個宇宙只剩下極端化的詩人的自我。因此，在現代主義中，除了「天下至大，唯有一個我」這樣一種庸俗、淺薄的「思維」，別無思想。這造成了現代詩在思想上極度的貧困——儘管不少的「現代詩」人以玄學的語言寫了不少即令詩人自己也不懂得的「理論」——也終於造成了「現代詩」的萎殆。

蔣勳的詩，再次復興了藉著具體的形象去思維這一個藝術共通的性格，去寫他的詩。從極端「現代主義」的自我解放出來的蔣勳，在作品中有人的生活；有生活中的人；有社會和國家，有世界，有愛，有忿怒，有極小的個人的情思，也有家國百年之憂。蔣勳可以用詩去傾訴，去高歌，去

低泣，說一個動聽的故事，也可以發為風發的議論，或真摯的諷刺。凡此，都不是過去二十幾年來「現代詩」之所能的。

當他哀悼一生默默地、辛勞地為中國音樂而工作的愛國的音樂家史惟亮時，他有這樣的句子：

〔……〕

我想著：
你站在鐵道上，
往北，
看到南滿株式會社運走一車一車的大豆，
往南，
是北寧線火車上哭嚎擁擠的人群；
人群中有人唱起：
「我的家在東北松花江上……」
站在鐵道上的青年，
轉身揮淚，

快步在汽笛聲長嘯裡走了。

在紀念偉大的詩人李白時，他對濁世有這樣痛心的指責：

〔……〕
你看不慣那些人
因為他們不大聲說話
你看不慣那些人
因為他們站不直腰桿
你看不慣那些人
因為他們總躲在陰暗角落
你看不慣那些人
因為他們低聲俯向皇帝的耳邊
〔……〕

在紀念另一個中國偉大的詩人屈原時，蔣勳這樣寫：

汨羅江，
你還清著嗎？
我要洗一洗我的腳。
常年穿裹鞋襪的腳，
常年不見陽光的腳，
常年在開會的桌下，
盤算陰謀的腳。

用微笑和握手相廝殺，
用禮貌和發誓來說謊，
當一切的道德
只為了能更卑汙這人世，
汨羅江，

你還清著嗎？

〔……〕

汨羅江啊！
有幾千年詩人的眼淚，
有幾千年詩人的狂怒，
你洶湧起來！
　澎湃起來！
　壯闊起來！
詩人不在江濱行吟，
寧願在人群中放歌！
詩人不做一家一人的走狗，
寧願是百姓的馬牛！

相對於現代詩人對現實，對人和生活的冷漠和倦怠，對生活的涉入和深切的關愛，正是蔣勳的詩中愛和疾忿的根源。他的抗議由慍而怒，由怒而嘯，層層疊起，感人至深。這種干涉於生活後的悲忿，發展到〈中國人，你不要哭〉時，他的愛的怒聲竟直指歷史上過去的和現在、甚至於未來的全體中國人民的苦難。然而，他對於歷史，對於幸福的信念，依舊高昂。他在這首詩的最末一節，這樣唱著：

〔……〕
我們站起來
用我們共同的聲音
用我們永不止息的聲音
叫亮中國的天空

蔣勳用詩來寫舊時情懷，並生動地寫出幾十年來社會和價值的轉換（〈父親穿中山裝的時候〉）；用詩來寫一份真摯的諷諫（〈致五四〉）；用詩安慰絕望、受辱和疲倦的心靈（〈如果你覺得悲傷而疲倦〉、〈我在橋頭送你〉）；用詩寫自己最沉落的心緒（〈黑暗〉[2]、〈酒歌〉）；用詩寫身邊的、即時、即景的小品（〈旅店口占〉、〈躲雨〉）；或寫出哀傷或者也快樂的故事（如〈小草〉、〈劉上尉結婚〉[3]）；也用詩來唱出這麼樣一首動人的短歌：

我俯身向你
靜靜的河流

你流過這巨大的城市
帶著汙穢與泥沙
帶著罪惡與悲傷
帶著大樓的倒影
帶著霓虹的繽紛
帶著一切的歡樂與喧嘩
慢慢地流
靜靜地流
你是大地上

一道深深的淚痕
靜靜的河流
我俯身向你
用我的親吻
抵贖你的哀傷

——〈寫給淡水河〉

在形式上，蔣勳試著把中國韻文的音樂性傳統重新在他的作品中運用起來的努力，也是顯而易見的。在這方面，他也有自然而悅耳的成就。例如：

李白，
我來這山上，
找你說的老翁。
有綠顏色的頭髮，

細長如雲。
坐臥在松下雪下，
永遠永遠，
不笑也不說話。

我找遍這山中的巖穴，
卻都是空的，
來往的無非是些蟲蟻鳥雀。
我應當向誰長跪？
求他給我寶訣，
把這人間的情熱了卻。
丹砂嗎？
藥嗎？
還是那池中的月？
清冷十分，

只是呵，
及到縱身一躍，
怎還分得出池水甚冷，
而這淚是熱的，
這原是熱淚。

——〈寄李白〉4

但也有些類似的作品就不免看出為韻而韻的斤斧的痕跡（例如〈我有一塊地〉）。然而，相對於「現代詩」之消滅詩的音樂性而強調詩的空間（視覺）性，音樂性的復興，毋寧是今後新詩復興和再建運動中一個極為重大的課題吧。

四、新詩再建設的前途

新詩的再建設，是對於幾十年來台灣詩文學極端的、惡質的西化之反動。這一點，在民國六十一年的新詩論戰中表現得十分清楚。批評現代詩的一方，提出了詩的可傳達性，反對現代詩的晦澀；提出了詩的民族風格，反對一味西化、一味搞形式主義；提出詩的社會關懷，批評了現代詩對於人、對於生活和歷史的冷漠……，具有相當豐富的思想內容，是台灣幾十年來文學思想史上的一個重要的收穫。

當然，那一次論戰，並不是偶然的、孤立的事件。「現代主義」在台灣的發展，有許多複雜的因素。但其中外來文化、經濟在台灣強大的支配性的存在，是一個重要的條件。六十年代末期到七十年代初，是台灣經濟快速發展的時代，民族工業[5]在強大的外資工業的外圍隨世界性景氣而共同發展。在同一時期，也正值世界政治、經濟勢力從兩極向多元化發展，並重新編組的時代。就在這時，台灣開始面對許多外交上的衝擊，五十年代以後長期的國際外交上的穩定，有了首次的激盪。在思想上，知識分子從這以前長期對西歐價值無疑問的信仰和依賴，開始了質疑和批判。而這時期台灣民族工業[6]的比較性的發展，也提供了民族自信的基礎。面對激烈變動的世界的挑戰，在保衛釣魚台愛國運動中，知識分子從自我的、個人的世界甦醒了。向外，他們思索強權支配下中國的前途和命運的問題；向內，他們開始對民眾、社會和活生生的生活張開了眼睛。新詩論戰，便是相應於這一個時期的國內外政治經濟和思想情勢而引發的，在文學範圍中的論爭。

歷史將指明：這次的論戰，對於台灣的新詩——乃至於文學界的一般，影響是十分深遠的。據蔣勳的回憶，論戰當初，他大學剛畢業。「現代詩壇，整個兒受到很大的衝擊，」他說。

民國六十三年，他再度寫詩，無疑是帶著六十年代論戰的撞擊的。目前正在為新詩探索一條重建道路的施善繼、詹澈、葉香和其他的一些詩人，都指出這次論戰對他們的影響之深。發表在論戰前一年的吳晟的「吾鄉印象」系列，卻是一個對於時代思潮自覺或不自覺的敏感的文學家的一個例子。但總的看來，七十年代以後，台灣新詩的復興，不是單獨的、偶發的、或由某一個或一些具有「先見」的人所倡議出來的。[7]

新詩論戰，是思想和理論的工作。在實踐上，吳晟的「吾鄉印象」系列卻沒有受到批判現代詩的理論家們應有的注意和評價，這毋寧是極不公平，並且也是非常奇怪的事。據我想，這也許是由於那些嫉憤的批評家們心目中台灣的詩人和詩，已經長久被現代主義糟蹋盡了，所以對吳晟的詩也視若未睹罷。然而，這也不能不是當時「前進的」批評派的一個重大的失責。而正確評價了吳晟才華的，是當時主編《幼獅》的瘂弦。瘂弦以巨大篇幅刊登了「吾鄉印象」系列，並力薦於一個現代詩獎。瘂弦獨具的慧眼，令人欽佩。

一九七七年，蔣勳的〈寄李雙澤〉發表在《雄獅美術》。其後不久，蔣勳主編《雄獅美術》，在詩欄上出現了吳晟、施善繼、詹澈、葉香的詩，使得新詩走出「現代主義」以後的實踐和建設，在現代詩論戰以後，有了初步的成績。但從史的觀點而論，這一新的發展，不論從作品的品質和創作的時間說，吳晟和蔣勳都有很重要的貢獻和意義。當然，本文的作者對於整個台灣詩壇在七十年代初期，即新詩論戰後在創作風格、作品上的整個情勢，缺乏整全的理解，遺珠的缺失，或者不免。但不論如何，就作品的水平來說，在轉換期有吳、蔣的成就者，似不可多得。新詩的新路是打開來了，但絕不是毫無問題。關於這個問題，蔣勳有這樣的認識：

〔……〕詩是初步寫出來了。不錯。詩在題材的表達上的可能性都解放了。但是，善意的、惡意的批評也來了。我們覺得：詩畢竟還不止於此。

我想過這個問題。白話詩歷史還很短。而整個中國的詩，卻有很長的歷史。中國詩的音樂性、精巧的形式……確是中國文學中最講究的美文。在現代主義下，技巧、形式和內容完全脫離了，只剩下西洋「移植」來的洋框框；今天，我們在內容上相對地豐富起來了，並且還要豐富下去。可是，我們得趁早注意到形式問題，好更美、更有效地表達新的肉容。

——座談：「新詩的再生」

蔣勳還從中國文學史的發展著眼，認為目前發展階段的台灣的新詩，以唐詩發展史做個比喻，怕還只在先於初唐的階段，即還處在魏晉南北朝那個如何把文字「擺平」的階段，自然也或者還談不到字斟句酌。從而，他認為，「題材的解放，打開新詩在表達上遼闊的可能性，重視內

容，把技巧（藝術性）暫時擺在其次——這恐怕是目前發展階段的中國新詩不得不然的面貌也說不定。」（前揭文）

題材的解放，其實就是詩人的心靈的解放，和思索的解放。以「自我」為唯一真實的世界，和以活著的、生活著的、人的世界為真實的世界，是兩個不同的世界。而只有後者的世界，才有喜怒哀樂，才有強烈的愛與憎。蔣勳的詩，便是充滿了他對於這活的人世的強烈的情感——他為夭折的親愛的朋友深深地哀悼；他從一襲中山裝的歷史勾起無限的往日情懷和家國之憂；他可以在泥醉中含淚咒罵，也可以用漲滿的友愛舐慰心靈受創的朋友。他可以讓大風、大淚洶湧於胸膺之中，也可以熱情謳歌希臘人民的民主運動……。而正就在這些狂淚和豪笑中，蔣勳表現了對人世深切的關懷和對於生活的詮解。對於蔣勳，歷史不再是靜止的、難挨的漫長的時間，而是充滿著新生和萎頹的、不斷地激盪人心的運動；生活也不再是悶熱的暗室中連場的夢魘，而是充滿日光、勞動、歌唱、熱愛、忿怒、同情和祈禱的戲曲[8]。

相應於這新的內容，新詩的形式問題，立刻被提出來了。從發展的觀點看，質勝於文，即內容豐富而形式粗糙，是這個時期的特點。但是，就台灣幾十年來「現代詩」對形式極端破壞後的條件下，蔣勳（連同吳晟）在語言、形式、結構上的成就，是相當優秀的。要自覺地、竭盡所能地尋求詩在形式上的完善，是目前新詩的再建設中一個重大的課題。這不僅是因為解放了的題材和內容自動的、強迫性的要求，也是為了杜塞一些不肯努力，又擺著一副心虛的驕傲，站在一旁說風涼話的「現代派」和「過渡派」們悠悠之口所必要，更為啟發和引導無數更年輕而富於創造力的、將來的中國新詩人之所必要。

從七十年到八十年，新詩的再建設，已有十年的歲月。前不久，吳晟出版了他的詩集《泥土》。現在蔣勳又出版了他的這本《少年中國》，正好由這兩位在批判了詩之現代主義以後新詩的新傾向中優秀的詩人，做了一個總結，是有重要意義的。在這十年中，他們的作品一般地沒有引起比較廣泛的注意和討論。我想，這是由於詩，在台灣，因著現代主義長時期的占領，一般地為民眾和廣泛的知識分子所摒絕於關心的範圍之外。但本文的作者深深地相信，吳晟和蔣勳的這兩本集子，一定會吸引越來越多的文學愛好者的注意和愛讀的。吳晟的作品在最近逐漸受到批評家們的關切和讚揚，便是一個明顯的證據。

毫無疑問，新詩的再建，是一條具有無限發展可能性的道路。然而，對於未來的詩人，有待努力的地方，自然還很多。首先是詩人對這個世界的認識，應有更縱深的追求。一旦舉目向外看人和人的世界，便要求對於人和世界有他一定的懷抱和看法。其次，便是藝術形式的探索。認為詩只要內容，不計形式，徒然是掩飾自己缺乏創造力的委詞。詩要求詩人以具體的、活潑的形象去思考，而其表達，無疑地需要一切藝術所要求的創造性的想像和剪裁。新詩的再建，不但不應迴避詩的藝術性，更應該以自覺的努力、充足的信心、謙虛的態度，把新的詩之藝術性問題，與新的內容問題看成同樣的重要，盡心以赴。

蔣勳，以他的正直、謙沖、剛正、殷勤工作的態度、深廣的情懷和優秀的才華，是我所敬佩的年輕文藝工作者之一。如果藝術品是創造了那個藝術品的藝術家的精神品質的具體表現，那麼，蔣勳的詩，無疑說明了作為一個人的蔣勳。我為中國有這樣的文藝工作者喜，也為台灣新詩的再建設中有他這樣的詩人而慶幸。希望整個新詩運動，永遠能保持這一份誠實、謙虛、辛勤工作和團結互勉的品行，一步步向前走去，為中國新文學做出更好的貢獻。

是為序。並與一切愛國的藝術工作者共勉。

初刊一九八〇年七月遠景出版社《少年中國》（蔣勳著），署名許南村

另載一九八〇年七月《現代文學》復刊第十一期，一九八一年二月《中華雜誌》第十八卷總二〇七、二〇九、二一一期

收入一九八四年九月遠景出版社《孤兒的歷史・歷史的孤兒》，一九八八年四月人間出版社《陳映真作品集10・走出國境內的異國》

一九八〇年七月

1 本篇為蔣勳《少年中國》（台北：遠景，一九八〇）之書序。本文引述詩作據蔣勳《少年中國》詩集校訂。

2 初刊版及人間版原文均為〈黑暗〉，據蔣勳《少年中國》詩題應為〈黑夜〉。

3 初刊版及人間版原文均為〈劉上尉結婚〉，據蔣勳《少年中國》詩題應為〈劉上尉的婚禮〉。

4 初刊版及人間版原文均為〈寄李白〉，據蔣勳《少年中國》詩題應為〈答李白〉。

5 「民族工業」，人間版為「台灣戰後資本主義工業」。

6 「台灣民族工業」，人間版為「台灣戰後資本主義工業」。

7 初刊版及人間版原文均為「六十年代」，似因前文提及民國六十一年、六十三年……而筆誤，應為「七十年代」。

8 「戲曲」，人間版為「戰曲」。

雲

——華盛頓大樓之三——[1]

贈給敬愛的王禎和兄，並以最虔誠的祝福，祈望他快快康復。

1　麥園

「謝謝你啊，Lily……」張維傑抬頭說。

朱麗娟照例只是沉默地笑著，把方才從郵局的郵箱領回來的信件和小包，擱在他零亂的桌面的一角，又復默默地坐到她的位置。

他以八萬元不到的儲蓄開始，獨自搞出口，到這個秋天，就要兩年了。起初，他一個人寫開發信、跑國貿局、找廠商，忙了將近一年，才開始有了個把小小氣氣的印尼、韓國客戶。他這才租起這間十來坪大的、市郊區的辦公室。原來只想請個能照稿打字的小姐，卻不料來了英文名字叫 Lily 的朱麗娟，講的、寫的一口、一手的好英文，進出口業務比他這才出道的人還熟練。

「你一進這辦公室，就該知道，我請不起你。」

他看看她的履歷和試打的一封英文信，苦笑著說。

她以不甚了然的眼光看著他，然後迅速地把視線移向窗外。一輛公路車，正看似遲緩地走在窗外遠處的小路上。

「我不要多。」

她小聲說。

他說他的預算只給八千。她嘆了口氣，說：「可以。」他說她是這家公司的第二個人，因此雜務很多，跑郵局、跑銀行，都要麻煩她。她咬一咬她的看來單薄、卻輪廓清明的唇，輕輕地、從容地點了點頭。他凝望著她，心中忽而覺得有些沮喪了。他說：

「這樣：我再添一千。我只這個力量，實在對不住。」

「OK，」她說：「我要挑薪水，就不到這裡來。」她繼又淡然地說她剛結束了一場離婚的訴訟，帶著女兒開始新的生活。「我喜歡這個地方，OK，」她說，「你添給我的一千，OK，等往後業務上好了，再添給我好了。」

這以後，於不知不覺之間，雜亂的信件都一類類編了案碼，歸上檔；小小的辦公室，也逐漸地几淨窗明了。而每天兩次，Lily總是定時徒步到郵局開信箱，取回一些郵件。來回三、四十分鐘的徒步的路，不論冬、夏，總是使她的瘦削的鼻尖上，凝聚著薄薄的汗珠，把抱在懷中的信件、樣品小包之類，堆在他的零亂的桌角上。他於是便抬起頭，衷心地說：

「謝謝你啊，Lily……」

他點燃一根香菸，挑出福島——一個近半年來新開發的日本客戶的信。信封裡是一張信用狀和福島的信。福島照例把上次來台時口頭上的協議，七折八扣，把他的利益壓到嫌低吧，又似乎還可以做做；說高吧，又不值做得好的同業一笑的那種範圍。他懊惱地把信一丟，隨手拆起一件料想是嘉義一家廠家寄來的樣品。但是拆開來，竟是一本破舊的日記本。

「啊——」

他喟然地說。

約略是兩個禮拜前的事了。

他坐在一趟直達高雄的、做客運生意的遊覽車上。車子剛開出台北市，上了高速公路[2]，他就睡著了。一直到休息站，他才醒了過來。在休息站，他叫了兩個素來愛吃的粽子和一碗貢丸湯。他上過廁所，買了一包菸，回到車上，把袖珍式的計算機拿了出來，準備算計一筆生意的細目。

「是張經理嗎？」

他回過頭。隔著一條通路，一個懷抱著幼嬰的少婦，對著他堆著一臉的笑。她的門牙大而潔白；她的右頰上有一顆半個紅豆大的黑痣。

「趙公子！」

他笑著說。

「你在台北上車，我看著就是你。」她說：「但也不敢認。」

這兩年來，凡是朋友，都說他禿掉了大半個前額。他摸摸自己的額頭，笑了起來。

「變老了。」他說。

「怎麼會，」她說：「不過，在休息站裡，看著你挑著粽子叫，我就確實知道是你。」

他看著熟睡在她的懷裡的幼嬰，想起他還在美國麥迪遜儀器公司的日子。那時，他代表公司的總經理艾森斯坦先生，三天兩頭就到公司設在中壢的工廠去，協助設立一個「真正屬於工人的工會」。因為舉止有若男子一般瀟灑，而被四百多個女工按著當時正在播放著的一齣台語電視長片裡女扮男裝的角色，喚成「趙公子」的趙月香，便是新工會的預備骨幹之一。如今，這個在女工宿舍中被笑謔地談論、甚至於暗中愛戀著的「趙公子」，竟而也結婚、生子了。

「什麼時候結的婚？」

他說。把頭髮光光地往後梳起，在腦後收著一個小拳頭大的髮髻的她的臉，添增了好些初為母親的溫婉，也就相對地減去了當時幾分彷彿少年男子似的英俊。

「一年多了。」她說。

她怡然地看了看自己懷裡的嬰兒，卻不料嬰兒正好睜開一對小小的、惺忪的眼睛，皺著小臉，悠然地打著哈欠。她以她的大而潔白的牙齒，咬著下唇，像個媽媽似地，笑了起來。

「廠裡，大家都好嗎？」

他說。

她把嬰兒抱了起來，把自己的臉偎著那一張乍看並不怎麼樣像她的小小的臉。嬰兒開始不安分地伸手蹬腳。她說：

「女娃娃，卻像個男娃娃，好皮！」

「嗯。」他說。

他看見嬰兒開始用烏溜溜的眼珠子瞪著他。當他看見嬰兒出其不意地，衝著他張著尚不曾長牙的嘴，把眼睛笑成一條細縫的時候，她說：

「廠裡的事，」她搖搖頭，說：「不知道啦。我們早就離開了。」

他伸出一個指頭，讓嬰兒細嫩的手掌，慢慢地握住。他感覺到嬰兒正一點一滴地使著力量，把他的手指拉向嬰孩的小嘴。

「哦，呣呣呣——」

他逗著嬰兒說。

「我們——敏子、素菊、小文……十來個人，全被逼走了。」

「啊！」

「還是何大姐有經驗。」她說，「她臨走，就叫我們當心。他們不會正式辭退你們的，她說。但是逼走、氣走你們，有的是辦法。何大姐說的。全被她料著了！」

「哦哦。」他說。

「我和素菊被調到品管部，成天用油清洗一些儀器、計錶。小文被調到倉庫房，讓男工人成天罵她：別老端著拿筆桿兒的人的模樣……小文每天回宿舍，咬著牙，忍啊！等我們一問，她就急急忙忙找個牆腳去哭……」她說，「敏子，最慘了。」

她的幼嬰開始咿咿呀呀地「說話」，並且不時地用手去抓母親的說著話的嘴。

「煩心！」趙月香對著嬰兒嗔愛地說。她然後伸了一隻環抱著幼嬰的手，掠了掠自己的頭髮。「敏子，被派到清潔組。你想：那麼瘦小的身子，成天提著大桶小桶的水，洗地、打蠟。張經理，任誰都非被逼走不可啊！」她說。

「哎呀……」

他呻吟似地說。他忽然想起宋老闆在何春燕面前的許諾。宋老闆滿月似的一張白臉，咬著菸斗。他靠在黑皮沙發的靠背上，說：

——你放下心。她們一個個照樣，全是公司重視的員工。我不是說過嗎？法治的國家，講的就是法。希望將來工會選出來了，連你，我想起碼安插一個候補幹事。你看，怎麼會？公司怎麼會為這小事兒辭掉她們？

何春燕還是辭掉了工作，走了。她自始至終，眼睛不曾離開過宋老闆。臨走，何春燕向宋老闆輕輕地鞠個躬，說：

——謝謝您，宋老闆。別的話，都不再去說了。那些姊妹們，要請您多疼惜。

——好。好。你其實不必辭的，再想想好嗎？

何春燕低著頭，不很顯著地笑了笑。她只說：

——謝謝您，宋老闆。

他於今想起她的低著頭的，不很顯著地笑著的側臉，忽而想起：何春燕，即在那時，也不曾相信過宋老闆的。

「何春燕呢？」他說。

他看見趙公子正忙著泡開一小瓶奶粉。嬰孩在她的雙膝上仰躺著，咿咿哦哦地唱著什麼。

「不知道。」

她說。把奶瓶的嘴，塞進寶寶的嘴裡。嬰孩立刻肅靜了下來，兩隻小小的手，認真地抱著奶瓶。

「不知道。」她說，對著專心吸吮著奶水的嬰兒，搖搖頭。

「素菊呢？」

「不知道。」

「敏子呢？」

她又搖搖頭。

「你呢？」

「結婚了，辭掉以後不久。」她平淡地說：「我從十五歲出來做女工。麥迪遜那一回，忽然叫人厭倦了。」

他們於是都沉默了起來。他望著飛馳著的車子的窗外那些不斷向車後飛逝的路標和廣告牌，想起兩年前，三天兩頭跑中壢工廠的日子。公司配了一部車給他，每次好不容易開上交流道，他的心情就像那高等路面似地平坦起來。艾森斯坦先生說：「一個真正屬於工人的工會，對公司和職工都有益處。」他被委派促成麥迪遜台灣公司「第一個開明工會」的成立。「Victor，聽好：麥迪遜的地平線上，永遠閃耀著一顆璀璨的星辰，你曉得嗎？」艾森斯坦先生對他說，「正是自由、創意和理想，創造了麥迪遜普世的帝國。」他在回想中苦澀地笑起來了。

「張經理。」她說。

他抬起頭，用他思索著的眼神說：

「嗯？」

「張經理，有一個人的下落，你為什麼不問？」

「誰？」

「小文。」

「啊！小文，」他壓低聲音叫了起來，「文秀英！她怎麼了，這丫頭。」

「她那麼尊敬你，你卻把人家忘了。」

她說。嬰兒一會兒去抓母親的臉，又一會兒搓搓自己的眼睛和鼻子，把奶瓶推開。呀呀唔唔地叫著。她把嬰兒一會兒抱在懷中，一會兒靠在肩上。

「讓我來抱一會兒。」他說。

「小文偶爾寫信來。她總是一個廠換過一個廠……寶寶要睡了噢，媽媽搖搖，搖搖啊——

搖。」她說。把嬰兒橫抱著的她的上身，於是輕輕地搖曳了起來：「一個廠換過一個廠。一下子說她在做紡織，又一下子說是在電子工廠，一下子又說……有一次，我寫信去，說這好像流浪的人一樣。她回我信，她哭了，她說。」

他默然地想起那個皮膚黑了些、個子矮了點，一臉清純的稚氣的女孩。那年秋天吧，艾森斯坦先生派來台灣接總座不久，就說是為了增進公司內部的溝通，要辦一份社內刊物。在中學教過國文的張維傑，被指定負責這份月刊的編務。他在這份叫做《麥台月報》的社內刊物上，開闢了一個取名為「麥園」的專頁，鼓勵麥迪遜台灣公司的員工投稿，硬性規定每個部門的員工要推選幾個作者，定期投稿。裝配線的女工，由當班長的趙公子連推帶拉地把文秀英帶到他的辦公室來。

「張經理，我們線上的作家，就是她。」

趙公子說。被她緊抓著手腕的文秀英，低垂著頭，死命地搖頭。她的頸上、耳朵，泛著羞赧的紅色。

「小文呀。」

他笑著說。他不曾料到這生性晴朗、畏怯、稚樸的女孩，竟是擠滿了高中畢業生的生產線裡推出來的作家。

「不行啦，真的不行啦……」

小文抬起頭來，笑著說，一臉的緋紅。她的著名的兩個酒渦，使她的羞赧，更添一分羞意。他忘其所以地看著她。聽說過少女在羞恥時的美，但這卻是他首次眼見了。

幾天以後，他正在辦公桌上忙著。猛一回頭，才發現了不知什麼時候竚候在他身後的小文。

「哦？」他說。

「交稿子來的。」

她低著頭，含著幾分喜悅、幾分害羞，交給他幾張寫在活頁練習本上的原稿。即使她把笑意緊緊地含在密閉的嘴上，在她圓圓的雙頰上，依然浮現出淺淺的酒渦，使她的笑靨，彷彿清晨初綻的茶花，清新、怡人。

「哦哦。」

他說著，接過稿子。而她卻一回身，就低著頭，用急促而細碎的步子，走出辦公室。

他一口氣看完她的稿子。是一篇抒寫她懷念遠在西南部台灣的農村的家人的散文。出人意外的，講普通話帶著沉重的南部台灣口音的小文，父親竟是個慈愛、勤勞的退伍士官。後來，他一點一滴地從人事資料、從小文同一個寢室的女工——例如趙公子，以及從小文一篇篇投來的、初涉寫作的人難免總是寫自己身邊細事的稿件中，認識了她的家庭：二十多年前，小文的父親從空軍退下來，同帶著兩個男孩和老婆婆耕作著幾分地的小文的媽媽結了婚。出身於大陸中國佃農之家的小文的父親，付出他全部的心力，去愛那幾分田地、那個家，建設了一個勤勉、相依、相愛的家。

「她有些東西放在我這邊，」趙公子說，「說是我在北部，一定會打聽到您。」

「幹什麼？」

她從旅行包取出一件小衣服，輕輕地蓋住又復在她的雙腿上睡著了的嬰兒。

「這車子裡，冷氣好重。」她說。

他微笑地看著那沉睡著的、抽去了任何表情的、稚小的臉。現在，他可以比較清晰地看出：嬰孩的眉宇和嘴唇，是來自這帶著幾分男子的剛俊的趙公子，但他卻無由從嬰兒的其餘的臉，捉摸出嬰兒的父親的模樣來。

「她要我把那些東西——她的一些日記，寄去給你。」她說：「我會寫什麼文章，小文說，全是張經理好意鼓勵，我才一點一點寫。那不是很好嗎？我說，像我們，寫個情書，都得央你，什麼秘密話，全讓你知道了。她說，好，是不錯。不過，這些在麥迪遜上班的時候寫的，我不帶走。」

她說，這時車裡突然播出一首據說是日本歌改成的流行曲子，吵著了沉睡著的嬰兒。趙公子小心地、輕輕地拍著小孩。他則沉默地讓那歌聲流入他的耳朵。他聽著那歌詞，大意是說男兒為了前途，流浪他鄉，希望在故鄉的愛人能原諒他之類的。

「我問她，為什麼？討厭麥迪遜，也討厭有麥迪遜的中壢，她說，希望你幫我把這些送給一個人……也請你告訴他，我會努力，看看將來能不能寫出我們這種人的心情。她說的。」

他無語地在皮夾中找出一張自己的名片，劃掉老住址，用鋼筆在抖動的車中歪歪斜斜地寫下新遷在市郊的地址，遞給她。他以一種荒疏的心境，望著高速公路旁初秋的山巒和農家。離開了麥迪遜，自己搞著出口的這兩年，除了從早到晚忙著、愁著自己的生意，他的心中，再沒有餘地容下別人的苦樂了。「我會努力，看看將來能不能寫出我們這種人的心情。」這句小文鄭重地叫人傳給他的話，乍聽之下，竟而有些陌生了，彷彿趙公子把話傳錯了人似的。他的心，在幾乎要枯死的時候。卻不料聽到他當時傲慢地、施予般地對一個純樸的女工的鼓勵的回聲，在心中泛起諷刺的、羞愧的漣漪，使他整個癱軟了起來。

「很發財吧？」

她看著名片上他自己的頭銜說。他苦笑著，搖搖頭。

「巧不巧？在車上碰到你，」她笑了起來：「我回去，就寄給你。了卻我一件心事。」

「謝謝你嘍。」

他說。

現在，他這裡一行、那裡一段地翻閱著小文的三本寫在中學生用的練習簿上的日記，卻遍找不著想像中應該有的、小文留下來給他的信。

「這兒有兩封信。」

他驀然抬頭，看見不知什麼時候出去了、又回來了的朱麗娟，送來兩封信。一封是寄自新加坡的英國客戶，一封是來自台南的一個傲慢的廠商。

「謝謝你啊，Lily。」

他看著她的瘦削的鼻尖上的，只那麼幾顆汗珠，笑了起來。他抬起手，看看錶，才知道早已過了下班的時候了。他望著 Lily 搖搖頭，親切地說：

「時間一到，你就該走的。也不知跟你說過幾次……」

朱麗娟回去了的辦公室，在這初秋的傍晚中，使他感到無從言喻的寂寞。他默默地抽著菸，想著待會兒出去吃碗麵，再回來看完小文的這些東西。

2 二哥

三月十二日

吃過了晚飯，在宿舍的大門口，碰見魷魚。她的手上拿著一個裝滿了醬烤過的雞頸、尾椎和雞爪子。她拉我到水池邊的石凳子上坐。她道：「請你吃這些。」我道：「我牙齒壞了，不行吃，謝謝你。」魷魚就在我身邊一個人吃，說了很多的話。她說心情不好的時候，就想拚命吃東西。

魷魚說她從小就長得不好看。她爸、媽、哥、姊，都不喜歡她，時常欺負她。她為什麼說她不好看呢？她皮膚就比我白，頭髮也比我柔軟和黑色。眼睛不大，卻也不是很小的。她是有一點兒ㄅㄠˋ牙，但是也只是有一些些ㄅㄠˋ而已。我問過別人：「魷魚不好看嗎？」她們說還不錯啦。不過，大家似乎不喜歡她，說她讀過省女中，很驕傲，在裝配線上，喜歡讀零件上的英文。

其實魷魚人還不錯，不過她常說從小父母就不喜歡她，嫌她醜，在別人面前說她是從丐婆那裡買來的。這個我真難於相信。大哥、二哥，都不是爸爸生的，可是爸爸對他們多麼好。大哥、二哥又對我多麼好。但是我也不相信魷魚騙人。人怎麼會騙這種騙呢？

魷魚把爪子、尾椎、頸子，全吃光了，把骨頭吐在塑膠袋裡，四下望了一望，就扔到石凳後面的草叢中。她同我要一張衛生紙，抹好嘴、揩好手，說道：「人生實在沒有意思。」而我在想：我實在很愛吃雞爪什麼的（尾椎卻不敢去吃）。什麼時候領到加班費，一定要買多一點來吃。

三月二十二日

前天夜中，睡得不好。昨天夜裡，卻一直醒著，幾乎一分鐘也沒睡。白天的工作，真是辛苦。為了怕吵醒別人，每次想翻個身，都要忍耐下來。可是，越是不能睡，越是過一下子就想翻身，弄得毫無辦法。

因此，我想到：人只要夜裡能睡，就是好大的幸福。

特別是昨夜中，一直想著家。

爸爸壯碩的身體，坐在他自己動手做的笨重的木頭凳子上，對著菜畦抽菸。媽媽在傍晚看著本來要丟棄的豬仔，一路搖晃著走進庭子。媽媽一邊笑，一邊罵，一邊流淚，一邊說道：「死豬仔，豬價在敗，你知道回家，我可沒有東西給你吃咧。」

還有大哥。啊，一直保持著兒童一般純樸，不知道利慾心的大哥。成天默默地流汗、勞動的大哥。

我還想到屋後的一片竹林，在秋風的吹拂中，發出好像幾百件衣裙相摩擦的聲音。在夏天的清晨，嘰嘰喳喳的饒舌聲把我叫醒的上百隻麻雀，就是棲息在這叢竹林裡。我的房間，開著一個窗口，流進來幾乎帶著綠色的晨光，也是太陽透過這叢竹子，照進來的。照著我的寬大的、因歲月而發亮的木榻。

我為什麼要離開爸、媽和大哥，為什麼要離開那竹叢和竹叢下的古井——長年湧出又冷又甜的水的古井，來到這裡呢？

我一心地想多賺一點錢，寄回去。但是即使加了班，多領了錢，也被我花在買書、買衣服，而結果並多寄不了多少。

我恐怕是染上了虛榮的惡習了。我一定要努力地改，不要看到別人買了新衣，就熱心地去看是什麼料子？什麼花色？多少錢？儘管我對自己說：問問罷了，又不想買。其實，這就是一種虛榮心。

在一本書上說：少女最美的衣裳，是心靈和德行的純美。我一定要記住才好。

三月三十日

今天發薪水，連全勤獎和加班費，一共是八千六百九十四元。我曾粗略算了算，大約是七千七百多塊。多出這麼多，使我好高興。

吃中飯的時候，進了大餐廳，覺得特別明亮、乾淨，菜也特別豐盛一點。金副廠長宣布說：今天總經理要來一起用飯，請大家坐好，待會兒開飯。

不久總經理、宋老闆和張經理、林廠長一道，走進餐廳，金副廠長帶領鼓掌。

總經理講的話，由張經理翻譯。總經理很高、很年輕，也很漂亮，好像美國電影裡面的人。

總經理說，尊重員工的人權，企業民主，是美國麥迪遜儀器公司全球性的政策。因此，公司要員工出來籌組真正屬於自己的工會，保障工人的權益。今後張經理將負責協助員工組織工會，等等。

大家好像都很高興，報以熱烈的掌聲。我也熱心鼓掌，但是工會的事，我不太懂。「我們不是已經有一個工會嗎？」我問趙公子。趙公子罵我：「小孩子，什麼都不懂。這個工會有了像沒有一樣。」我還是不懂。

不過，為什麼我也很高興地鼓掌呢？自己做了的事，卻沒有一個理由，一定是個傻瓜。

第一，總經理看起來叫人喜歡。在那一桌，只有總經理和張經理沒有肚子。特別是總經理，高大的身材，平平的腰，穿一件白白的襯衫，打一條深藍底子鵝黃斜條的領帶。他的頭髮很長，很乾淨，蓬蓬的，鬈鬈的，好像唐尼瑪麗節目裡唐尼的頭髮。眼睛非常的雙眼皮，留了兩撇鬍子，蓋著上唇。

第二，張經理調回台北總公司才三個月，這次回來，看起來很有精神，笑咪咪的。他把《麥台月報》帶去台北編，經常打電話到線上來，要我為「麥園」寫稿子。原來我只亂寫日記，哪裡會寫稿？都是張經理鼓勵的。所以我要特別為他鼓掌。

大概就是這些理由。

我一直以為張經理吃過飯會來找我談寫稿。整個下午都很害怕、緊張。但是三點多鐘，看見兩部台北來的車子開走了，張經理他們走了，我卻有點失望，並且為了自己以為人家會來找我而感到害羞得很。

四月七日

在桃園的台灣河野電子做的陳秀麗寫信給我，說前天晚上（就是寫信給我的晚上），被她喜歡的男生kiss了，回去住宿的地方，卻不知道是歡喜還是悲傷地哭了。她寫了兩張紙，說的一些我很像全懂又不懂的話。可是我覺得信寫得很好。我想過去我寫給她的信，都比她寫給我的好一點。但是這一封是她寫得好。真好。卻不知要怎樣的回她。

秀麗是我們同莊的小學同學。那時候，有時她來我家做功課，晚上就睡在我那大大的、發亮的木榻上。兩個人躺在榻上看窗外竹葉的影子，嘰嘰呱呱的說話到夜半才睡。

現在她有男友。敏子也有，是那個姓簡的送貨員。綺綺也有，可是我沒見過，聽說是姓陳的。

最近趙公子和敏子常常在談工會的事。大概是一件好事吧，因為她們談的時候，好像都有一點興奮。她們說勞工的利益，要自己來保障。反正這是很大、很了不起的事，我又不會，所以我也沒有去談。

四月二十日

今天張經理來工廠，利用中午休息的時間找了敏子、素菊和機房男工老曹、柯郁財他們開會。晚上我們宿舍聚了很多人，魷魚、敏子、素菊和何大姊都擠到房間裡。趙公子問問題，敏子和素菊回答。我忙著為她們燒茶水。據素菊和敏子說，有幾個要點：

一、原則上不找老工會的幹部。理事長蕭振坤、監事張清海、李貴……都沒有請。為了這事，廠長很不高興。可是張經理說是總經理的意思，沒辦法。下班的時候，老工會的人都垂頭喪氣。

二、一切依照政府的勞工法令辦事，以全體工廠員工的權益為主要，實行真正的民主選舉，產生新工會。

三、現任美國總經理很開明，全力支持員工應有的利益，確實有誠意辦好工會，請大家不要猶豫，熱烈出來辦自己的事。

大家七嘴八舌地講，尤其是敏子最熱心。最後大家問一直沒講話的何大姊。何大姊說：

「沒有那麼好的事。公司鼓動員工組工會，給自己找麻煩。我看得太多了。」

敏子說道：

「這回不一樣。這是美國總公司的政策……」

何大姊搖搖頭。

「我無法相信。這幾天，我也一直在想，哪有這麼好的事。」何大姊說道：「美國仔？一樣啦！美國公司，我不知做過幾家了……」

一向大家都很聽何春燕的話。這回大家卻不很服氣。特別是敏子。「人家張經理說得很有誠意，很實在。」敏子委屈地說。

講到張經理，我就感到很寂寞。因為他沒有找我開會。其實，也不能怪他。工會的事，那麼困難，我也不會。專心努力鍛鍊寫作，才是我的本分。

這恐怕也是張經理的本意吧……

四月二十三日

再過一個禮拜就是五一勞動節了。我打算在三十日下班就回去。現在有長途遊覽車可以坐，方便之至。

想到要回家，就會有一些心跳。魷魚兩個月前向我借了二百元，還沒有還我。如果她能還我，我的車錢就有了，不必動用到我的薪水。可是我怎麼也不好意思開口。她幾乎只有我這個朋友，怕跟她要錢，傷了感情，她以後連個說話的人都沒有，那多麼不好。

好多人在背後說她的長短。敏子說，魷魚只知道有自己，別的人，與她無關的事，都令她討厭。可是最近工會的事，她也要來湊一腳，大概是知道了總經理支持新工會，有什麼好處。我默默地聽著，心裡為魷魚難過。我又覺得別人說她好像說得過分了一點，想想又覺得別人說的也不是沒道理。我希望自己永遠不要讓人這樣說才好。

四月二十五日

一直到今天，利用夜班前的時間，才寫信回秀麗。

這幾天中，我參考了幾本有關愛情的書，想抄寫或者變造一兩句有關愛情的忠言、名言給她。但是看來看去，總沒有妥當的句子。後來，我索性拋開那些我不懂的愛情，想到她已有許心的人，也許很快就要嫁了。我們從小學一直到現在的友情，將會因她的成家而有變化。想著這些，心中忽然覺得十分悲傷。在這種悲傷中，不知不覺地寫滿了三張信紙。

啊，秀麗。你該也還記得：你在我那間「閨房」中，一起做功課，一起睡，第二天清早，我媽特地用才摘的青蔥，打兩個鴨蛋煮湯做我們的早餐的那些日子。小學畢了業，忽然說你要給你的一個無嗣的姑媽做女兒，離開了故鄉。我們恢復了聯繫，是我在新竹的一家紡織工廠工作的時候，知道你適巧在我進了工廠的前不過數日，離開了這家工廠。這以後，我從你的同事，得到你的住所。

像你我的母親，一生、一心向著你我的父親和兒女一樣，你也將一生、一心向著他吧。以他的家為家，以他的故里為故里，以你們的兒女為一生的世界。

我雖然沒有機會見過他，但是，秀麗，我相信你的選擇是一個明智而且幸福的選擇。

四月二十九日

《麥台月報》的五一特刊，趕早在今天出刊，在午飯時間發出來。我一接過手，就翻到「麥園」，赫然看見我投去的〈二哥〉登出來了。我高興得整個心猛烈地在跳，當著還沒有翻閱到「麥園」的同事們面前，我又不敢說出來。若無其事地挑敏子那一桌去吃飯，心裡卻老惦著發表出來的文章，真是「食不知味」。飯吃了一半，隔了幾桌的趙公子，突然用還含著飯菜的聲音叫了起來：

「哎呀呀，小文，你的文章又中了！」

一時間，半個飯廳裡的人，都在用眼睛找我，讓我窘得滿臉通紅了。也不知道為什麼這等沒用。有些事，自己都覺得沒什麼，而臉卻那樣紅呀紅地紅起來。

上夜班之前，我把文章剪貼起來。我一個字一個字地讀了好幾遍。也不知道為什麼，自己寫的文章，怎麼讀，也讀不累。真好笑。不過我真的很高興。

二哥

裴配線・文秀英

今年除夕，在年夜飯的桌上，老爸爸提了兩件事，徵求家人的同意。

頭一件事，把原來翻修房子的計畫，更改為拆建現在大哥一家住的廂房，新蓋一間兩層樓，給大哥一家人住。

第二件事，是要求大哥大嫂同意，把才生下來滿六個月的孩子，在名分上過繼給二哥。

對於頭一件事，大哥大嫂力讓了一陣。老爸爸說：「你們不必讓了。對老屋子，你媽有一份情感。翻建成新式房子，想來她也住不慣。我，喜歡老屋子。老屋子使我想起我自己在大陸上的家啊。年紀越大，這就對我越是重要。」

大哥說，目前家裡的經濟情形，也不容許大興土木。「反正不急，有一點兒，蓋一點兒。」老爸爸說。

至於第二件事，大哥大嫂很快就同意了。

老爸爸很高興，伸手從大嫂懷裡抱過小輝。「這是二房的孫子了。」他笑著說。只有母親紅著眼眶。她站了起來，端走一盆湯，走進廚房裡，過了一會，再端到桌子上。「熱一熱好吃。」母親說道。老爸爸說：「好，好。」任誰都知道母親哭過，可任誰也沒說破。

老爸爸，照以往除夕的例，往一個空了的座位上的空碗裡，默默地夾菜。

那是已經不在人世的二哥的座位。

我生下的那一年，二哥才八歲。但生性善感的二哥，對於母親兩年前的再嫁，比較當時已經十歲的、樸直的大哥，懷著更深的感傷。為了二哥的稚小的憂悒，媽媽曾幾次想要和爸爸離異。一直到我的降生，媽媽才打消此意。

由於爸媽都在田間工作。照顧做小寶寶的我，成了大哥、特別是才上小學而功課較鬆的二哥的責任。雖然是不情願的責任，由於被二哥帶過，小二哥對我，便發生了深深的友愛。而我，據母親說，從我幾個月大，就十分善於親愛小二哥。「就不知道怎麼那麼小的娃娃，到三、五歲、到大了，都那麼聽他的話、討好他、體貼他……」母親說道。

國中畢業後的二哥，在母親跟前吵著要離家去當學徒。二哥要我當他的密探，向他報告母親和爸爸怎麼商量他想輟學學藝的事。那時候，我看見老爸爸為二哥的事，和母親細聲爭吵。

「你怎麼這麼沒責任，」爸爸嘀咕道：「孩子小，不會想，你應該堅持他考中學呀！」

「這孩子，從小悶悶不樂，我對他的心，老覺得缺了一角，」母親哭著說：「這麼好的話，為什麼你不會去向他說。」

老爸爸悶聲不響地只抽菸。等發覺二哥雖然勉強報了名，卻沒去參加高中聯考，老爸爸才急了。他騎著他的機車，花了幾天工夫，到城裡找老長官請託，鐵青著臉，押二哥去考試。二哥終於考上一家縣立高農，老爸爸才照常下田裡去做活。

懷著反抗心，離家到鄰縣去上學的二哥，從高二起，就不斷地讓學校寄來抱怨的通知：曠課、打架、抽菸、犯上……高中三，終於不能畢業，他寫給我一封這樣的信：

「……反正我無顏回去了。

我糟蹋了媽媽許多辛苦的錢。我現在去找事做，將來一個錢也不少，還給媽媽……」

其實，大部分的錢，都是老爸爸交給我，用媽媽的名義，由十歲的我抄信、寄錢。

二哥的出走，給終日勞碌，卻也一向平穩的家，帶來一層憂愁。老爸爸開始喝較多的酒，也是從那年開始的。這樣一去就是兩年，一點音訊沒有。第三年，二哥忽然開始寄錢回家，初時是幾千，後來一寄就是上萬。

「這是什麼來路的錢，也不知道。」母親憂愁地說。

「不會吧，」老爸爸說，「老二不應該是那種孩子。」

但老爸終於還是叫大哥同我照信封上的住址尋去一趟。

那年，我十三歲。跟著緊緊地抓著我的手的大哥，我頭一次到了人、車子和大樓都很多的台北。走出台北火車站，大哥走幾步就找人問路，也終於搭了市內車到延平北路，找到二哥住著的公寓。

雖然將近中午，出來應門的二哥，還穿著睡衣。

「大兄！」

二哥叫著說道。房子裡，地毯、冷氣、吊燈、沙發、電視、冰箱，頂著天花板那麼高，裝滿了各式各樣的酒的櫥子，一應俱全。一隻絨布做成的雄獅，躺在茶几旁。

大哥坐在沙發上。二哥敬了一支菸，兩人對著面，但都不互相看對方，緘默地抽著菸。

當時十九歲，原本就高大的二哥，留著長長的頭髮，看來很是漂亮。

「坐幾點的車來？」二哥問。

「透早，六點就出來了。」大哥望了望我，再望了望天花板，說道。

二哥這才慢慢地抬起頭，望著我。我眼看著他薄薄的、緊閉的嘴角，泛起了笑意，彷佛在說：

「長大了啊。這一向都好嗎？」

這時臥室裡走出來一個女子。穿著絲瓜花那種黃色的、柔輭的長袍。白白的皮膚，長長的、蓬著的頭髮。

二哥安靜地站起來，伸出右手，從她的嘴角摘掉她叼著的香菸，丟到牆角的痰盂裡。

「這我大兄。這是我妹妹。」二哥說。

「噢！」那女子忽然驚慌地用手提著自己的衣領，把敞開的頸部裹了起來。「真失禮，真失禮！」

說著她匆忙跑進房子裡。

二哥又敬了一支菸。兄弟倆又復默默地抽著。二哥看著窗外，大哥盯著地面。

「你，這樣的生活，也不是辦法。」大哥溫和地說。

兩兄弟慢慢地、低聲地交談著。大約一個小時後，門鈴響了。二哥臥室中的女子，顯然已經梳洗過了，換了一身素淨的衣裳，匆忙地出來開門。

是菜館裡送來的飯菜。

「都過午了，我打電話去叫一點便菜飯，請大兄吃飯。」那女子怯怯地對二哥說。

二哥望著大哥。大哥站了起來，說道：「讓你們破費，怎麼好哩？」

「大兄怎麼這樣說話。」

那女子說著，高高興興地把飯菜從木匣子端上桌子，數了錢給送飯的人。

回家的路上，大哥要我共同隱瞞二哥的生活。「他會回頭的。」大哥說。

次年，二哥去當了三年兵。退伍以後，二哥筆直地回家。人結實了，頭髮短了，皮膚黑了。

回家以後的二哥，忙著在附近打零工，騎著老爸爸為他新買的機車，早出晚歸。後來大哥二哥商議，借了一點錢，湊著買了一部中古的「鐵牛車」，做運輸生意。

每天早上，二哥歪戴著鴨舌帽，叼著菸，穿著牛仔褲，戴著棉手套，跳上他的鐵牛出工，順便帶我上鎮裡搭車上學。一路上，二哥告訴我許多他當「流浪的頑童」時的許多悲苦的、有趣的事。但我始終開不了口問他那女子的事。當時十六歲的我，對於那女子，懷著害羞、同情、妒忌和親切的感覺。

然而，才九個多月，二哥在尖山腳下急彎的地方，讓卡車撞了，身體翻倒在水溝裡，死了。

母親因為極度悲傷，生了一場重病。老爸爸也突然老了一截，幾乎讓田裡的工作，一下子荒廢了。大哥便是在這時娶了大嫂，多了一副人手，田裡的事，才逐漸恢復正常了。

從那年除夕，老爸爸總是在年夜飯桌上，為二哥空著一個位置，親手為他夾一大碗菜，擺著。

現在，二哥一個人躺在牛埔頭相思樹林後面的墓地裡。時常，想起他來的時候，對於二哥才廿三歲的生涯，感到迷惑。二哥的一生，有什麼目的？有什麼意義？二哥自小對我的友愛……這一切，畢竟有什麼意義？我感到譬如讀一本殘破不全的，似乎應該很有趣的書一樣，覺得迷惘而不滿足。

花開、花落。草長、草枯。二哥的生與死，或者就與大自然的生殺一樣吧。然而，我、老爸爸、母親……這幾年來對二哥刻骨的懷思、銘心的悼惜，又豈是自然可以安慰的嗎？

3 AMERICAN DREAM

他還記得，文秀英的這篇稿子，原名是〈老爸爸和二哥〉，是他把「老爸爸」這幾個字刪去的。文章裡刪改的不多。這是她投來的最長的一篇。他猶還記得，初時寫來的稿，難免有過多、過大地使用形容詞的毛病。有一次，她送來一篇寄給友人的信，讀來真摯而溫暖。他把她叫到辦公室，誇獎了她，並且隨機叫她用真正是自己的話，說真有所感的事。而這以後不久，他就被調到台北總辦公室，這篇稿，是他在台北著名的華盛頓大樓裡的麥迪遜台灣公司辦公以後，由廠裡負責《麥台月報》聯絡事務的人事室寄來的。

他當時被文秀英的這篇稿子嚇了一跳。如果他還在廠裡，他一定會把她從線上找來，熱心地同她談談這篇文章。可是他已經調到台北了。總經理艾森斯坦先生發表他當行政主任。他正面對一個新的工作崗位，一個新的展望。用英文寫計畫和報告，占據了英文還不是頂老到的他大部分的時間。他原想以編輯部名義寫一封鼓勵的信，終於也忘了。

——那時候，我終於也忘了啊……。

他抽著菸，落入沉思裡了。他想起還沒有上師大，在荒陬的大武鄉教小學的時候，自願接下「看牛班」，為他們墊錢買珠算練習本子的那些日子來。「不要認為學校不要你們、社會不要你們、父母不關心你們，」他對那一班學生說：「至少至少，老師要你們……一畢業，你們就要去面對充滿了各種風浪的社會。所以你們要好好地學。多學一分，多一分保護自己的力量……」他猛地回過頭，把黑板一遍、一遍，慢慢地、精細地擦乾淨，好偷得一點時間，讓自己滾燙的眼淚流呀流地，灑了一臉。等他流完了，用手帕揩好，回過頭來，他看見幾十張小臉，緊咬著小小的嘴唇，紅著幾十雙眼眶，也是眼淚流呀流地，掛滿了小小的臉，卻沒有一人失聲。「好啦！別哭。有什麼好哭的！」他訓斥似地說，「珠算練習本，習題六。」孩子們匆匆地用自己的衣袖抹了臉，乒噹乒噹地打開桌子，拿出練習本和算盤來。一時細細碎碎的算盤聲，像淙淙的小溪，流過這荒陋的山城的寂寞的教室。

師大畢業以後，他到一個礦區教國中。在一個學生的作文中，發現這學生有一個善於繪畫的啞巴妹妹。第二天，他陪著這學生走了一段長長的山路，去看那年幼的啞女的畫。然後他費盡了唇舌，說服那尷尬的父母，由他把女孩子帶到台北上盲啞學校。

這樣的一個他，在他讀過了文秀英的稿子之後，終於竟也忘了寫一封鼓勵的信給她。——曾經為了別人的苦樂、別人的輕重而生活的自己的，變成了只顧著自己的，生活的奴隸，大約就在那時開始，也說不定。

他對自己沉吟地說。

他自分是個並無大志的人。他雖也考取過留學考試，但那只是為了消磨服役中被派到教育單位而多出來的時間，在部隊裡讀了幾個月的書考得的。在那個多雨的礦區教了幾個學期的書之後，他的父親忽然病倒，失掉了工作，也失去了半邊身子自由行動的能力。在日政時代的農校畢業，光復後調到這個、那個農政單位，工作了三十幾年，雖然沒有什麼陞調，卻一貫認真、勤奮工作著的他的父親，這時，忽然對於生，表現了異乎凡常的焦慮。

「如果，這就是我一生的下場，就太不值了。」老人獨語一般地說，「蜷曲在這樣的鄉下，一輩子像傻子一般地工作……你也一樣啊，阿傑。趁著我還沒死，弄一棟房子住罷。」

他原不曾把他的話當真。因此，也就不去推敲是他父親自己要弄一棟房子呢，抑或者要他去弄一棟房子。不料等退休金一下來，他的父親即刻湊上一點私蓄，訂下了一棟看起來毫無生氣、既沒前院，後院又窄小的販仔厝。

「尾款是你的事啦。」他的父親說。蒼白的臉上，洋溢著一種近乎呆痴的喜悅。

那年夏天，他在報紙上找到麥迪遜台灣公司徵求廠長文書助理的廣告，條件是「流暢的中英文書寫能力」。中文，他是本行。為了天生語學上的興味而自修的英文，他卻沒有把握。然而，他畢竟考取了。他辭掉教員的工作，離開了那多雨的礦山區，來到麥迪遜設在中壢的工廠。直覺地感到他的父親必不久於人世，他把全部的心智投入新的工作，確保這個多出教員的薪水將近五分之二的新工作，以便繳清購屋的餘款。

第二年春天，老總經理豪瑟赫姆，一個飄著滿頭銀白亂髮，戴著金絲眼鏡的瑞典老人，調回美國退休。總公司派來年輕的、魁偉的美國人艾森斯坦取代了他的地位。

那一期的《麥台月報》，刊登了由他翻譯的幾篇發自美國康州總公司的人事資料。索恩．J．艾森斯坦，四十二歲。美國佛琴尼亞州人。佛州州立大學農學系畢業，獲農學學士學位。一九六六年在越南服役一年七個月，回國後在紐約哲爾新工程大學修工程，獲工程碩士學位。畢業後，分別在歐文環境工程公司、美國通用、德州儀器等公司負責遠東地區銷售、技術和產品方面的管理工作後，在一九七四年加入美國麥迪遜儀器公司遠東部門，負責技術與服務方面的工作。這次奉派來台灣，是他第一次負責經營方面的管理工作。總公司的人事消息稿這樣寫道：

「艾森斯坦先生表現出技術和管理相互配置的長才。為了特定技術的發展而調整管理結構，並且使這個新的管理結構，在古老、富於傳統、對於現代化趨向產生各種阻力的東方，做了成功而有效的實踐……」

艾森斯坦接事以後不久，在宋老闆陪同下，驅車到中壢的廠裡來。艾森斯坦看起來比原先資料上所刊的照片還要老些。他有一頭近於暗褐的顏色的鬈而濃密的頭髮，雖然蓬鬆，卻梳理得自然、乾淨。他有一對大而好看的眼睛，閃爍著一種發源於強烈的自信的自在、謙和、快樂的光芒。他高大，平板、堅實的腰幹，讓人覺得他是一個正蒙受青春、智慧、財富和權力寵幸的人，卻不引人妒嫉。

在簡報會議中，張維傑默默地坐在廠長的一旁，依照秩序把文件、資料傳給正在做報告的廠長。會議結束，艾森斯坦先生握著一杯冰橘子汁，和張維傑寒喧起來。

「喜歡你的工作嗎？」艾森斯坦先生說。

「喜歡。」他說。

「你的背景是……」

他簡略地述說著他的家世。艾森斯坦先生微笑地聽著，並且微笑著說：

「當我們說『背景』，意思是學歷……」

「噢，對不起。」

他約略地臉紅了。他於是告訴艾森斯坦先生一些他的學經歷。「我的哥哥也在中學教書哩，Victor。」艾森斯坦先生說，「你的英文挺不錯——可別告訴我你從來沒有到國外念過書。」「沒有。」他說。「噢，我在亞洲待了好幾年。大部分能說寫英文的人——我是說說、寫都比較好一點的，大部分都到過外國。」艾森斯坦先生說。「謝謝你。」他說。

那時，他感到有一點受寵若驚了。但他也感覺得到：艾森斯坦先生那些友善、親切、善意和熱情的外表的裡側，有一股隱約，卻也確實的淡漠。當艾森斯坦先生說：「你的英文挺不錯——可別告訴我你從來不曾到外國念書」時，顯然地誇大了自己的好奇心。然而那樣隱約卻又實在的冷漠，摻和著語言上、態度上的自在和親切，這個年輕的美國上司，在他的中國下屬之前，塑造了一種無由言宣的威儀。

約莫兩個禮拜以後，他被調到台北。

那是一個初冬的清早。他打從新租在士林的住所，搭了兩趟車，到台北的指定的地點後下了車。細雨從較之街道兩邊的大樓尤高的、陰暗的、清早的天空，綿綿地下著。街上依然穿梭著各式各樣的車子。輪胎疾駛過水漬的地面，發出一種潮溼的、寂寞的聲音。他幾個急步從站牌竄到一棟高樓的走廊裡，用手揮去身上的雨珠，他點起一根菸，慢慢地走在大半都還沒開門的這一條麕集著台北市最為壯麗而豪華的大樓的大街的走廊上。他不知道命運要怎樣把一個鄉下的孩子，一個偏陬的國中教員，帶進這他只來過幾趟，對它的全貌仍然陌生的首善的城市。然而，他的心是欣快的，充滿著對於不可知的未來所懷抱的希望。

「請問，華盛頓大樓在哪？」

他對一個扶著機車，寂靜地望著細小但卻下得十分綿密的雨的少年問。

少年向他的斜對面指了指，然後用同一隻手伸進走廊外的細雨，拈了拈下雨的情況，又沉默地望著瀝瀝地澆著這首善的大街的雨。

他抬頭望去，一棟赭黃大埋石板砌成的，壯碩、穩重、踏實的大樓，鑲著一排厚實而典雅的英文字：

「謝謝。」

他望著那大樓獨語也似地說。

他一邊望著雨中的華盛頓大樓，一邊走著。走到華盛頓大樓的正對面，他看見這分成四棟的十二層樓建築，像一座巨大的輪船，篤定、雄厚地停泊在他的對面。走廊的柱子，是黑色的大理石片砌成的。在細雨的澆洗之下，整棟大樓的大理石顯得乾淨而明亮。無數的窗子，整齊、劃一地開向大街。有少數幾扇窗子已經點著日光燈，透過輕薄的紗帳，向大街透露出青色的燈光來。樓下的幾個大門，都用不同花式的鐵柵鎖著。鐵柵上寫著各行號商店的名字，有餐廳、銀行、輪船公司、建築公司，還有一家西服店。他抬起手，看了看腕錶：才七時過三十分，整個大樓都還在沉睡之中。

麥迪遜台灣公司就在這大樓的五樓[3]上。張維傑終於從零亂的、經常飄著高壓電機房裡發散出來的淡淡的臭味的中壢工廠，調陞到華盛頓大樓總辦公室。他有了自己的房間，地上鋪著地毯，夏天輸送冷氣，冬天飄著暖氣，長而寬大的桌子，黑色假皮高背椅子。桌子上一塊檜木三角牌，鑲著兩排銅質的英文字：ADMINISTRATION MANAGER, VICTOR CHANG——行政主任。張維傑。

最初的若干個星期中，艾森斯坦先生有系統地交給他一些職業訓練上的材料，全是厚厚的一疊影印的英文本。艾森斯坦先生要他仔細地讀完，定期在下班後的時間，在總經理辦公室討論。

離開大學生活已經好幾年的張維傑，對於公司以這樣嚴肅的、學問的方式，訓練一個年紀尚輕，出身平凡的東方人，並且畀以重任，感到責任重大，並且對艾森斯坦先生，艾森斯坦先生所代表的美國麥迪遜公司，以及使美國麥迪遜公司的這一切成為可能的美國自身，發生了深切的敬畏和崇拜的心。

因此，每天每天，他在下班以後，勤奮地研讀著艾森斯坦先生所寫的MULTINATIONAL FREEDOM。他查字典，他做筆記，他沉思。雖然他畢竟還只似懂非懂，但對於一個企業經營者的艾森斯坦，能建立這樣一個器宇不凡，充滿著由深刻的理論所烘托起來的理想，滿懷著敬意。《跨國性的自由》的第一章，寫幾年前甚囂塵世上的對於跨國性企業的批評。「這種批評，來自不負責任的（美國）國會，和一小撮半吊子知識分子。」艾森斯坦先生寫道：「但是，截至目前為止，對於這些批評，跨國企業——它們對於人類文明和進步的貢獻，無疑地遠超過它們的歷史所帶來的缺失——卻沉默不語。隨著巨大企業的精緻化，今日的企業管理者已經不是過去的資本家階級——勤勉、幹練、自然的聰明有餘，而於文化、知識則粗陋無文。今日的管理者各有專精的學養，敏銳的分析和判斷的能力，更有全世界性的胸襟。」因此，艾森斯坦先生以為，對跨國性企業的歷史和功能做一科學的評估，並創造性地發展跨國企業體制對於發展人類福祉的巨大潛能，已經刻不容緩了。「與其讓對世界經濟事務一知半解、不負責任的國會議員，和古老的費邊社會主義遺留下來的半吊子知識分子們，聒噪不休地議論跨國公司，」艾森斯坦先生寫道：「莫若由今日精緻的管理者自己，來分析、檢討跨國結構，並且指出一條富於革命性的、創造性的道路。」

在第二章裡頭，艾森斯坦先生對於企業的跨國性發展，做了一番歷史的回顧。「早在東印度公司的時代，資本主義便帶著顯著的跨國性的體質。」艾森斯坦一開始就寫著。就企業的國際性發展，對於世界技術、科學、開發、文化、教育、醫學和管理科學的貢獻，艾森斯坦先生做了扼要而淵博的說明。

在第三章，作者艾森斯坦檢討了美國在海外投資企業對於當地國家的經濟、政治、文化的干涉問題。「無可否認，美國對各地獨裁軍事政權的支持，對於各當地除了共產主義勢力以外的民主力量之杯葛，以美國強大政治力量支援美國海外投資企業對當地民族主義感情的殘暴踐踏，對當地社會的腐敗和經濟貧困的完全冷漠……這些指責，在今日看來，尤其將百年來海外私人投資的各種正面的、肯定的功勞拋去不論時，仍有極為真切的現實性。」作者認為，跨國性企業的成長，和古典資本主義的成長，自有其功與過。「沒有初期資本主義的黑暗與悲劇，現代化、合理化的資本主義就無從想像。同樣，跨國企業的初期歷史，難免有一些嚴重的弊病，」艾森斯坦先生寫道：「但是，時至今日，跨國企業優秀的經營者，已經有充足的想像力、智能和管理知識，來改變它的形象與角色。」

怎樣重建新時代的跨國企業的形象與角色呢？艾森斯坦先生在第四章〈麥迪遜：復興美國式的理想〉(MERDISON: RESTORING AMERICAN DREAM)中寫道：正如進步的資本主義從進步的科技和管理科學——而不是原始的、赤裸的剝削——去創造它的利潤，新時代的國際企業也必須認識到對資源國家和民族的「殘酷榨取」激發無法制壓的反抗，而結果只有玉石俱焚。企業的理想和全人類的繁榮和進步將同為灰燼。因此，新時代的跨國企業，不在依靠專制的軍事獨裁政權、干涉內政；不踐踏資源國民族追求民主、正義、獨立的願望；不以資源國家的悲慘的貧困、不幸來換取企業的利益。「正好相反，現代的跨國結構應該以理解資源民族共同的願望——公平的社會、民主的政治、獨立的國家、受尊重的文化、基本上充裕的生活——作為市場調查和經營目標中的一個重要部門。」艾森斯坦雄辯地寫道：「今天的國際性資本，應該提高而不是降低當地人民的生活，促進而不是阻礙當地政治的民主化；應該尊重而不是干涉當地的政治、經濟、文化等各方面的生活；應該高舉而不是壓抑資源國家工人的人格、權利……從而獲致企業的成長。」而且，據艾森斯坦先生說：只有這樣的角色轉換，即從壓迫者、掠奪者變成朋友、協助者，才能調動資源國家中一切積極的條件，博得資源國家政治、文化、員工的忠誠、諒解、友誼和勤奮的工作，使國際性企業，重新獲致富於生命和創意的遠景。「五十年代的美國式的理想——AMERICAN DREAM，在完成它創造一時代的繁榮之後，逐漸褪色。」艾森斯坦先生繼續寫道：「今天，麥迪遜將創造一個全新的意象（vision），並且在它的光芒下，徹底改造跨國資本的經營體質。一切人的幸福！一切人的自由！一切人的正義！這已不是少數政治的激進主義者們所專有的口號。建立在世界和人類的自由之上的跨國企業，使跨國企業獲致從未有過的自由！」

對於在台灣接受比較平面的教育而長大的張維傑，艾森斯坦先生的講義中許許多多的觀念，全是他前此從未曾有過的。整整花了將近兩個月的時間，張維傑驚異地，一點一滴地認識到美國公司的罪惡，同時又一點一滴地建立起艾森斯坦先生新的、開明的「跨國性的自由論」。張維傑彷彿重新體驗了一場生與死，以至對於生命有了一個全新的認識一樣，對艾森斯坦先生建立了無法取代的尊敬和忠誠。

「艾森斯坦先生，我學到太多了，真的非常謝謝你。」

在講義接近了尾聲時，他由衷地說。

艾森斯坦把背靠在他的高高的皮椅背上，把一雙長腳高高地擱在他巨大的辦公桌上，微笑地點起一支菸。

「這兩個月裡，我知道我又挑對了人。」艾森斯坦先生笑著說。

在韓國、在土耳其、在菲律賓、在泰國，艾森斯坦先生所到之處，總是在各該國的麥迪遜公司，找到一個人，然後以這個人為酵母、為槓桿的支點，「使整個古老的結構開始發酵、使沉重的老制度鬆動起來，」艾森斯坦先生說，「雖然我過去負責的是技術部門，但過去的這些成績，已足夠引起董事會的注意。台灣麥迪遜的成功，將會把我送回康州總公司，主持全球麥迪遜的構造改革。那時候，你和其他一些我揀選、試煉過的人，將是我復興美國理想於全球的骨幹！」

過了聖誕節，艾森斯坦先生對他下達了第一項行動的命令：重組工會。

「來台灣之前，我已經讀過一些一般的和這個公司的工會資料。」艾森斯坦先生說，「品管經理楊和物料課經理王都[4]是工會的領導人。女工占全生產部門總人數的五分之四，卻沒有一個女工被推選為工會的幹部。這些都不對。」艾森斯坦先生笑了起來，「大同小異呀！他們在韓國、菲律賓的情況，在某些方面，甚至更壞！」艾森斯坦先生不要一個橡皮圖章似的工會。「那樣的工會，對公司是方便得多：言聽計從的。」艾森斯坦先生說：「可是，這種工會的代價，是怨恨、不忠、生產效率低下。」

過完元宵，公司配給他一部一千六百西西、福特「跑天下」的車，供他三天兩頭跑中壢，便是在那個時候。工作怎麼進行？艾森斯坦先生沒有答案給他。「你自己想辦法，」艾森斯坦笑著說，「那是你自己的問題。有了問題，再來找我！」

他決心全力以赴。首先，他讀中華民國《工會法》。其次，他到廠裡去找人了解。就在那時候，他找到敏子和趙公子、素菊她們。

小文的〈二哥〉，在這樣的日子裡轉到台北，送到他的桌子上來的。

——那時候，寫一封熱心鼓勵的信的心情——一個鄉村的國小老師的心情，早已萎縮了吧。代之而起的，是一股子自以為非常重要的工作責任。

他兀自想著，苦澀地、孤單地笑了起來。

——而終於忘了，在讀過〈二哥〉之後，忘了寫一封信給她，也毋寧該是一種必然的結果吧。

他無聲地，對著自己說。

4　第一隻蝴蝶

五月六日

四月三十日剛好是星期天，所以廿九日加完小夜班，就搭遊覽車回家。回到家，已經是凌晨兩點了。出來應門的，不料竟是大嫂。原來，大哥住的那一廂，已經準備要拆，所以大哥大嫂全住到爸媽這一廂來。

「我聽見小黑叫個不停，猜著是你了。晚飯的時候，我們正說也許你晚上就趕到。」大嫂笑著說。

上次回家才一個胳臂長的小黑，如今竟長得又高又壯。剛才對我猛吠不停的小黑，現在卻也不斷地對我猛搖著捲起的尾巴。牠的眉目間，發散著一股聰明、敏捷的樣子，討人喜愛。

老爸爸和媽媽跟著也起來了。媽媽的臉，笑出好幾道新的皺紋。老爸爸只在我叫他的時候，若無其事地「嗯」了一聲，摸起一包壓扁的菸，遞了一支給大哥。兩個生性不愛講話的父子，便在一旁默默地抽菸，聽著我和大嫂、媽媽講城裡、家裡的和鄰近的事。

第二天，大嫂一大早託人去請半天假，在家陪我。最近半個月，鄰近的石盤厝那兒在蓋房子，她就在工地裡打零工。大嫂只長我幾個月，是石盤厝那邊詹家的長女。雖說她只小學畢業，人情世事，知道得比我多得多，使我很敬重她。什麼時候，才能有大嫂那種從生活和勤勞而來的智慧呢？

小姪兒又長大了許多。大哥、大嫂的頭髮都不鬈曲，就不知道這「小棒棒兒」（老爸爸給取的小名），怎地長了一頭自然曲鬈的頭髮。小棒棒兒的眼睛不算頂大，可是眼珠子卻又黑、又大。抱在大嫂的懷裡，眼睛卻碌碌地望著我，然後出人意外地，張開還不長牙的嘴，笑了起來。

吃過早飯，我和大嫂沿著圳溝散步。小黑跟在我們的前後奔跑。整天也沒人拴著牠，就不知道為什麼牠會那麼興高采烈。我和大嫂輪流抱著小棒棒兒，撿著有竹蔭的路走。五月初的天，明亮、透明，照著兩邊的蔗田裡隨著風舞動著的蔗葉。每次回到家，看著這些，就不想要回到工廠去。或者，至少也希望能多幾天假，待在家裡。

小黑忽然在幾步子遠的前頭，對著圳溝，又跳又吠。不經意間，發現圳溝裡漂著幾片銀白色的魚的屍體。其中有一條約有四指寬的，漂浮了一陣，又奮力地掙扎，在一小片水波中，潛入水中，然後又翻著蒼白的肚皮，無助地浮了上來。小黑便是對著這苦痛地掙扎的一條，汪汪地吠著。

「一定是哪一個夭壽的，毒了魚，又不撿乾淨。」大嫂說。

午後，大哥騎著機車回來。一進門，就說下嵌溪的下游，漂起了幾百上千的死魚。好些都被蛇籠截住，漂散著腥臭。

「這半年，上游兩邊蓋了不少工廠。人都說工廠流出來毒水毒死的。」大哥說。

我想起了上午在圳溝裡的死魚。這裡每條大大小小的圳溝，全是分的下嵌溪的水。我彷彿看見幾百，上千的死魚，翻著蒼白的肚皮，漂浮在水面上，忽然地想到，中壢那麼多工廠，流出去的水，都到哪裡了？然而，也從來沒聽說過中壢附近的哪一條溪水，一下浮起那麼多的死魚。

「幾年來，我總以為下嵌溪早已經沒了魚了……」大哥說道。

使得隱秘地、友愛地、安靜地生活在下嵌溪中的那麼多的魚，一下子窒息死去的人類，多麼令人討厭！

五月十一日

中午回到宿舍要拿胃散給趙公子，在我的桌上放著一封沒有貼郵票的信。打開來，是一封沒有署名的男子的信。他說我的〈二哥〉寫得很好，他很欽佩。他還說想要和我做一個朋友，「不知道你肯不肯答應？」此外，他還寫了大概是去抄來的一些很不應該說的話。

我想過把信帶在身上、放在抽屜、藏在衣櫃……都覺得不好，終於把信撕碎，丟到穢紙桶裡去。不過我還是十分駭怕。是誰呢？一定是工廠裡的不知哪一個男工人。但是到底是誰呢？還有，是誰把信放在我的桌上？女工宿舍，男工是絕不可以進來的。也許是他託了誰帶來的。

同房的安慶、敏子、紹玉都不會。趙公子更不會。為了猜測這些，我在空空的宿舍裡，覺得好像什麼地方有兩隻眼睛在盯住我似地，怕得想哭出來，兩腳都軟了。最後我終於拚著命跑出房間，看見宿監奧巴桑在倒開水，才安心地走出宿舍。

到底他是誰呢？雖然信沒有給我什麼特別的惡感，卻覺得他是一個不正經的人。整個下午，線上的工作一鬆，我就在猜著那個寫信的人。

五月十三日

上午十時許，會客室通知有客人接見。看接見單子，知道是松崗來的陳伯伯。這真是意外。我高興地跑到會客室。

「丫頭——」

陳伯伯用沙啞，帶著濃重安徽口音叫我。我的臉紅了起來，但不覺得困窘。我看著陳伯伯又白了三分的平頭，健壯的身體，說：

「你怎麼尋來的，陳伯伯！」

陳伯伯呵呵地笑。從小，我就記得他那寬寬的黑臉，說兩句話，就咧著大嘴巴笑。「笑什麼呀，陳伯，沒笑過呀！」小時候，仗著他的寵，常常放肆地這樣子罵他。

「怎麼尋來的？小時候，跟別家小孩玩丟了，還不是陳伯尋來找到的。」

他又呵呵、呵呵地笑。他說的，是我已全不記得，偏他又百說不厭的小時的事。他說我的地方，是楊伯伯告訴他的。楊伯伯是老爸爸的舊日袍澤，二十多年前一塊兒從空軍退下來。陳伯伯是楊伯伯的朋友，也是退伍的老士官。後來反倒是陳伯伯和老爸爸走得最近，[5]陳伯伯剛下來，住過我們家一段時間。直到三、四年前，他在埔里上去松崗那兒租了地，種夏季蔬菜，人變得黑了，身體卻結實了。

陳伯伯仔仔細細地問他的老友——我的老爸爸——和家中的近況。

「他就是愛種地，ㄚ頭。這年頭，平地上種那幾分地，能賺什麼？」陳伯說，「可是他只是愛種地，賺呀，賠呀，他全不在意。你知道為什麼？」

「不知道。」

「他常跟我說，種地，就像回了家一樣。他常愛誇，他十來歲就下田。附近一樣佃農家的小伙子，沒有一個做活做得過他。」

陳伯伯說著，就沉默起來。

「山上好嗎？」我問。

他彎著嘴笑。

「好。好，做什麼用？我這把年紀，不像你老爸爸，有個家，有個寶貝丫頭。我圖個什麼？」他又呵呵、呵呵地笑起來。這十多年來，媽看他把一點錢借這個同鄉做生意，調那個朋友成親，自己缺用，別人兩千、三千的還，生氣的說：「人家現在家也有了，生意也有了底子，就你還一個人，什麼也沒有。」爸媽每年三番幾次催他成家，他總要搖頭：「自己的媳婦，成親也不到一年，把人家一個人撂在那兒，走了……」他說到這，媽媽就不說話了。背地裡，媽老是跟爸爸說：「老陳這個人，情意很重。」爸只是嘆息。「老陳外面看是整天呵呵哈哈的人。其實呀，他的心，此玉米穗子還細……」

陳伯伯帶了小包、大包的瓜子、酸梅、蜜餞、花生、牛肉乾。臨走，還要塞錢給我。我怎麼推辭，他都不肯。他看我收下了，便飛快地走出會客室，笑開他寬寬的黑臉，朝我擺了擺手，孤獨地走出大門。

五月十六日

最近我覺得我有一點驕傲了。我時常把自己讀著的書亂擺在桌子上，彷彿要別人知道我與眾不同，是一個平時愛讀書的人。我想這樣別人會討厭我吧，以後一定要改正。

今天大哥幫我寄來一本《汪洋中的一條船》。

五月十七日

今天下午上工不久，總務處在廣播中找了我去。

「領稿費——要自己請客，還是我先扣起來買糖大家吃？」出納的周小姐說。

「也請客、也扣錢好了。」我笑著說。

周小姐把裝著四百二十元的紙袋給了我。我說了「謝謝」，轉身要走的時候，總務主任室吳主任叫住我。

「領稿費呀？」吳主任問。

「是。」

我說著，又不爭氣地臉紅了。

「你很有才華。」吳主任說，「工作之餘，多用心一點，別的事，不要去管。」

「是。」

「他們談工會的事，有沒有找你？」

「沒有。」

「哦，為什麼？」

「我不知道。其實，像工會那麼難的事，找我，我也不懂。」

吳主任笑了起來。

「我們好好工作，有興趣就練習寫文章，別的閒事不要管。」

我拿著稿費回來。對於吳主任的話，我懂，也不懂。一直到現在，心裡還是覺得有一點奇怪。

這個世界上，我不懂得的事還太多了。

五月二十日

今天收到陳秀麗的信，說她早已收到了我的信，也說她讀我的信很感動，甚至於哭了。最重要的是，她說下個禮拜天，她要帶那位李先生來中壢，希望能見到我。

中午，趙公子和魷魚吵架。魷魚在她那一組。趙公子是小組長。趙公子說魷魚最近老是心神恍惚，使線上裝配的錯誤率增加很多。趙公子千方百計找理由揹，不讓班長把錯誤歸到魷魚身上。魷魚回說，她不是故意的。

「故意？他×的，還容許你故意呀？」趙公子火爆脾氣，扯著嗓門兒大聲叫了起來，「你知不知道為你背了多少黑鍋！」

這回，魷魚出乎意外的說：

「趙公子，我對不起，我最近身體不大好。」

說著說著的魷魚，就低著頭，流起眼淚。

魷魚一向是有理、沒理，都要抬到底的人。聽著魷魚這麼說，趙公子錯愕住了。她抓抓頭皮，低著頭走了過去，拍了拍魷魚的肩膀。

「不是啦，我也是為你想，」趙公子說，「我想掩蓋，也掩蓋不久，終究你吃虧。」

魷魚不說話，只搖頭。

在一邊看著的我，不知怎樣地，也偷偷地流淚了。

五月二十六日

今天張經理來廠開會。一整個早晨，大會議室都關著門。被派去侍候茶水的素蘭，只在送水的進出中，聽到一點點。「他們在談工會的事。張經理說，工會要代表工人的利益，才能團結工人。張經理說，目前，公司福利、環境，都在台灣一般水準以上，公司不應有什麼顧慮。」素蘭說。

「廠長怎麼說？」敏子問。

「我不知道。」素蘭說，「反正是，廠長、吳主任，似乎問題很多。什麼這個不妥當，那個要是什麼什麼，怎麼辦。只張經理在那兒苦口婆心。」

「機房、倉庫、維護組的男工，沒有一個熱心要組織一個自己的工會的，」趙公子說，「有好些老工會的人，和同他們一夥的人，還笑罵我們。×你娘，做查埔人那麼無用。我罵他們。」

在一旁靜靜地聽著的何大姊問：

「有沒有去找運輸組的阿欽、阿祥？」

「找過了。」敏子忙著說，大夥慢慢地圍住了何大姊。

「他們怎麼說？」何大姊問。

「他們說，事情不簡單，叫我們再看看，壓力很大。」

「哦哦。」何大姊沉思地說。

上工的鈴聲響了起來。都準備加夜班去了。

五月二十八日

今天是禮拜日，我在早晨九時就跑到中壢市，和陳秀麗約好的壢宮芋冰城，冰果室卻尚未開門。我只好在中正路、文化路那一帶逛，到壢文書局買了五本：楊青矗的《工廠女兒圈》、黃春明的《魚》和《鑼》，芝蘭的《智慧的語言》和茱萸的《給少女的二十四封信》。

九點四十分回到芋冰城，門開了，秀麗他們卻還沒來。我在那兒一個人看報紙副刊。一直到十時過一點，他們才來。

他的個子不高，頭髮很長。他的眼睛顯得有些浮腫，像是常常不曾睡好的樣子。獨獨他的嘴，輪廓很明白，看起來像是由於他長著那樣的嘴唇，所以很會說笑，常常說些令我實在忍不住要笑的話。

他抽菸抽得很多，而且看得出他的心思常常忽然不在這個冰果室裡了。坐在我的對面的他們，時常由他若無其事地對她作親暱的動作。秀麗只是溫順地低著頭，彷彿說：「你看，他就是這樣，我真沒辦法。」

秀麗提議一道去看早場電影，我正要不加思索地說好的時候，他也說：

「去吧，就一起去吧。」

他的明顯的不熱心，一下子使我臉紅起來。

「不，對不起，最近不知怎地，一進電影院，我就會頭痛。」我說。

「哦，這樣嗎？」秀麗擔心地問，「怎麼會這樣的呢？」

「怎麼會這樣啊。」他說。

「真是對不起。」我笑著說。

就這樣地和他們分了手。秀麗用眼睛看著我，彷彿又在說：「你看，他就是這樣，我真沒辦法。」

那天中午，我找到一家粽子擔，吃了兩個大粽子，一碗肉羹，吃得飽飽的，才回到工廠。宿舍裡出去玩的人都還沒回來。

不知怎樣地，我覺得他不是一個可靠的人。也不知怎樣地，直覺地覺得，秀麗要是跟了他，也許要吃苦吧。

整個下午，想起來就為秀麗難受。

六月一日

利用上午休息的時間，跑回宿舍換××棉，在走廊上聽見呻吟的聲音，一探頭，看見魷魚躺在床上。

魷魚的臉灰白，滿頭、滿臉都是汗，頭髮、枕頭全是溼的。我驚慌地叫：「魷魚！游碧玉！」她還是緊閉著眼睛。我覺得腳底溼滑，低頭一看，是她吐出來的飯水。地上掉了一封信，信封上寫著「父母親大人，不孝女碧玉」。

——自殺呀！

這樣想著，人整個都僵硬起來。我咬著牙，飛快地跑到焊烙組找何大姊。

「不要聲張，我馬上就去宿舍，」何大姊沒停下手上的工作：「你去衛生室叫阿鄭來。」

我和阿鄭到了宿舍，看見何大姊打了一杯生蛋，用鐵湯匙往魷魚的嘴灌。

「阿鄭，你打個電話到守衛室，說她有急病，放行送醫，等我們走了，再跟經理講。這件事不可以聲張。」何大姊頭都不抬地說，「魷魚吃了虧。有了孩子，對方不認賬。小文收著這封信。」

在中壢市上的古內科，整整折騰了三個小時，魷魚才醒來。她張開眼睛，看看何大姊，看看我，看看灰暗的病房，然後把頭偏過去，向著窗外，漣漣地流淚。

「小文你沒事就回去。」何大姊說：「這兒的事，對誰也不能提。」

我看見何大姊的臉上，頭一次展開了笑容。她的臉粗糙，卻有一口整潔的白牙齒。

「魷魚怎麼了？」

趙公子和許多人在問。

「沒怎麼。」我若無其事地說，「沒什麼，上吐下瀉而已。」

她們笑了起來。

「看她平日多嘴饞，活該。」素菊說。

魷魚確實是個沒有人緣的人。她用一種傲慢、冷漠與人隔絕。然而我很知道她一直都有一顆渴望著友情、愛和關懷的、很寂寞的心。

她該怎麼辦？這種事，我偶然也聽說過，在報紙上讀到過，卻不料讓我碰到活生生的真人真事。

她該怎麼辦啊。我實在為她憂慮。

六月二日

魷魚住到何大姊家。

何大姊住在興安路。晚上和趙公子去看過。這是我第一次上何大姊家。二十坪左右的老公寓。月租二千元。何大姊有一個上小學三年級的男孩，對動物有極端的喜好。房子裡有他飼養的一隻兔子、三條金魚，一對不住地在鳥籠裡飛撲著的「鳥嘴筆仔」。家裡沒有男主人——在兩年前因車禍喪生。

何大姊和趙公子、魷魚商議，決定替魷魚請十天假。

「孩子要不要？」

何大姊把頭湊近躺著的魷魚問。

「要他幹什麼！」

趙公子生氣似地說。何大姊抬起她的臉，對趙公子搖搖頭：「不能這樣說。你沒有做過母親，你不知道。這一定要問她自己。」何大姊又說：

「要生，就要下決心把孩子帶大、帶好。這不難。我們做工人，只要你肯做，兩條胳臂照樣帶出好子孫。」

魷魚拉著何大姊的手，沉思著。然後她忽然放聲哭了。她捨不得孩子，卻不要孩子。何大姊輕輕地拍著魷魚的肩，一邊為她拭去眼淚。

「沒有準備好，就不要生，也是對的。」

何大姊喃喃地說。我卻躲在一邊跟著魷魚掉眼淚。這沒出息的眼淚。真氣人！

六月五日

小夜班下班，走出工廠，外面是晴朗的夜空，滿天都是細細的星。快走到宿舍，忽而看見有顆流星拖著亮藍色的尾巴，消失在水塔那一邊的天空。

小時候，在竹叢下的古井邊乘涼，每次看見流星總要對一邊燃燒著、一邊流逝的星星，不知為了什麼地合十，惹得母親愛笑。

今夜，我已離開家鄉的古井和竹叢好遠了。當時拿著竹篾扇子，躺在冰涼的椅條上的我，如今卻要工作到午夜，帶著疲乏不堪的身體，走出廠房，才看見那向著自己的終點疾馳的星火。

啊，多麼叫人懷念的故鄉。多麼叫人懷念的童年的那一顆流星……

六月十一日

今天魷魚提早來上班銷假。晚上，她把東西搬出宿舍，住到何大姊家。

最稀奇的是公司突然宣布要發一筆獎金。

中午，在餐廳裡，原有工會的理事長蕭振坤，站在廠長的旁邊，笑嘻嘻地說，有些人認為工會幾年來沒作為，其實是一種誤會。「一方面，我們是美國公司，環境、福利，可以說是『一等一』的。薪資大體上也不錯，」蕭振坤說，「工會可以做的，不太多。」說著，他自己卻先笑了起來。他說，工會這次為大家爭取一筆獎金，酬謝大家長時間對公司的忠誠和貢獻。張清海、李貴他們帶頭鼓掌。鼓掌的人確實很多。有錢領，誰不高興？

六月十五日

今天是星期六。一大早，各班交代各組收圖章，到總務組去領獎金，並且宣布下午停止加班。整個早上，就像在度假一樣，工作照常，可是空氣中瀰漫著一層喜悅。

獎金在裝配線上，裝配員二千五，組長三千，班長三千五。中午在飯廳裡，看見工會貼了幾張海報。這倒是新鮮。海報上說「協商、團結，努力生產」；「提高警覺、保密防諜」、「信賴工會的領導，服從公司紀律」。另外有一張海報，徵求同人對公司福利的意見。如果人數夠，工會將建議公司開插花班、組織乒乓球隊、土風舞社，等等。

吃過飯，我利用飯廳的冷氣在那兒寫一封信給大哥，寫好信到福利社門口的郵筒投遞的時候，碰見魷魚。

「看見趙公子沒？」她說。

「沒，」我說，「找她呀？」

「何大姊找。她們都在你房間。」魷魚說，「我買點兒東西。」

房間裡果然是敏子、素菊、何大姊，還有品管部的劉苑裡，和辦公室的趙淑華。

大家在討論工廠最近的一些變化。

一個多月來，素菊、敏子、趙公子受到過直接、間接的警告。「閒事莫要管那麼多，他講：張經理，憑他一個人，就能呼風喚雨？到時候說不定連他自己也不保，何況你們？他講的。」敏子說。她指的是鍋爐房的李貴。「上回張經理來，說他在台北壓力也很大，宋老闆一夥人暗中反對他。」素菊說，「這幾天，我常聽見李貴那沒出息的人冷言冷語，我看廠長、吳主任，全不贊成我們搞新工會。」

這時魷魚和趙公子進來了。魷魚拖了一包糖果，擺在小臉盆裡，放在大家圍成的圈子的中心。

「獎金我不想領，」趙公子說，「這明明是公司花錢給蕭仔振坤做面皮，×伊娘。」

「錢他要發，我們就拿。」一直沉默著的何大姊開口了，「不過你的下半句話說對了。公司花錢支持老工會。為什麼？他們怕另外搞出個工會，沒有蕭仔振坤、李仔貴那麼聽話。」

「何大姊！」趙公子說。

何大姊抬頭望著窗外，好似在細想著什麼。這時魷魚拖了六、七只洗好的杯子。「我在燒點水泡茶。」魷魚說。「不好意思、真歹勢。」素菊靦腆地說：「你坐下來，我去燒水。」「不，你們談，我去。」我說。

「燒水燒好了你就來，」何大姊笑著對魷魚說：「小文你坐過來。」

何大姊原坐在我的床上，她移動一下位子，拍著空下來的地方，看著我說。我不知不覺地走過去坐在她身邊。

「我做女孩的時候，就出來做工，頭尾也做了十七、八年了，工會的事，我看過、搞過，也不知幾回了。」何大姊說，「吃虧、受騙，更不知幾回。因此，張經理找你們談，我打定主意不信。他們辦事的要吃我們做工的，花樣多、辦法巧，嘿，你想都想不到。你不信他、不理他，就一定沒事。」

大家沉默地聽著，一邊剝糖吃。

「這是我的經驗。不過，這一回我看糊塗了。一直看到今天，我想：就相信一次吧。經驗我是有一點。可是，我們要有一個會寫字、做文章的人做書記。」何大姊扳著我的肩膀，拍了拍，說道：「請我們小文幫忙，怎樣？」

全室的人都在鼓掌。我看著何大姊那方方的臉，點了點頭。說也奇怪，好像忘了似地，這一回，我沒有臉紅。

但是，在寫日記的現在，我卻駭怕了。對工會的事，我什麼也不懂，怎麼負起這責任呢？雖然何大姊一再說，「餾幾回，就會了。工會，是使公司變得大家相處得更合理、更溫暖的工作。只要你有熱心幫忙的心腸，就可以了。」我還是很怕有負大家的期望。

想使公司變得大家相處更溫暖、更合理的何大姊她們，想起來真令人尊敬。

六月二十日

昨天傳說吳主任要辭職，今天果然不見吳主任了。「被總經理免職啦，」同房的安慶說。「為什麼？」趙公子問。安慶說不知道。敏子一溜煙跑出臥室。過了一會，敏子回來。

「拚上了！」敏子小聲說，「總經理說吳主任用公司的錢打擊工人的工會活動。錢沒事先批准，又企圖用別的名義瞞過去報銷。」

「獎金會不會收回去？」紹玉說，「真沒意思。」

廠長下班時臉色凝重。蕭振坤那一夥人忙著拆除餐廳裡的海報。

這幾天，我每天晚上都要到何大姊那兒辦事。從何大姊的口裡，才知道好多「為了使公司裡的生活更合理、更溫暖」的人們，遭受許多苦難。以調職的方式被迫自動辭職，利用自私心較重的工人去破壞，阻撓工會的正常工作。「有一位在成衣廠做的朋友，為了組織工會，立刻被辭職。」何大姊平淡地說，「我的朋友並不屈服，一狀告到縣政府，公司讓她復工，一個月以後，因不堪種種精神上的凌辱，只能自動請辭。」

我終於也知道，法律一般地是保護工人的。只是那些自私而有錢有力的人，百般阻撓我們工人去享受法定的、應有的自由而已。因此，我就覺得不能不努力用功。何大姊借了我一本《六法全書》，我必須把勞工法看熟了。

「有總經理主持公道，這次你們應該再不會吃虧了。」

何大姊雖然這麼安慰我們，我還是覺得緊張。蕭振坤那一夥人是不會輕易罷手吧。

六月二十五日

這幾天，工會的籌備工作顯得比較順利。吳主任免了職，廠長終日躲在他的冷氣辦公室，蕭振坤那一班人也藏頭露尾地。更多的女工敢公然在生產線上談工會的事了。這幾天以前還以「我沒興趣」、「我不懂事」來推辭加入新工會的要求的人，現在都說：「參加了也好。」趙公子、素菊她們也很賣力。每天回到臥室就是談工會。我在麥迪遜快四年，一向過得開朗，可沒見過什麼時候，生活這麼有意義。

陳秀麗來信。說她的他「為了在外地節省開支，要求先一起生活」。而不料住到一起了，他卻失去了工作。她信上說：「現在我也必須辭掉工作，因為他說我到餐廳去做服務生，收入會好一點。」可憐的秀麗。

她的信使我想到魷魚。但魷魚完全變成另一個人了。住在何大姊家的魷魚，成了何大姊的好幫手。幫著照顧孩子，整理起居，使何大姊把整個心思放在工會上。

六月二十九日

今天張經理來了。他看起來消瘦了許多。

何大姊、敏子、趙公子、素菊、魷魚、紹玉和我，在物料課會議室開會。

張經理看見了我，笑著跟我點頭。

「工會成立以後，《麥台月報》要闢專頁記載會務和動態，就由你來編寫。」張經理說。接著他大略地談了一下台北的情形。「台北的壓力也很大，」他疲倦地說，「我和你們大多數人一樣，對工會一竅不通。但是我越是做，就越是覺得這是值得花費心血的工作。」

接著他說他看見我們這幾個人，在何大姊的領導下，工作有了很大進步。他說總經理對這個工會期待很大，因為這是實現他自己的理論和理想的重大情事。「美國實在是個偉大而進步的國家。」張經理說，「這兩個多月，我深深地感到，我們中國的管理者，在觀念上落後了很多。」

何大姊在報告工會籌備工作之前，說了這樣一句話：「工會不能靠一、兩個特殊的英雄來做，那是不可能的。何況我也是個普通工人而已。工會要成功，要靠工人有自覺，有覺醒，要靠工人相互間的團結。以前我從來不夢想公司會幫忙。今天我看到公司的確有誠意，我們都很感動。今後工會不只要為工人福利著想，也要為這樣子有誠意的公司著想，使我們工廠成為一個很溫暖的家庭。」

張經理問到男工人方面有沒有代表。何大姊說：

「男工薪資遠比女工好些。再說，他們人少，容易控制。有幾個人等工會正式成立，才要出頭參加。」

何大姊說的人是運輸部的阿欽和阿祥。阿欽是個小個子，不愛說話的司機，是何大姊過去一個工人姊妹的丈夫，也是一塊兒搞工會，弄得「顛沛失所」，到處換工廠做的人，同何大姊，簡直是一兄一妹。

張經理把目前女工方面的普遍要求，仔細筆記起來。「工會一成立，我們先解決這些問題。」他說。

會上決定盡快申請成立新工會，選舉工會骨幹。時間，暫時預定在七月中旬之前。

七月三日

這半個月以來，我改變了很多。

我知道了在芸芸眾多的工人間，有何大姊和阿欽這樣，以木訥的正直和並不喧嚷的正義心及勇氣，自己吃虧，受辱，卻永遠勤勉而積極地生活著的人。

我越是認識到他們，越覺得自己過去是多麼無知，多麼虛榮，也多麼膚淺。

我雖然自以為不是一個驕傲的人；但比起他們，我真覺得羞愧。自以為會寫一點文章，多認識了幾個字，稍微喜歡讀一點書，就不知不覺地自以為比別的工人同事高明。想來也真慚愧。

堅決相信人應該互相友好、誠實地生活，吃了許多苦頭而不後悔的何大姊她們，是多麼的了不起。我幸而偶然間認識了這些少見的人，並且和她們共同工作，使我改變了我的人生。為他人而生活的人，才是真正為著自己而生活的人吧。

清晨，在工廠水池邊的花圃上，看到今年夏天的第一隻蝴蝶。螢光藍色的底子，墨黑的紋路，像一朵飛舞著的花朵，在花間，在池邊穿梭。當心中充滿著認真生活的決心，自然所帶來的喜悅，也變成了那麼教人欣悅的鼓舞。

5 蟬聲

他猶記得：在那一次會議中，何春燕提出了幾個問題：

一、麥迪遜的工資制度，只有女工的工資是公開的，而且是最低的。公開，因為公司徵求「女作業員」的小廣告上就說得很清楚。最低，是因為公司認為女工的薪資，一般不必養家活口，是一個家庭的補充性收入。另一方面，女工們也以為到了及婚年齡，終需一嫁，結束工人生活，因此很少積極爭取較合理的工資。

二、公司固然有退休制度，但現行制度以服務二十年以上，年滿五十五歲的人為對象。女工十四歲出來工作，在一個廠一待二十年的，並不少。她們貢獻了整個青春時代的體力和腦力，溫順、勤勉地工作，卻永遠得不到退休金。

三、公司依據市場的情況，隨意增減女工。景氣好、市場暢旺，就大量汲取女工。一旦市場遲鈍，公司就不願意負擔多出來的女工，於是就找些雞毛蒜皮的小事，逼人辭職。馴服的女工，經常沒有工作上和生活上的保障。

張維傑把這些意見寫成一份報告，在第三天早上，送到艾森斯坦先生的辦公室。

艾森斯坦先生靜靜地看完報告，說：

「很好，Victor，你的工作，似乎直到現在才有一個比較清楚的眉目。」

「但願如此。」張維傑說。

「現在，你先看這個。」

艾森斯坦先生說著，隨手從桌子上找到他的[6]頂頭上司麥伯里(Round D. Mayburry)先生——麥迪遜遠東區部的總裁——寄來的信。

信上說，關於中壢工廠吳主任免職的事，照准。但艾森斯坦先生擬議的廠長的免職，不予考慮。「在我看來，你的一切報告，均未顯示我們在台灣的工廠確因缺乏社會正義而表現出急迫的不安。工會的改革，並沒有獲得意想中工人方面熱烈的支持。」麥伯里先生寫道：「我不以為在沒有明白而普遍的不安與不滿的情況中，推翻目前的秩序——這秩序，特別從『跨國性自由』的價值加以衡量時，無疑是落後、愚蠢，甚至是殘酷的——對於企業結構，將帶來重大的損失……」

而尤關重要的是，麥伯里總裁花了三個段落，簡單地敘述了宋老闆與總公司位高權重的董事長派特內（V.D. Partney）的私人關係。一九三〇年代，流落在中國上海的年輕的派特內受到當時盛豐洋行的小開宋弼的資助，開起船公司。大陸變色，派特內以中國式的江湖義氣，帶著宋弼一家回美國。後來，宋弼住不慣美國，派特內便用[7]過去船運界的關係，把宋先生安插在一家英國貨輪在台北的辦事處。嗣後，當時在美國麥迪遜遠東部任中級幹部的派特內，因為在韓戰期間成功地開展了麥迪遜在日本、菲律賓和泰國的事業，被步步擢陞。六〇年代末期，當麥迪遜來台投資，還能記得大半上海話的老派特內到台灣來找到宋先生，由宋先生出面，以合作投資的名義，順利地設立了台灣麥迪遜儀器公司。「親愛的艾迪，」麥伯里寫道：「我應該早告訴你——在你赴台履任之前，充分地告訴你這些。如果你要整廠長，意味著你和宋之間的決裂。這個道理，在西方也許不易理解，但，在那奇怪的東方，你知道，這卻是少數極明顯的，活生生的道理之一！」

「可是，麥伯里先生是西方人啊……」

張維傑說著，把信還給了艾森斯坦先生。

艾森斯坦先生無可如何地笑了起來。

「你不認識麥伯里，Victor。他慣常對我們說：東方像是個深情而又保守的寡婦。各位先生，只要你懂得討她的歡心，她會獻出她的一切——但是即使在最輕狂的時刻，也要顧到她的面子，以及一切東方人的禁忌。」艾森斯坦先生學著用沙啞的聲音說：「這就是那個年老、卻精力充沛的老麥伯里，Victor。而他就用他的這種深得東方神髓的哲學，在幾年內擴張了麥迪遜在東亞的地圖。」

張維傑笑了起來。他曾在某一瞬之間，隱約地感覺到不知在什麼地方讓人羞辱了一下。但那也只不過是一瞬間的感覺罷了。他坐在艾森斯坦極為寬敞、豪華的辦公室中，讓這年輕、英偉而經綸滿腹的上司當作貼心的人，聽他傾訴。

「整個遠東區的高層管理部，長年來暗地裡流傳著一個笑話，Victor，」艾森斯坦先生說著，一邊輕輕地撫弄自己鬈曲在鼻端和單薄的上唇之間的髫髭，說：「他們說，老麥伯里當年淪落上海，便曾為一個『深情而保守的寡婦』收留過。」

艾森斯坦先生於是拍著桌子，嘩嘩、嘩嘩地笑了起來。

「可是，艾森斯坦先生，」張維傑說，「如果他授權讓你在台灣開展『跨國的自由』這個新的管理哲學……」

年輕的艾森斯坦先生沉默地注視著窗外。窗外，是灰藍色的初夏的天空，在左邊，遠遠地矗立著美國加州聯合銀行的看板，正中是泰國航空公司的廣告牌。從這華盛頓大樓的第十樓[8]，透過雙層鋁窗緊緊鎖住的辦公室望出去，甚至雜沓的車聲，也顯得異常的遙遠了。只留下幾座大樓，孤單的身影，在汙濁的夏的天空中，死一般安靜地站立著。

「企業，只懂得成長，只懂得擴張，Victor，」艾森斯坦先生緩緩地說，「企業唯一缺少的東西，就是心肝。」

艾森斯坦按了按桌角上的鈴子，他的秘書周小姐開了辦公室的門，倚在門邊。

「Yes, sir?」

「請你給我一杯咖啡，sweet，」艾森斯坦先生說。然後他轉向張維傑：「我想Victor也需要一杯。」

「謝謝。」張維傑說。

艾森斯坦先生從抽屜摸出一包菸，抽著。他說：

「問題不在於麥伯里和宋的友情。問題在於：我能不能成功地改造台灣麥迪遜的體質，使它更有活力——更有生產性。」他呼著灰色的煙，把菸灰彈進一只菲律賓烏木做成的菸灰碟，說：「在韓國、泰國、菲律賓、印尼，我碰到過多少類似宋這樣的人。他們不願意改變。但在最後，他們不得不順服。每次看到這些東方的、年長的權威，終於不得不放棄[9]他們最後的驕傲，

Victor，我感到企業的巨大、不可抵制的力量。」

艾森斯坦先生惋惜似地、輕輕地搖著頭。這時，在艾森斯坦先生那巨大的桌子旁邊的電話嗚、嗚地響了。

「Yapp，」艾森斯坦先生用他細白而巨大的手，一把抓起那奶油色的電話。

那是宋老闆的電話。艾森斯坦先生對著電話說：「我和Victor談一點事，再五分鐘就結束了，噢，也許我到你的辦公室。」

周小姐用日本漆盤端進兩杯咖啡。從她把杯子端到艾森斯坦先生的桌子上，一直到她佻佻達達地走出辦公室，艾森斯坦先生毫不掩飾地、安靜地注視著她輕微地隨著步伐跳動著的、她的渾圓的乳房。然後他無言地、惡戲地向張維傑眨眨眼。

「總之，你的報告來得正是時候。」艾森斯坦先生端起咖啡，細心地喝了兩口。「你必須再工作一些時候，我就要以正式的文件，用公司最高的權力，支持新工會的產生。」

張維傑留下大半杯沒喝完的咖啡，離開了艾森斯坦的辦公室。一出門口，他碰見了就要走進自己辦公室的宋老闆。

「宋老闆，」他說，微微地點了點頭。

宋老闆微笑著，回禮似地點了頭，就走了進去。

坐在自己小小的辦公室裡，他想起了艾森斯坦先生的話。

「……他們不願意改變，但在最後不得不順服……」

然而，宋老闆似乎不是那麼容易「順服」的人。這一個月來，中壢工廠管理部門對新工會的抵抗，驟然加強了起來。何春燕的工會活動受到警告，說她在上班時間擅離職守，並且到其他部門擾亂工作秩序。小文、素菊都受到領班的刁難。趙公子有一次問他：「到底洋總經理當不當家？」老工會的活動也在穩定地增強。除了發放福利金，老工會的幹部，據說也開始笑臉迎人。

「張先生，你得當心著點兒，」收發的老趙有一次在僅有張維傑同乘的電梯裡說，「我在這兒待久了，看的也多。這兒有一夥人，全跟宋老闆是一路的。」

老趙一頭白髮，在大辦公室靠門的地方擺一張小桌子，上午、下午兩趟上郵局取信、發信。平時沒事，安安靜靜地在他的桌子上臨帖寫字。

「我看過幾個洋老闆兒來了，去了。」老趙用沉重的北方口音說，「可不管人家是方的、圓的，剛的、柔的、直的、彎的，一碰到宋老闆兒，全像喝了酒似的，耳也不聽，目也不明了。」

起初，他不明白：台灣麥迪遜不是他開的，何以竟叫作宋「老闆」？後來，他陸陸續續地找到了一些理由。

宋老闆，雖然是地地道道的上海人，卻因從中學時代，一直生活在北平，所以說得一口漂亮極了的北平話，沾著一身北平人的味道：待人客氣、有禮，笑臉迎人，即使心中懷著深仇大恨，也不輕易形於顏色。而「老闆」，正是北平人最受用的尊稱。另外，他雅好京戲，據說唱得一腔好青衣。他在麥迪遜騰達以後，一干票友，也便尊他一聲「宋老闆」。最後，他在公司的職位是Managing Director，名片上叫的還是經理，但實際上，權位介乎總經理與各部經理之間，因而叫他一聲「宋老闆」，他總是笑盈盈地說：「哎，好、好。」於是在公司裡，上上下下都稱他「宋老闆」，而他也一直以那悅耳的北平腔說：「好、好。」

宋老闆才過了七十歲的生日。雖然頭髮、眉毛都掉得稀稀落落的，卻沒有多少白髮。他的體型精瘦，一年四季，穿著質料和剪裁都十分入時的西裝。他有一張寬寬、大大的臉，肥厚、卻顯得結實的嘴唇。

有一次，宋老闆的秘書Kelly請張維傑到宋老闆的辦公室。他輕輕敲了敲原已開著的門。宋老闆抬起頭，笑開了臉，說：

「請進來，Victor。」他指著桌子前頭的椅子：「這兒坐。」

患了風溼的宋老闆的辦公室，把冷氣開得很低，比艾森斯坦先生的辦公室小了一點的宋老闆的辦公室，一派中國式的裝潢：檀木雕花的壁櫥、書架和櫃子，他自己的辦公桌，略窄而長，兩頭微微地飛起，看起來彷彿是古裝片上縣太爺問案的桌子。三面牆上，掛滿了字畫，和整個房間的裝潢，相映成一種幽遠的古趣。

「坐吧，Victor。」宋老闆說。

注意到他那肥厚而結實，泛著暗紫色的唇，便在這一次。

「也沒什麼事兒，」宋老闆說，隨手拿起當期的《麥台月報》：「我每期看。看得很仔細喲，」他笑了起來，「編得很好。」

「謝謝您。」張維傑說。

「真的。不過，我想跟你隨便聊兒，你就不要誤會我在干涉編務……」宋老闆笑著說。

「哪裡的話，宋老闆有什麼指示，請儘管說。」

「指示？」他又呵呵地，張著他那肥厚而結實的嘴唇，笑了起來：「不要客氣了。是這樣，關於你闡釋「跨國自由」那篇文章。」

「是的。」

「寫得很好。深入、淺出。」

「謝謝。」

「問題是，我們的國情跟人家的不一樣。我們麥迪遜有這個政策，但實行這個政策，有好幾個途徑。」

「……」

「台灣很安定，很繁榮，」宋老闆緩緩地說，眼睛徐徐越過了對面的張維傑，注視著窗外婆娑的大樓的影子，「我三十八歲才到台灣，Victor，這種安全[11]，要珍惜啊，這個道理，我們這樣的人，最懂啊。」

「……」

「Victor，我一輩子對政治沒興趣，」宋老闆說，「我不是在為政府說話。」

「我也沒這麼想。」

「Okay, now，美國人很天真。」宋老闆說，「阮文紹不是說過嗎？……他說什麼？反正是，做美國人的朋友難，聽他們的話，吃虧的是自己，與他無干。」

張維傑問：他拿的是公司薪水，總經理怎麼交代，他怎樣才能不怎麼做。宋老闆嘆了口氣。「Victor，誰也怪不了你。我只建議，遇著什麼讓你為難的事，把我當作同事，大家商量一下，也許會好些，」宋老闆說，「你說，是不是？」

然而張維傑終於沒有機會凡事先和宋老闆「商量一下」。因為這之後不久，爆發了中壢廠事務主任「任意」移用公款，以老工會的名義，濫發福利金的事件。艾森斯坦先生簽出免吳主任職的信發出去的那個上午，宋老闆關在艾森斯坦先生的緊閉的辦公室裡，兩人發生了一場雙方都盡量壓著聲音的爭吵。

這以後，宋老闆總以不失起碼禮節，而又無從誤解的冷漠對著他。「您早，宋老闆，」在晨間遇著宋老闆，張維傑總是熱心地招呼。「早啊，Victor。」宋老闆會說。有時宋老闆還會停住腳步，「你住的地方，搬定了沒？」「啊……」「聽說你想找個比較寬的地方租。」「啊，是是。可是，房子要合適的，也真不好找。」「為什麼？」「合意的，貴，房租呀；不合意的，不想要。」他說。「哦哦，」宋老闆說，「慢慢兒找罷。」說著，便優雅、體面地走開了。

等張維傑走進自己小小的辦公室，坐在椅子上，查自己行事曆上今天該辦的事，卻不由得想著：

——怪。怎麼我要搬房子的事他也知道。

「這有什麼稀奇？」

中午吃過飯，在華盛頓大樓的地下室裡的攤子上挑幾件外銷打回來的便宜襯衫，碰到老趙，談起來的時候，老趙說。

「這有什麼稀奇？」老趙一邊把衣服貼在自己的前胸比著，一邊說，「公司裡頭，自然有人喜歡給宋老闆當腿子、當眼線兒的。」

「哦哦。」

「哎，多的是呢，這種人。」老趙說，「我看，他八成兒跟你對上了。」

「對上？」他說：「為什麼？」

「這我不清楚。你自己捉摸，應該明白。」老趙說。

「嗯。」

「我說一件事兒你聽，就明白了。」老趙挑了兩件素色的襯衫，叫人包起來，一邊說：「從前——那時你還沒來呢，營業部有一個我們本家，小趙工程師，能幹哪，窮人家的孩子，做起事來，勤奮得很。」

「嗯。」他說。

「可這孩子有個脾氣——你們台灣人說的：『外交不好』，」老趙說，「平時沒有事，跟人沒言沒語的。偏是這樣，也出岔子。」

老趙說：「一向喜歡人家『宋老闆』長、『宋老闆』短的宋老闆，看著這木頭似的小趙工程師，就不稱心。於是乎呀，他的那班子爪牙全出動了。打探、調查……什麼卑鄙事全做完了，」老趙說，「小趙工程師有沒拿人家回扣？查，沒有。有沒有浮報差旅費？查，沒有。有沒有只報出差日記，沒上工？查，也沒有。這樣一個小伙子啊，我們這小本家。呃，事情來了。」宋老闆布置的人，終於找到了一個把柄。說是這位小趙工程師他父親，在民國四十幾年上，去日本營商，一直沒回來。「也不知麼緣故，有人常會到他家去問那拋家棄子，在日本的負心漢下落。」老趙說。宋老闆說小趙工程師「家世不清白」，終於糊里糊塗地披攆走了。

「很好的一個小伙子，」老趙搖搖頭，說，「竹山來的孩了，我這小本家，很好。」

這以後約略十天左右，臨下班，張維傑桌上的電話響了起來。他反射似地抓起話筒。

——Victor.

是艾森斯坦先生。

——Yes.

——Victor，下班以後可不可以在你的辦公室等我一會兒？我想談一點事。

——當然。

——謝謝你，Victor。

——不要客氣。

張維傑說。他掛了電話，立即撥了電話給一個約好吃飯的朋友，說是臨時有急公，不克赴約。下午五時三十分下班，張維傑在辦公室裡，從窗口瞭望著對面一幢大樓的窗子裡也在忙著下班的人群。五時四十五分，清潔工帶著抹布和吸塵器來打掃。電話鈴再度響起，已是六點十分了。

——Hello, Victor.

——Yes.

——聽著Victor，現在你撥出去一個電話，找人聊聊。

——你的意思是……

——我的意思最明白不過。隨便撥個電話出去，找人講幾句話。

——Ehh…Yes.

他滿腹狐疑地開始撥一個電話給房東。照例還是能幹的房東太太把房東的電話接了過去。「你搬也不搬，最好早些打算，」房東太太說，「我這房子，等著要租房子的，不瞞你說，不下五、六個人哩。」房東太太在電話裡嘻嘻、嘻嘻地笑著。猛一抬頭，看見艾森斯坦赫然出現在門口，一看見張維傑抬起頭，艾森斯坦先生用他的脖子做了一個邀請的姿勢，就走進他自己的辦公室了。

張維傑放下電話，走進艾森斯坦先生的辦公室。

「Victor，你有沒有注意到，」艾森斯坦先生苦笑著，輕輕地搖頭：「有沒有注意到，當你在講電話，偶爾會從電話中傳來一點聲音：Click！有沒有？輕輕的聲音：Click！」

「我沒注意……」

他脫口說。其實，在那一瞬間，他記起來：的確常常有謹慎的「咔嚓」聲，從通話中的電話機中傳來。

「你沒注意，Okay，」艾森斯坦先生說，「現在我要你到每一支分機去，打個電話出去。」他和艾森斯坦先生走出來。艾森斯坦走進宋老闆的辦公室，他則走到每一個分機，找一個號碼，找一個理由，打電話。最後，他走到宋老闆的辦公室，看見艾森斯坦先生坐在辦公椅子上，兩條長腿，老高地翹在宋老闆的辦公桌上。

「他竊聽每一支電話，Victor，」艾森斯坦先生望著窗外傍晚的大樓的影子：「God damn it!」張維傑站著，一時覺得自己像一個傻瓜。

「Victor，叫電工來，把電話線路改過來，」艾森斯坦先生怒聲說，一面在記事本上找一個號碼，撥著電話。張維傑正想返身走出去叫電工，卻被艾森斯坦先生手勢叫住了。

——Hello，我是索恩·艾森斯坦。

艾森斯坦先生的臉，面對著牆上的一幅隸書，造作地笑著。他對著那一幅說：

——啊哈，宋太太。Henry在嗎？……是有事要找他。請他打電話到我家好嗎？——

「亨利·宋是個傻瓜。這一次他吃虧定了。」艾森斯坦先生說，「你的工會，什麼時候可以選出來？」

「那就要看——」他困惑地說。

「不要看了。我是說，可能最快的時間。」艾森斯坦先生說，眼中發散著戰鬥的亢奮的光芒。

「七月二十上下。」

「七月二十上下。」艾森斯坦先生喃喃地說，「Okay, Victor，就是七月二十五日吧。」

那天晚上，艾森斯坦和宋老闆在電話裡一頓狠吵。第二天，宋老闆就沒來上班。他的辦公室深深地鎖著。平時工作量本就不多的宋老闆的秘書Kelly，這時比往時尤其的空閒，卻反而沒像往時那樣到總辦公室的這兒、那兒「串門子」。她靜靜地、憂愁地坐在宋老闆辦公室門外的位置上，翻翻書、弄弄檔案，或者坐在那兒偷偷地吃零食。

然而，退居在天母家中的宋老闆真正的威力，卻反而在這時候無遺地顯露了出來。採購部經理劉幸雄，營業部第一工程師王臺容，海關事務部的王漢泉，都顯露了對於張維傑的沉默而毫不遮掩的敵意。他們事無巨細，白天通過電話，下班後直接聚在宋宅，請示、商議、密謀。

在工廠，舊工會在廠的支持下，公開地活躍起來。「工會經合法選舉產生，沒有廢棄的理由。公司要強化工會職能，再好不過，原工會已足勝任。」他們到處在工人間散布這樣的說法：「其實，工會不工會，一樣啦。工人要緊的是實利。多一點工作獎金，年節獎金，工會的事，誰來掌，全一樣。」

「我是廠長，只知道把廠的生產秩序和實效看好。工會問題，我服從公司的政策。可是細節上，我們也必須服從國家的法律。工會的解散和組成，有一定的程序，也有一定的主管機關來指導。」

在冷氣機馬達嗡嗡地響著的辦公室，廠長一邊把玩著手上的原子筆，一邊對特地來詢問對新工會態度的張維傑說。

這是數月來張維傑所遇到的正面的抵抗。堅定、傲慢的抵抗。

「可是總經理的意思……」

「我說得夠明白了。總經理的指示，我們服從。」廠長說，眼睛望著窗外一排齊整的尤加里樹：「國家的法律更要服從。原工會沒重大過失，從改良原工會來執行公司的工會政策。」

這時有蟬聲由噤弱而漸強，由漸強而聒噪，突破了仲夏的悶滯，自遠處傳來。

「謝謝您，廠長。」

被悶重的什麼激怒了的張維傑站了起來，走了出去。他決定立即翻掉老工會。

6 感謝的心

七月十日

利用星期日的今天，何大姊帶我和趙公子到三重，找到一個姓林的老工人，和他討論逐漸要進入實際業務的工會工作。「這位林仔欽，十年前我們全在華夏電線纜做工，他是工會運動的老將了。」何大姊說：「為了工會，他也被到處整得淒慘落魄啊，哪像你們這麼好命，一開始弄工會，就碰上這麼好的公司，主動支持工會的。」

林伯伯——我這麼稱呼他——六十好多了，手上戴著一顆金印戒子。手掌因為長年的勞動，指節變成一駝一駝的，正像家後院的竹根。他滿臉坎坎坷坷的皺紋，卻反而叫人覺得那麼親切。我忽然想：為什麼女孩子都那麼怕生皺紋？像林伯伯這樣的皺紋——像爸、媽臉上的皺紋，不都很美麗嗎？

我要討教的，是廠裡已有一個登記好了的工會。現在怎麼解散它？

「嘿，夠奇咧，」林伯伯沉思地說，「活這大把年紀，也沒聽說公司支持工會的。」

林伯伯一再問何大姊，事情究竟是怎麼回事。「阿燕，你大大小小的事也見了不少，聽這小女娃兒講話，我不懂。」林伯伯說，「總不能說你也看不懂這齣戲碼。」

何大姊微笑著，輕輕地搖頭。

「奇卻也真奇，不錯，」何大姊說道：「你可問問她們，起先我也只是不信。可是我看了又再看，美國仔做事，料不準啊。」

「美國仔？」林伯伯瞪著何大姊說：「美國仔的工作，你以前又不是沒做過。做頭家的人，通世界都一樣！」

林伯伯花了許多時間嘀咕：為什麼公司會幹這種事。「也不是寫小說，哪來這麼好的事？」他不住地說。

以前那個登記過的工會還擺著，怎麼辦？

「怎麼辦？嘿！」林伯伯彷彿生氣似地大聲說：「奇就奇在這裡。公司要真支持你們，解散一個裝在他們口袋裡的工會，還不容易？」

找三十個簽名，向縣府辦登記，然後召募新會員，辦工會職員選舉……這都記在《工會法》上面。可是在這一切之先，要解散原有的工會。根據《工會法》，解散工會，要工會破產了，或者會員人數不足，再或者工會的合併或分立。這三個原因，目前都沒有。最糟的是，原工會的人堅持不肯解散。

林伯伯一根接一根抽著菸。

「我看，你們還是去找那個姓張的經理。」他說。
何大姊也說，除此以外，似乎沒有別的法子。

七月十五日

收到我們的信以後立即趕來的張經理說：
「你們覺得，工人擁護你們嗎？」
何大姊沉思著。
「這要看公司支持工人的誠意，表示得堅定不堅定，明白不明白。」
這一回，張經理低著頭，想了許久。
「這個，我來辦。」他說，抬起他那疲倦的臉，「只要你們有把握，我們用投票方式決定改組工會，來解散原先的工會。」
「……」
「拜託你們，」張經理獨語似地說，「為了艾森斯坦先生，請大家一定要努力，把新工會組織起來。」
「好的。」

我脫口而出地說。心情不知怎地激盪著想哭出來。

七月十六日

下午上工以後，工廠的鈴聲突然大作。沒多久，各線、各班、各組傳下話來，說是工會有事宣布，要大家到飯廳去。

趙公子走到我跟前。

「找何大姊去。」她說。

到何大姊的線上，素菊、魷魚已經在那兒了。

「一定是在玩把戲了。」何大姊說，「看來張經理、總經理真的很孤立。公司的確有一部分人在努力支持我們，也有更大一批人要打擊我們。」

在餐廳，冷氣早已開著，每個桌上都擺著四瓶可口可樂和八隻杯子，一盤糖果。

侯廠長、金副廠長、品管部甘經理、倉庫劉主任、機房李主任，早就坐在中央的桌子上，異乎尋常地親切地和進餐廳的人們打招呼，連素來有「苦瓜面」之稱的廠長，也掛著微笑。

人到齊了，瘦楞楞的蕭振坤說話了。他恭恭敬敬地請廠長訓話。

廠長說，公司決定把工會辦好，廠長決心全力支持公司政策。「在過去，工會不是沒辦好，而是我們美國公司各方面的條件，憑良心說，論工作環境、待遇、宿舍、伙食、都比本地廠好。這一點，大家到外面去比較，都很清楚，」廠長說：「因此，啊，工會可以說沒事可做，哈哈。現在，美國公司有政策，我們決定更積極來做好福利。」

廠長還說，最近有些人對工會有批評。「批評是好事，有批評才有進步嘛，」廠長笑著說，「可是我們是法治國家，一切依法規辦事。現在，我個人以為呀，以目前我們依法產生的工會做基礎，來加強它，發展它……」

李貴他們帶頭拼命鼓掌。

接著蕭振坤笑嘻嘻地起來說話。他說，他和李貴、張清海，會同廠長開過幾次會，經廠方初步同意，工會在下半年度要做到這幾樣工作：第一、從九月分起，酌量調薪。「調整比率、辦法，目前還在研究，」他說；第二、由公司提出相對基金，搞一個互助基金，以備同仁急用時使用；第三、由工會組織一個員工福利社，「使我們在廠內可以買到比市面上便宜的日常用品。」

李貴、張清海帶著大家鼓掌，全場的人也高興地鼓掌。笑吟吟的蕭振坤，又恭恭敬敬地走到金副廠長身邊，要請他講話。

「慢著，」有一個女子的聲音說。

大家尋聲找人，不料是品管部劉苑裡，一個在附近理工學院夜間部讀書的化驗員。

「今天開的是工會，是工人自己家裡的事，多讓我們工人說話。廠方經理、管理人員依法不列為工人。」

整個餐室突然凝固了似地安靜下來。金副廠長在一瞬之間，堆出一個大大的笑臉。

「阿坤哪，我們只來列席，是不應該多講。」他說，「對，對！讓大家多說話！」

忽然有男工笑出聲來，全場就嗡嗡地笑了起來。接著一陣掌聲，像一陣快樂的驟雨，在餐室裡的各處響了起來。這時，何大姊站了起來。

「謝謝副廠長，」何大姊說，「不經副廠長說明，我們還以為今天是公司要開會，蕭仔振坤做司儀。副廠長一說明，我們就知道今天是工會的會議，我們工人可以說話。」

笑聲、掌聲，活潑地氾濫起來。整個會場，充滿了快樂的氣氛。

「說到工會，蕭仔振坤、李仔貴、張仔清海，他們在勞資兩方面是靠著哪一邊，大家都很清楚。平時啊，他們一副高人一等的模樣，大家都領教過了。他們憑什麼？大家心裡都很明白。」何大姊說，「我們現在需要的，是一個真正代表工人權益的工會。沒有我們這幾個人在這幾個月來的活動，我們會有獎金？蕭仔振坤會對你擺笑臉？會想到互助基金、福利社？」

一陣陣激動[12]的掌聲好幾次打斷了何大姊的話。

「我們壓力很大。但壓力愈大，就表示公司裡有人真正支持我們工人，」何大姊說，「工會不要像辦選舉，一到要選舉了，才出來鋪路、造橋、豎電燈桿，喊我們這些沒用的人：『父老、兄弟、姊妹』。工會要說老實話，做老實事。我們工人就是沒用的人。但是工人就是老實，講老實話，做老實事。不說老實話、不做老實事，讓人買收，在工廠裡耀武揚威的，是工人嗎？哪裡是工人，是工仔蟲！」

喧嘩的笑聲和掌聲又揚了起來。可是我一直沒有笑，也沒有鼓掌。我只睜大眼睛，看著何大姊。她怎麼那麼捧，好棒哦，何大姊！

「講到互助基金、福利社，都不錯啦。可是，更重要的，工會要先辦三樣事。」何大姊說：「第一，我們女工薪水太低，比不上男工，和別的本地廠，不相上下。我們女工做的絕對不比別人少。但是人家以為『查某囝仔工』，只用來補貼家用，自己買衣服、買胭脂，看成粗賤的工，不值錢。我們女工也想，反正不是一輩子做女工，不想，也不敢計較。我們的工會第一要為本廠占絕大多數的女工討個公道！」

全體女工們哇哇地叫好，拼命鼓掌。趙公子、素菊、魷魚她們，簡直叫破了嗓子，鼓腫了手掌。何大姊接著又提到女工領不到退休金，和公司可以任意裁員的問題。「蕭仔振坤，這才是我們工會要緊辦的事，才是我們工人的根本需要。」何大姊大聲說[13]，「蕭仔振坤，為什麼你不提出這些問題？因為你不是工人啊，你是，工仔蟲啦！」

好棒、好棒的何大姊。我激動得淚流滿面。[14] 接著劉苑裡立刻要求把何大姊的話當作議案，付諸表決。可是正好這時候，鈴聲又響起來。

「不要衝動，大家慢慢商量，現在工作時間到了，大家回去工作，」副廠長說，「以後再去討論，走啊，走！」

這個會，就在議論紛紛中散開了。「這樣講一次，贏過我們私下去找人談，」趙公子兩頰上亢奮的紅暈未退，說：「真嶄！簡直在辦選舉。」

平時默默工作的何大姊，忽然成了全廠女工們的英雄。啊，我好佩服她。我要是有何大姊那種力量，就好了。

七月十八日

今天張經理來，帶了總經理的一封信和中文翻譯，貼在告示欄上。

總經理宣布七月二十五日經由民主選舉，決定工會職員是否應該改選。「工業民主和工業自由，是美國麥迪遜值得驕傲的精神，是美國麥迪遜結構中管理、生產部門密切團結、發揮高度創意和效能，為人類文明品質提出貢獻的根本依據……」總經理寫道：「因此，本人重申：在投票活動期間，公司、工廠一切管理人員，一律不得干預，對進行活動的各方面工人，不得威脅、收買、或施加任何壓力。凡有任何上開情事，可直接向張維傑先生告發，由公司進行翔實調查後處置。」

為了這張告示，我們的朋友突然多了起來。差不多所有的女工都說要投票贊成改組。蕭振坤一直到過了午，才出來表示要「堅決維護合法的工會」。傍晚，在積體電路部貼出幾張標語：「維護工會自主，總經理不得干涉！」「提高警覺，防止敵人破壞團結與和諧。」

「沒有用的查埔人！」趙公子對著標語罵。

到了晚上，生產線上貼了我們的標語，是素菊和劉苑裡寫的：

「保衛工會的純潔！」

「堅決擁護公司的工業民主、自由政策！」

「反對工蟲蠶食工會！」

「保衛工人合法的權益！」

七月二十二日

投票運動，已經進入白熱化的階段了。

上午十時多，門房守衛通知見客。一到會客室，赫然竟是大哥！

「你的面色很好嘛！」
大哥端詳著我，溫和地說。
家裡爸、媽都很好。「和陳伯伯合夥，由陳伯伯在山上種的夏蔬，八月上旬就可以收了，應該能賺十來萬元，」大哥笑著說，「只是豬一直在敗，半大不小的豬，都宰了，用鹽醃了好幾個水缸。」
「大嫂好嗎？」
「好。」
「棒棒好嗎？」
「好。」大哥說，「你呢？」
「很好呀，」我笑了起來，「你不是說，我面色很好嗎？」
大哥微笑著，把肉鬆、肉乾、餅乾都堆到我面前。
「好，就好了。」大哥說，「有人問起你，說你在工廠裡，愛管一些閒事。」
「閒事？」我茫然地說。
這時，隔著一個窗子的守衛員，忽然插了嘴。
「是啊，女孩子，又不一輩子當女工，將來嫁了人，享福去才是真的，」他說，「工會什麼的，不要去管。有什麼好處？弄不好，工作都不保！」
「大哥，妹妹不是愛管閒事的人，」我說，「誰老遠去跟你說了閒話？」
「我這個妹妹呀，就是馬上辭去工作，家裡還有幾分薄田，愁不到她，也餓不壞她哩。」
大哥笑著、溫和地對守衛員說。
「我來看看，看著你好好的，我也放心了。」
送大哥出大門，幾次問他，是誰說我不安分，大哥只是笑：「問它幹什麼？」

七月二十四日

明天就是投票的日子了。
魷魚、素菊、敏子[15]、苑裡、淑華已經把人組織起來，分別監督投票和開票。我和敏子是一組，等電算機部的人在凌晨二時下班，還要去拉票。
現在，我不知道為什麼，心中有一股想向誰說：「謝謝」的心。
使我能認真地為了關心別人而生活的人和事，我要說：謝謝。
對於那些為了使公司、工廠裡的人和生活，變得更溫暖、更友愛而忘我地生活的人，我要說：謝謝。

對於那些關心著工人、扶持他們、幫助他們為了自己的權利起來說話的公司，我想說：謝謝。

對於能夠使這麼好的公司、這麼好的工人，一起生活和工作的自己的國家和社會，別人的國家和外國的人，我要說：謝謝。

能有對他人懷著感謝的心，是多麼幸福啊！

7　搖曳在空中的花

七月二十四日以後，日記就中斷了。張維傑翻著那以後約占一本學生用筆記本四分之一的空白頁，發現除了有一頁潦草地寫了幾行不易辨識的字，其他的地方，只偶爾有一些類似帳目、地址、電話號碼之類，在急忙中塗寫下來的痕跡。

張維傑放下讀完了的日記本，看看腕錶，已是將近午夜的時分了。窗外一片黑暗，偶爾有機車的聲音，打破這僻巷中的夜的沉寂。他茫然地點著一根菸，想著：小文的日記讓他記起來有心或無意遺忘了的很多事。但惟獨她不曾記載的七月二十五日，於他卻是畢生中難以遺忘的一日。

——我不會忘的。不會忘的。

他喃喃地，無聲地對自己說。

孤獨地並立在品管部旁邊一大塊青翠的草坪上的庫房，一共有兩棟。它們互相間隔，大約有五公尺。那天的投票所，就設在離品管部約莫十五公尺的，較小的那一棟。

庫房的後面，是兩排女工宿舍。宿舍和草坪、品管室之間，有一個噴水池。池邊還圍著幾條水泥做的凳子。品管室前面，是兩層樓的總辦公室。品管室和總辦公室的右邊，並立著兩排雄厚的生產部大樓。一棟是裝配線，另一棟是電腦部。最前面是一個圓環，環中種著朝鮮草、杜鵑和玫瑰。圓環的中央是一根很高的旗竿，終年不見掛上任何旗幟。圓環的左前方，是停車棚，停著工廠裡幾個經理、工程師的車。車棚的右邊，是一長條低矮的機車棚，排列著不在廠裡住宿的員工的機車。圓環的正前方，就是台灣麥迪遜儀器公司中壢工廠的正門，門上有一排典雅的不鏽鋼英文字：MERDISON TAIWAN INSTRUMENT, LTD.。大門邊，就是那間方方正正的守衛室。

七月二十五日早晨，當張維傑開車到工廠，還沒進門，就覺得那天工廠門口似乎多了一些路人不似路人、而又絕不似工廠員工模樣的人，四處站著。當他一個轉彎開進通向大門的小斜坡，發現大門的鐵柵關閉著，而緊急地煞住了車。守衛員老王從守衛室跑出來把鐵柵移開的時候，張維傑茫然地感覺到空氣中飄浮著一股稀薄的緊張。

他在車棚停下車，抬起左腕，錶上是八點四十五分。離開正式投票的時間，還有十五分鐘。一下車，他看見女工宿舍和品管大樓之間，站著蕭振坤、副廠長，和兩個老工程師；從品管部經過總辦公室，一直到圓環這邊，也站著李貴、張清海、機器房的老曹，和一些鍋爐房的男工人，形成一道人的欄杆。

對於陸陸續續從大門、從女工宿舍走出來的員工，這些人咧開嘴，微笑、點頭、招手，說：「投票延期了，從那邊走，準備上班吧。」「不要往這邊走，那邊走，那邊走。」

在庫房門口，寫著「投票處」幾個大字的紅紙條，被撕去了一半。他看見素菊、小文、敏子和幾個女工，站在庫房門口發呆。

「怎麼回事！啊！怎麼回事！」

憤怒堵塞了他的胸口，他高聲地呼喊起來。

平時已有幾分流氣的張清海，一個箭步欺過身來，用他厚重的身體擋住他。

「張經理，這個形勢你還看不懂嗎？」張清海方方的臉，離他只有十幾公分。他望著張清海那一邊嚼著檳榔、一邊說話的嘴，聽他諂笑地說：「我們也沒那麼大的膽。廠長叫的，我們吃人頭路，沒辦法。」

他奮力想推開張清海，無奈那身體就像一堵肉做的牆。他聽見小文尖銳地叫：「張經理！

張經理！他們破壞投票。」

「張經理，失禮，」張清海低聲說，「這形勢，你該看得懂。」

他聽見小文她們在哭著。

「張清海，你要幹什麼！」他大聲叫喊，「你給我走遠些！」

他推開張清海阻攔的手，快步穿過圓環，直奔總辦公室。「廠長呢，廠長呢！」他喊著，「他×的，廠長呢？」幾個早到的女職員畏縮地站著，望著他疾步奔上二樓。

他用腳踢開二樓上廠長的辦公室。室內空無一人，只有一室初放冷氣的、淡淡的異味。

他走近窗子。他現在能很清楚地看見敏子把兩個胳臂環抱在胸前，無助地向前張望。小文和素菊，滿臉的淚痕。靠宿舍的一方，幾百個穿著藍色、白色和黃色工作服的女工，靜靜地隔著矮牆，望著庫房。在圓環這邊，相繼進來上工的人，都被那些哈腰、招手、微笑的人，趕到裝配線和電腦部去。再放眼望去，樹下、屋角、圍牆邊，多出了不少陌生而態度沉著的、高大的男人。

他伸手想打開窗子。為了防止冷氣外洩而設計的鋁窗，卻不是他的膂力所能打開的。他隨手掄起一張椅子，打破了窗子。

所有的眼睛都望著他。站在屋角、樹下的人影，也向前邁了兩步，抬頭看他。

「不要灰心，堅持下去！」他向小文她們喊著：「總經理九點多來。他說好要來看投票的！」

這時候才從庫房走出來的趙公子，向著他喊：

「何大姊？怎麼還不來？」

他立即返身跑下樓。現在圓環邊，通向生產部的路上，都是竚立著的工人。他在人群中穿梭。

「何春燕，何春燕呢？」他喊著，「何春燕，我帶你到庫房！」

他向品管室奔跑，冷不防一個身體擋了他的去路。

又是張清海。伸出強壯的胳臂，抓住他的兩肩，張清海說：

「張經理，聽我勸，讀書、拿筆的人，怎麼這形勢都看不識！」

他揮出右手，被張清海石頭般的手臂擋去。接著一個踉蹌，他不知何以竟倒在水泥地上。

「清海！你要差不多一點！」

從人群中竄出來的阿欽，扶起了張維傑，一邊說。

這時，他才感覺到右胸一陣灼痛。看著慢慢走遠的張清海，他感到異常的沮喪。阿欽默默地遞給他一支菸，為他點上。

「我們已經有人四處去找阿燕姊了，」阿欽說，「聽魷魚說，早晨一大早，有人來報她母親重病，她便匆匆趕回去了。」

「今天，她不來了嗎？」他說。

「來。阿燕姐交代過魷魚，九點鐘以前，她一定趕回來，」阿欽看看腕錶：「九點早過了。」

他也抬起手看錶，九點十分。

就在這時，一輛紅色的計程車戛然地停在鐵柵前。何春燕跳下車，死命地向總辦公室這邊跑，卻被李貴擋住。

「李仔貴，你還是男人嗎？」何春燕大聲叫著說，「你給我站開一點！」她轉首向著竚立在圓環邊的幾個男工開罵：「枉為你們是男人咧，還不把李仔貴攆開一點！」

李貴竟也悻悻地讓開了。何春燕扯開喉嚨，大聲叫嚷：「一大早，四點多鐘，不知道哪一個夭壽、短命的，來說我媽重病，一定要我回去。」何春燕喘著大氣說，「一趟計程車趕到清水，沒天良的，我媽好好的咧，中計啦！」

她從總辦公室向左轉的時候，張清海一把拉住她的手。

「清海，你不做人，你的子子孫孫，也未必像你這麼落衰，幹這種事。你放手！」何春燕咬著牙說。

「阿燕姊，算了，」張清海低聲說，「阿燕姊……」

李貴和幾個機房的男工，急步圍了上去。

「沒用的男人，你們只會站著看嗎？」

在草坪的那邊，趙公子叫著說。素菊、敏子和小文都向總辦公室這邊跑來。

「別過來！」何春燕叫著說，「你們回到庫房去。」

原先布置在宿舍與品管室、品管室與圓環間的人手，一大部分集中在何春燕身邊，排成一道牆，把何春燕和草坪分開來。

「你們放開她！」

不知從什麼地方衝出來的魷魚，一張口，咬住張清海的胳臂，卻被一手甩倒在地上。魷魚頑強地、踉蹌地爬了起來，李貴和另一個男工，卻把她推開。「管這閒事做什麼，魷魚？」李貴厭煩似地說。

突然間，魷魚迅速地扯開自己的衣服。只一瞬間，她在七月的陽光中，裸露著上身。她的一對豐實的乳房，隨著她不易抑遏的怒氣，悲憤地起伏著。

「你們再碰我，再碰我吧！」

魷魚含著淚說。

人、陽光和空氣，在那一瞬之間，彷彿都凝凍起來了。沒有人說話，沒有人動彈。魷魚用她瘦長的胳臂，抱著何春燕，推開呆立著的張清海，走向草坪。草坪前的人牆，彷彿自動門似地開了一個缺口。這時李貴忽然搶了兩步上去，伸手想抓何春燕，卻聽見忿怒的叱喝聲說：

「李仔貴，×你娘咧，你去碰碰看！」

運輸部的工人阿欽和阿祥，瞪著怒目，抄了過來。他們說：

「人家一個婦道人家，身上脫得白白的，你敢去碰？打成肉醬再說！你去呀，碰碰看，×你娘！」

為憤怒曲扭了的幾張男工的臉，從走道上圍攏了來。李貴悻悻地走開了。

她們一踏上草坪，敏子、小文和苑裡迅速地奔跑上來，把魷魚和何春燕圍在中心，互相緊緊地擁抱起來。她們開始嚶嚶地哭泣了。只有何春燕，無言地拭淚，並且很快地脫下敏子的工作服，為魷魚披上。在混亂中，約有八名、十名女工，向著庫房奔去。守在庫房的趙公子向前走了幾步[16]，迎接了她們。

當庫房那邊的女孩子們，圍著何春燕，憂愁地交談著什麼的時候，一輛深藍色的別克轎車，靜靜地滑進工廠的大門。車門打開，首先下來的是廠長，第二個下來的竟然是宋老闆。張維傑看了看錶，九點四十分。「艾森斯坦先生呢？」他狐疑地想。

宋老闆還是一身淺黃色的，裁剪妥貼的西裝。下了車，他自若地望著庫房那邊的人影，緩緩地走進總辦公室。侯廠長身邊，立刻聚攏了副廠長和蕭振坤一班人。從宿舍到圓環的人的欄杆，這時逐漸周密起來。宋老闆和廠長的出現，彷彿使一個鼓脹的氣球，刺破了一個細小的穿孔，全廠的氣氛，開始緩慢地、卻也持續地消降。

「請大家上工吧，」侯廠長笑著說：「投票的問題，改天再談。上工，上工，哈哈、哈哈……」

在廠長視野內的工人，隨著他懇求地揮動著的手臂，移動幾步。

「衝過來吧，不要怕他們！」

何春燕那邊開始呼喊。庫房的牆上，不知什麼時候用瀝青寫著：「保護工人合法的權益」幾個斗大的字。

「男人沒有用，我們女工要支持啊！」「過來啦，過來啦！」在逐漸炎熱起來了的空氣中，她們的細弱的呼聲，堅定地在空中迴盪：「過來啦！不要怕呀！」人們開始走動，有些人無意地徘徊，有些人開始緩緩地、彷彿不情願似地走向裝配線的大樓。

這時候，小文搬出一隻票櫃，站了上去。

「大哥、大姊們。你們就這樣撇下我們嗎……？」她奮力抑住哽咽，一字、一句地說：「你們不來，我們不能怪。但至少，請表示你們的內心，對我們的支持……」她終於嗚咽了：「用什麼方法都可以，請，表示，你們，沒有撇下我們……」

於是小文脫下黃色的工作帽，高高地舉了起來。左手迅速地拭淚，似乎急於不讓淚水模糊了視線，免得看不見別人的反應。草坪上的女孩，都脫下帽子，高高地、安靜地舉在空中，低著頭，吞嚥自己的哽咽。

張維傑望著整個工廠。幾百個工人都停住腳步。忽然間，在圓環這邊，有兩個男工摘去自己的帽子，高高地舉起來了。

「阿欽、阿祥，感謝啦。」

何春燕叫著說。

忽然間，幾百隻藍色、白色、黃色，分別標誌著不同勞動部門的帽子，紛紛地、靜靜地舉起，在廠房、在宿舍二樓、在裝配部樓頂，在電腦部的騎樓上紛紛地舉起，並且，在不知不覺間，輕輕地搖動著，彷彿一陣急雨之後，在荒蕪不育的沙漠上，突然怒開了起來的瑰麗的花朵，在風中搖曳。

草坪上的女孩子們低著頭，嚶嚶、嚶嚶地哭著。

小文跳下票櫃，倚在何春燕的胸懷裡。何春燕溫柔地貼著她的臉，輕輕地拍著她的肩不住地抽噎著的。過了一會，攬著小文的何春燕，低聲地和女孩們說了什麼，於是她們靜靜、靜靜地離開了庫房，離開了草坪。整個工廠的人潮，於是也逐漸在安靜中散去了。

然而就是那一天，艾森斯坦先生終於沒有露面。那一天近午的時候，何春燕和小文來找正要駕車離去的張維傑。

「對不起，」他低著頭說，「對不起……」

「不要這麼說，」何春燕說，「我想見見總經理。」

「我看，沒有用的。」他灰心地說。

「不，我要離開工廠了，」何春燕微笑著說：「至少，總經理要負責不開革小文她們。這件事，他要負起全部責任。」

小文哭了。

「何大姊，我跟你走。」她說。

「那麼……那麼明天，不，後天吧，」他無氣力地說：「明天我不去上班了，後天早上我來帶你。」他轉向小文：「你也去嗎？」

小文點了點頭。

第三天早上，張維傑一早從台北開車到中壢，在公路局站邊把何春燕和小文帶上車，調轉車頭，開向回台北的高速公路。

何春燕坐在駕駛座的旁邊，小文坐在後座。一路上，張維傑斷斷續續地訴說著這次事件發展的詭譎變化，不住地嘆息著。

車子一上高速公路，竟然罩著一層稀薄的霧，使整個周遭的景物，彷彿蒙上一襲輕薄的紗帳。車子過了桃園，霧就開始逐漸消失。一大片湛藍的天空，也在急馳的車子的窗外，漸漸地清晰起來。三人都沉默地坐著。在變換車道的時候，張維傑不經意地從鏡子中看見把臉貼著車窗，熱心地注視著窗外的小文。

「在想什麼呀，小文？」

他問。

他在鏡中看見小文對著自己的背影，柔和地笑了起來

「並沒想什麼。」她說。

他忽然悲傷起來。

「這次，我也是受害的一人——我的信心受了傷害，」沉默了一會，他說：「可是，你們也因相信我，連帶地也受了害。」

他從鏡中看見小文專注地傾聽著，想起哭腫了眼睛，喊啞了嗓子的那天的小文。

「不過，只有一件事，要小文繼續相信我，」他說：「在文學上，繼續努力。我等著你寫出真正的、人的心聲。只這件事，請你相信我，好嗎？」

小文移目於窗外，沉思著。

「實在說，我方才一直在看著那些白雲。看著他們那麼快樂、那麼和平，那麼友愛地，一起在天上慢慢地漂流、互相輕輕地挽著、抱著。想著如果他們俯視著地上的我們，多麼難為情。」她說。

張維傑抬頭看著窗外。一片難得的湛藍的天空，在挨著地面的地方，有三、五朵互相輕輕地纏綣著的、雪白的雲，在極為緩慢地游移著。

「像這樣的天、這樣的雲，和這樣的心，如何去寫呢？」她獨語似地說，「不，我寫不來的。」

這以後，一直到抵達台北，張維傑不發一語。三個人便一直沉默地飛馳在高速公路上。

張維傑把何春燕和小文請到會客室，去敲艾森斯坦先生的門。

「Yes,」艾森斯坦在門內說。

他走了進去，說明來意。

「Victor，帶他們去見宋。我語言不通，再說，有一通東京的電話，馬上要接過來。」

他返身就要走。

「等一等，Victor。」艾森斯坦先生說：「我明白你的心情。我等你來這兒談談。」

他把何春燕、小文帶著，走進宋老闆的門。

他冷眼看著宋老闆的一言一行。他不能不對他熟練的虛偽，感到折服。把他們一直送下電梯，才回到艾森斯坦先生的房間。

「這是麥伯里打來的電報，」艾森斯坦先生把一張電報拿在手上揚了揚：「宋去告了一狀，哈，」他冷笑起來，「二十五日那天，麥伯里把電報直接打到我家——不是打到公司，Victor，要我立即停止投票。」

他沒有說話。

「我跟宋是沒完的，Victor，這下流的老頭。」艾森斯坦先生說：「麥伯里聽他的話，打一封長電報數落我一頓。」

艾森斯坦先生走近窗子，瞭望窗外。白花花的陽光，直照著外面高高低低的大樓和巨廈，看來像是筆觸明快的波普畫。

「不過，麥伯里有一句話，說對了，我想，」艾森斯坦先生說：「對於企業經營者來說，企業的安全和利益，重於人權上的考慮。他說的。」

張維傑抬起頭，看著艾森斯坦先生的背影。

「試著了解我的處境吧，Victor，」艾森斯坦先生轉過身來，用那一對漂亮的大眼睛注視著他。

他笑笑，站了起來。

他回到自己的辦公室，左摸摸、右弄弄，總覺得不對頭。「企業的安全和利益，重於人權上的考慮」——艾森斯坦先生的聲音，像一口難以咀嚼和下嚥的食物，在他的空疏的腦中，左擺、右擺、橫放、豎放，都擺布不好。他突然覺得疲倦、眩暈了，他靠著倚背，想閉閉眼睛。

突然間，一陣翻胃，他衝到洗手間，哇、哇地吐了一地。

從洗手間回來，他抓起一張白紙，用鉛筆寫了一封短短的辭呈。他的辭職的理由是因為「病得厲害」，卻料想著艾森斯坦先生應當看出very sick的另一個含意：「噁心至極」。

他把信留在書桌上，兀自走了。

他走下電梯，搶著穿過目中沒有斑馬線的、不斷急馳著的車子的馬路，無意間回身，看見那華盛頓大樓依然巍巍地、冷峻地、訕笑似地盤踞在那裡。

他站著看了一會，便轉身慢慢地漸走漸遠了。

8 倘若妳今晚有空

離開麥迪遜以後，張維傑回到那沒落了的礦山區的老家。一貫不苟言笑、一貫擺著冷峻的臉的他的父親，卻頗不諒解。

「你爸說：在美國仔公司，好好的，為什麼不做了。」母親說。有著一張圓圓的臉的母親，從他小時到大一直是他和父親之間的傳話人。她說，「你爸說，讀書讀多了，反而沒路用。種田，會嗎？在美國仔公司，好好的，也不做。你爸說了：都快三十了，也不娶個老婆，難道還回去教死書呀？這是你爸說的。」

原想回來休息一陣，讓疲倦的心安靜下來的，卻不料並不如意。於是有一天，他從午睡的床爬起來，把回家以後一直不曾刮過的鬍子，剃個乾淨，把他的母親偷偷地拿出來的三萬元私蓄，湊成八萬，離開了家，跑到這裡來搞起貿易，一晃，也竟兩年了。

這八萬元，雖然在極力儉省的開銷中，仍然十分快速地融化下去。就在只剩八、九千元的時候，從韓國來了一筆小小的生意。就這樣，他的生活，成了無日無夜的奔波、焦慮、和「啊，要是這一筆能做成……」的苦痛的盼望的永無止息的輪迴。麥迪遜、小文、何春燕、趙公子、素菊……這些，在商場中死命地求取生存、稍能生存之後又死命地求取發展，把一筆生意在小小的袖珍電算機[17]上敲了又敲，算了又算的生活中，逐漸淡忘了。

如今，在讀過這三本小文的日記之後，卻無端地聽見他那原已彷彿枯萎了的心的孱弱的呻吟了。

他突然覺得，自以為很辛苦地工作著的這兩年來的生活，其實是懶惰的生活。只讓這個迅速轉動的逐利的世界捶打、撕裂、剉削，而懶於認真尋求自己的生活……

懷著這樣的沮喪的心，他隨手拿起福島的信，不知不覺地一邊抽著菸，一邊重讀了一次。看看錶，是凌晨的二時。他想了一下，抓起鉛筆，寫下一封英文回信的草稿：

福島定一

開發部部長

安藤商事株式會社

一〇一東京都千代田區一橋七—七—一[18]，日本。

主旨：壓克力板信用狀……

……

他的信中嚴厲地指責對方屢次不守來台採購時口頭上的協定，每次有意利用強勢商業地位，壓低代理人應得利益之不當。他並且把信用狀退回，要求一切按照對方來台時的口頭協定重開，否則拒絕受理代理工作，以後並拒絕來往。

在信稿的末尾，他不明所以，卻以安靜的心情寫著：

Lily：

我昨日晚睡，今早怕要來遲一點。麻煩你把這封信打好寄出去。謝謝。

倘若你今晚有空，我想請你到台北吃飯。

非常希望你答應。如果不放心把丫丫放在家裡，也把她帶來。

V. C.

他挑了一隻紅原子筆，把這一部分框了三個框框，對著自己溫暖地微笑起來。

他鎖上門，走了出去。天上是稀稀落落的星星，在夏夜中溫柔地眨著眼睛。

「這兩年來，為什麼我只是把她當作效率很高的打字、打雜的機器……」

他對自己皺著眉，搖搖頭，輕輕地喟歎起來。

初刊一九八〇年八月《臺灣文藝》革新號第十五期、總六十八期
初收一九八三年二月遠景出版社《雲》

收入一九八八年四月人間出版社《陳映真作品集4．萬商帝君》，二〇〇一年十月洪範書店《陳映真小說集4．萬商帝君》

一九八〇年八月

1 本篇初刊一九八〇年《臺灣文藝》總六十八期，篇題〈雲〉前附記「華盛頓大樓之二」，篇題後有「贈給敬愛的王禎和兄，並以最虔誠的祝福，祈望他快快康復。」後收入一九八三年遠景出版社同名小說集《雲》，書名附記「華盛頓大樓第一部」，收有〈雲．自序〉及〈夜行貨車〉、〈上班族的一日〉、〈雲〉、〈萬商帝君〉四篇小說，其中本篇文題附記始改作「華盛頓大樓之三」。

2 初刊版無「，上了高速公路」。

3 初刊版及洪範版此處均為「五樓」，後文則為「年輕的艾森斯坦先生〔……〕從這華盛頓的第十樓，透過雙層鋁窗〔……〕望出去」。

4 洪範版為「基」，此處據初刊版改作「都」。

5 「，」，初刊版為「。小時候，」

6 洪範版為「的」，此處據初刊版作「他的」。

7 「使用」，初刊版為「使用」。

8 前文為「麥迪遜公司就在這大樓的五樓上」，初刊版和洪範版此處均為「第十樓」。

9 「放棄」，初刊版為「破棄」。

10 初刊版此下空一行。

11 「安全」，初刊版為「安定」。

12 「激動」，初刊版為「愉快」。

13 洪範版為「何大姊大聲」，此處據初刊版補「說」字。

14 初刊版無「我激動得淚流滿面。」。

15 洪範版此處以降四處將初刊版的「敏子」改作「梅子」，本文據初刊版全篇統一作「敏子」。

16 洪範版為「向著庫房的趙公子向前走了幾步」，此處據初刊版補正文字脫漏改作「向著庫房奔去。守在庫房的趙公子向前走了幾步」。

17 「電算機」，初刊版為「計算機」。

18 洪範版為「七一七一一」，此處據初刊版改作「七一一一一」。

已博人間志士名

中國民族文學家賴和醫師[1]

碧竹君子

在我國膏腴豐沃的土地上，生長著許多象徵我中華民族的高潔植物，豐富了我們國族的內在生命。松柏是其中的雪雄，風骨崢嶸傲視寰宇。梅是其中的榮華，細緻綽約風姿動人。而竹則是最平凡、最普遍的，沒有招蜂引蝶的花朵，沒有粉紅駭綠的盛景，卻以其堅苦卓絕的風貌建構了華夏的風景，優雅祥和氣質潤飾了中原的精神。

賴和醫師就是一位碧竹君子，永遠雍容自若、不求聞達，站在他醫療的崗位上埋首工作，極力與人間的疾苦搏鬥，為同胞們爭取一項更清平的氣象。而在這醫學的主根之下，他尚有餘力繁衍許許多多美好的芽根，在異族箝制的風暴之下滋長，盛放出時代新文學、人道主義、民族精神的瑰麗花朵。他豐盛完整的人格，融和驚人充沛的精力和才華，感應了時代龐大的潮流，創造了他所處的異族統治的黑暗時期，不能泯滅的民族主流。

從西元一八九五年到一九四五年，這段我們稱之為「日據時代」的漫長台灣省災難的時期中，賴和醫師恰好完成了他生命的歷程。似乎是上蒼有意安排的歷煉，他恰好誕生於中日甲午戰爭的一八九四年，翌年台灣就被割讓了。

其後的二十年中，如我們所知的台灣一直處於民情激昂，抗日風潮前仆後繼的壯烈氣氛之中，鬱積於少年賴和塊壘之中的激情，應是不難想像的吧！所幸的是當台省同胞在日本軍閥的鐵腕之下輾轉呻吟之際，從天邊傳送來一道令人狂喜的訊息：滿清已經被推翻了！民國已經成立了！孫中山先生就任臨時大總統，一個嶄新充滿新希望的大時代已經揭幕了！這是一九一二年的事，青年賴和正在台北醫學院就讀；兩年後，也就是民國三年的四月，他完成了學業，進入嘉義病院實習。

「和仔先」

民國四年，賴和醫師結了婚。民國五年，結束實習的生涯，返回彰化，開設了「賴和醫院」。他作為一名偉大醫師的動人醫療生涯就此展開。正如許多奉獻一生生命以解除人間疾苦的偉大靈魂，環繞在賴和醫師四周動人的醫療小故事，是數也數不清，談也談不完。

「由於他穿中國裝，舉動質樸而有禮貌，說話更是謙虛而得體，看來是一位貨真價實、有修養的鄉下紳士。」《台北文物》三卷二期曾有段這樣的文字述及賴和醫師的醫德：「他非常理解窮人的困苦，所以經常每天上百個病人來看病，他也就天天忙。人們送給他一個『和仔先』的尊稱。據說，他死後，在八卦山的墓經常有人去祭拜、去懷念他，甚至把他的墓草當作治病的藥草服用。」這種報導可能是知識分子過度地理想化了；但是，卻充分顯示，民眾和知識界的孺慕之情，正是賴和醫師一生懸壺濟世，醫德受世人愛戴的真摯的寫照。

但是崇高的醫德並不是件傳奇，在這個世界上的過去、現在和未來，都會有許許多多偉大的醫師，生活在無我的境界之中，全然地奉獻自己的醫技和生命，為拯救世人疾苦而燃燒自己。

新文學的老將

真正令人驚奇的是，在如此繁冗的醫療重任之下，賴和醫師仍然有足夠的精力去親炙文學，領導台灣的文藝風氣，在異族的壓抑之下倡盛了白話文運動，並以驚人的創作力，寫下了無數反映時代的優秀作品。

根據最近由明潭出版社所編纂的，許多前輩作家聯合引介的《賴和全集》一書中指出：賴和醫師對於文學最大的貢獻，可分為兩方面，一是他本人在詩詞和小說方面的豐盛作品，一是他在主持《台灣民報》文藝欄時的苦心和熱意，直接引燃了台灣新文學的火種。

一九二〇年代，是中國白話文運動達於高潮的關鍵。其時受到這股時代潮流所影響，台灣的青年學子中，也自然地發生了「文體解放」的要求。由於張我軍所投出的一顆炸彈，突然爆發了文言文兩陣營間的一場論戰。而就在這個時候，第一個把白話文的真正價值具體呈現於大眾之前的，正是賴和醫師的白話文學作品。

賴和醫師個人和白話文學運動的接觸極早。民國六年，他遠渡廈門在博愛醫院服務進修，正是祖國新文學運動醞釀的時刻。民國八年他自廈門攜帶全新的思潮和醫技返台，祖國的五四新文學運動達到了高潮，翌年教育部通告國民學校改用語體文教學。此後賴和醫師便成了台灣言文論戰中，新文學陣營中的健將。

而賴和醫師真正強有力地促進新文學運動演進的，除了他本人作品的說服性外，便是他在主編《台灣民報》文藝欄時期所投注的苦心。

當時，在一片未開墾的台灣新文學園地中，作品之貧弱自不待言。因此這一時代的文學編輯人責任之沉重，也自不待言。賴和醫師在忙碌的醫務壓力下，幾乎是拚著老命去做這份工作的。由於醫務的繁忙，常常要到晚上十點以後才得空閒；因此他擔當編輯選稿的工作，便是這十點以後的事。為了潤改來稿，工作到凌晨的一、兩點，是常有的事；如果碰到急迫的工作，更常得工作到天明。這是何等重大精神上和肉體上的犧牲。

然而，只要是為了台灣新文學得以發展，為了使作品的品質得以逐步提高，賴和醫師是任何付出都不推辭的。尤有進者他不但在《民報》文藝欄盡了很大的努力，獲致極高的成就，對於當時的幾個文藝同仁雜誌，也不遺餘力給予熱誠和切實的支援。

也就是由於賴和醫師的熱情和努力，給予當時文學界深切的感銘，並且逐漸激發了文學青年的創作欲望。台灣新文學的氣候逐漸養成了，後起的新秀們，終於有如雨後的春筍，紛紛湧現出來了！

正義和愛的筆鋒

我們有這樣的認定：真正能引發普遍大眾關心的焦點，除了他在醫療行為上的博愛慈心外，便是賴和醫師那豐富的作品，尤其是他那些技巧圓熟，正氣凜然的小說。

從文學的觀點來看，作為文學家的賴和，他的作品所呈現的，是一種反映時代的人道寫實價值。貫穿於他的文學作品中的，是一種為地上的正義而奮鬥的精神。

前輩作家朱石峰說：賴和小說中，尤其是〈棋盤邊〉、〈一桿秤仔〉、〈豐作〉、〈善訟人的故事〉和〈惹事〉等諸篇，令人聯想起舊俄作家屠格涅夫的〈獵人日記〉，其傑出的成就，直逼世界文學的水準。

當我們細細去咀嚼賴和醫師的小說時，所得到的感動，即使沒有文學技巧的推引，也會深深為那種悲天憫人的情懷所震撼的。賴和的小說恰恰傳達了那個時期的悲情——台灣同胞為日本占領當局所壓迫的苦痛。

〈一桿秤仔〉是寫一名賣蔬菜的小販，因被違警法所困而至於破滅的悲劇。

〈善訟人的故事〉取材於日本領台前的故事；一位善於訴訟的「林先生」，把山林的墓地自獨占者手中解放出來交給農民，而為農民所銘懷。

〈豐作〉寫的是台灣蔗農一番苦心經營，卻由於剝削而得不到應有的報酬。

〈惹事〉是寫一位年輕的寡婦無辜地蒙上不白之寃的悲楚，及一名旁觀的年輕學生義憤的故事。

所有這些作品所表現出來的特色，除了是賴和用新文學體裁創作，善用自己的語言表達而使人易讀易懂外；更重要的是其中強烈的民族情感，毫不掩飾地傳達了對異族殘暴統治的憤怒。經由賴和高妙圓熟的文學技巧潤飾，所激發的效果因而分外地動人。這類的優點，恐怕只有親自去細讀，才能深刻地體會得了的。

已博人間志士名

「世間未許權存在，勇士當為義鬥爭！」賴和早期的一首舊詩這樣地自敘其志。他也確實地應用了自己的整個生命，實踐這項意志。

賴和醫師以自身的醫術醫德濟世，活人無數而受到民眾的感戴。他以個人的才學熱情耕耘文壇，而啟蒙了台灣的新文學運動。他更以豐盛的作品反映民間疾苦，使人道正義的精神在異族的管制之下延續了下來。然而極其諷刺的是，在那個公理逆行的時代，這些都成為他「惹事」的禍因。

賴和太受民眾所愛戴了，使他成為日本統治當局的眼中釘，必欲去之而後快。而他悲劇性的後半生，更和日警的牢獄結下了不解之緣，乃至於在獄中染疾，最後不幸以五十歲的壯年竟以身殉。

民國十二年，也就是西元一九二三年，著名的「治警事件」爆發，全台風聲鶴唳，有四十九人被捕入獄，五十人受到了傳訊。這次事件使幾乎全台知名的民族主義人士遭到波及。賴和醫師也不免為日人所誣，而初次嚐到鐵窗滋味，初囚台中銀水殿，後送台北監獄。雖然翌年他便獲釋出獄，但是卻更堅定了他抗斥日本軍閥統治的意念，並曾作舊詩數首以敘述其決心。

這次事件的影響所及，使身兼文學家的賴和醫師，在創作的風格上有了極大的改變。舊詩和文言文已不再能表達他對異族暴虐統治的憤怒了。於是賴和改用白話文來從事各類更具震撼性的創作。一九二五年的十二月，他發表了第一首白話詩：〈覺悟下的犧牲〉。這是紀念當年發生在彰化的台灣第一次農民事件——「二林事件」。在這首詩的結尾，賴和向這些受難的農友頌揚道：

覺悟地提供了犧牲，
我的弱者的鬥士們，
這是多麼難能！
這是多麼光榮！

民族主義的號手賴和醫師，開始向民眾吹奏激勵民族精神的進行曲了！

往後的二十年中，賴和醫師身挽三付重任奉獻自己的後半生的生命。一方面他擔負著永無止境的醫療服務工作，解除民眾肉體上的苦痛；一方面他兼任《台灣民報》的文藝編輯，為台灣的新文學運動催生；另一方面他更以凌厲的筆鋒從事創作，以新詩、以小說、以散文論著忠實地記載周遭的現實，生動地掀起了大眾深受壓抑的民族情緒。

如前所述，賴和醫師的醫務非常繁重，一天要看上百來名的病患，門診工作往往持續到晚上十點。十點以後，則是《民報》文藝欄的編輯工作。那麼賴和醫師何時從事寫作呢？據醫師的孫兒賴恆顏透露，大都是利用出診時於車上構想大綱，有空閒時才一再謄清、修改。由此可見他生活繁忙、工作辛勤的程度。

忠臣良醫

在這樣操勞的狀態下，賴和醫師完成了近千頁的作品；大部分是小說，還有舊體詩、新詩、報導和評論。這都是他驚人的創作力、充沛的精力，配合以對文學的熱情，和對民族一股關懷的愛心，而促成的成就。

但是值得注意的是，賴和醫師始終是一位醫療本位的堅持者，他之所以會投身文學、致力於創作，實在是因為他同情弱者、關懷民族的情懷。他是看見了貧困人們的悲慘生活就不禁嘆息的人道主義者。前輩作家楊逵說他「在某一個意義上說，是台灣關心大眾生活的文學的元老」，很能表達出賴和醫師的氣質。另一位前輩作家王錦江指出，賴和醫師相信日政下民族矛盾的必然性。同情窮苦的人們，但是決不會躍身其中去領導民眾運動。把日本帝國主義加害下的社會問題看成疾病，而以文學為處方的賴和醫師，他那出於仁醫的正義感，才是賴和思想的真面目。

但是，在日本當局無理性的統治之下，溫和仁厚的賴和醫師終於也難免其遭受迫害。

民國三十年，也就是西元一九四一年，由於中日戰爭的拖延，日本更加強了對台灣的統制，尤其是對思想和知識分子的約束日益嚴苛。這一年的十二月八日，太平洋戰事爆發的同一天，賴和醫師再因思想問題被捕入獄。

逼視大時代的來臨

半個世紀來個人與民族災難的愁苦，在獄中一併氾濫於賴和醫師的心中。他在極度的失望和悲痛的心情下，寫就了他最後的、也是最動人的〈獄中日記〉。在日記中，賴和醫師表露了對醫院的憂心，對病人們的掛念，而家事的擔憂更讓他心焦志灰。

獄中的時光是冗長而艱苦的，為著消釋無處宣洩的一片苦情，賴和想藉由誦讀心經來尋求心靈的慰藉。但是，「可恨我所接觸多是愁恨之根！」（〈獄中日記〉，第三十日）祖國戰事的盤宕，是他所懸掛不下的；而太平洋戰事的逆轉，更打擊了他一向樂觀堅毅的意志，竟使得堅強的賴和醫師突然間感到悲觀而消極。

日記中，賴和醫師咀嚼著從前所從事的抗日政治社會運動，和激進的新文學主張所引起種種敵視和壓迫，此時一齊逼來，欲摧奪他的心志。而對他影響最大的卻是身體健康的轉壞。入獄第二十一日，賴和醫師已感到不正常的胸部壓迫感，在第三十七日，更惡化而有「心悸亢進發作」，使他猜想到可能是得「狹心症或心囊炎」，而恐慌若「突然起心臟麻痺，就是最後了……」，以至於思索寫字，「有似遺言狀」！

〈獄中日記〉的最後一日日記（第三十九日），感嘆於國愁家恨未消，感嘆於抗日民族運動的一再遭受扼殺，感嘆於日本這個侵略者未受制裁，愴然寫道：「看看此生已無久，不能到這大時代的完成，真是失望之至！」悲觀絕望到達了極點。

西元一九四二年的一月，賴和醫師因病重獲釋出獄，但是他的健康已完全被摧毀了。翌年（一九四三年）一月三十一日因心臟病發作，賴和醫師與世長辭。這時正是祖國和太平洋戰事進行得最激烈的時刻，日本軍閥的侵略行動開始受挫，壓迫者最後的命運已顯現出來了。但是，賴和醫師竟也等不到看見大時代來臨了啊！

不死的根

碧竹的生命力是強韌的，但是畢竟不免一死。百年之後，竹會衰弱、會枯萎、會委地槁死。但是竹的根是不死的，它們會默默地在泥土中隱藏、萌芽，等春風一到，嫩芽就會紛紛地自地底翻出，以沛然的盈綠充實了整個枯槁的大地。

賴和醫師是一位偉大的醫師，也是台灣新文學的開拓者。醫療崗位是他的主根，這只主根衍生了許多支根，所有這些根都繁衍出美好的枝芽。

賴和醫師充沛的愛心和生命力，提掖並且引導了日據時代台灣新文學的發展，如楊逵這些前輩作家，都深受著他的影響。他那眾多而豐富的作品，一貫地以客觀、寫實的態度來觀察人間事物，生動地向我們反映了日據時代的種種台省同胞的形象。他高超的寫作技巧和悲憫的人道胸懷，呈現了壓迫者之下人類的悲苦和尊嚴，至今仍能深深打動我們的心。

而最重要的，是他埋下了民族精神的種子，呼籲同胞們絕不可忘卻了自己祖國的根。他至死仍堅持著的奮鬥的意志，終生以不屈服和反抗的精神來對抗異族的籠絡和壓迫，使日據時代的同胞們的心靈，有一個共同仰視的理想。這是兼為醫師和文學家的賴和的一生所作所為，最可珍貴的精神遺產。

因此，我們可以如此說：要了解為何在日據時代的壓迫下，台灣同胞仍然像韌竹一般，保持著守正不阿的民族精神，那麼我們便必須去重新親近賴和、學習賴和。因為賴和醫師是那個時代中，這樣一位偉大人格精神的代表。

初刊一九八〇年十月《立達杏苑》第一卷第二期，署名章慧

1 本篇初刊《立達杏苑》，隨文附圖賴和等相關照片，圖文資料由《賴和先生全集》（明潭出版社，一九七九）之主編李南衡提供、撰寫。

「和仔先」二三事

「和仔先，」一位形容憔悴穿制服的工人接近了賴和醫師，恭恭敬敬地奉上幾張舊鈔票：「上次我家阿茂仔給您看病，您吩咐掛帳。今天我領薪水啦，這三塊錢您收下吧！」

「喔，有這回事？」賴醫師抬頭望了這位鐵路工人褲子上補釘一眼。「我記不得啦，免啦。」

「怎能免啦！」篤實的工人急了，放下錢想走。「明明您有說掛帳的，三塊錢，阿發仔也在場的。」

「有這回事嗎？阿發？」他望了年輕的配藥生一眼，想把錢推回去；了解主人的阿發卻噤不敢言。「明明沒有嘛；難道你以為我記性不好了，會收這種不明來路的錢嗎？」

可是工人就是奪門而去，他知道這次碰到的是一名「難纏」的顧客了。

「回來回來！」他無可奈何地喚回那個工人，抽起一張鈔票，把其餘的塞回去。「算是我記起來啦；可是記得只掛一塊錢啊，這兩塊錢，你還是要拿回去的。」

醫病費用可以掛帳，這是賴和先生作醫師的一記絕招；而且往往一掛沒有下文。對於太窮的病人，他還附贈「營養費」。這可以說明了為什麼一天要看百名以上的病人的繁忙業務，過世之後三子賴燊不得不輟學回家維持生計，而家屬要變賣部分家產和靠他的保險金來償付住處的分期付款；一切因為在他一生的醫療服務中，只求付出，不計收入。無怪乎當時人們要敬稱他一聲「和仔先」。

收入這樣微薄，「和仔先」的醫療業務卻是空前地忙碌。早上八點開門的時間未到，門口已排上成百的長龍。一直到晚上十點，才能將病人打發完。這其間，幾乎連休息吃飯的時間都沒有。老醫師或許可以忘記自身的飢餓，然而年輕的藥劑生怎麼辦呢？「和仔先」特地隨時準備了一壺粥，讓年少發育中的助手們可以在耽誤正餐的時候充飢之用。由此可見他體貼他人的細微之處。

另外為了啟迪民智的目的，他在醫院設有閱覽室，大量購買書籍自由供閱。讓排隊求醫的病人們，可以利用時間同時治療他們精神上的窮困。這也算是「和仔先」的絕招之一。

「和仔先」的醫術到底如何？我們不得而知。也許如此繁忙的醫療服務下，恐怕也無法有餘裕來從事進修吧？但是他的醫德卻使人們將他神化了。他歿後，八卦山上的墳墓經常有人祭拜，那是感念他恩德的人的一種感謝行為，不足為奇；奇怪的是墓上始終沒有什麼雜草，始終是光淨的。後來才知道，那是無知的民眾不知從哪傳來的荒唐話，說他的墓草可以醫病，以至於經常被拔得光淨。尤有甚者，還傳說他做了高雄的「城隍爺」；彰化近鄰的神棍和童乩大扶「和仔先」的乩，大醫人病，大賺其錢哩！學科學的賴和醫師地下有知，該會怎樣憤慨呵。

他過世的時候，正逢「大東亞戰爭」最激烈的關頭。萬千百姓冒著隨時被轟炸的危險，自動到出殯的沿路上路祭。這該是「和仔先」一生奉獻醫療，為人們愛戴感激最真摯的表現，令人聞風景從。

古諺云：「聞其風如見其人。」賴和醫師一生的故事實在太多了，這兒不過略舉二三而已。如果您還有興趣，不妨購買一本明潭出版社的《賴和全集》，其中的記載，或許會給您一位前輩名醫的偉大風範，有一個更完整、更具體的形象的。

初刊一九八〇年十月《立達杏苑》第一卷第二期，署名怒江

地底的光：洪瑞麟

到泥土和勞動中會見藝術的畫家[1]

三月間瑞芳的永安礦場的災變震驚了全國，使人們再度對這項曾經艱苦支撐了台灣工業的基礎達數十年之久，帶著高度危險性的古老行業，集中了最焦慮和最深切的關懷。

幕後英雄

這項行業的悲劇性在於它為台灣提供了長時期的工業資源，為台灣社會的繁榮和進步貢獻了不可磨滅的功績。而從事這項行業的礦工——我們工業社會的幕後英雄，卻是時時處於飽受煤氣爆炸、礦坑崩塌和肺矽病的威脅，他們朝不保夕的工作環境，確是我們今日進步和文明中，人道上的諷刺畫。

很不幸的，對於這項面臨淘汰命運的古老行業，對於這許多即將轉業改行的悲劇性的礦工同胞們，我們幾乎沒有什麼記載。當那一天來臨，這群曾開創台灣工業的歷史的人們所曾從事的行業和生活都在世上消失時，我們是否要從即使西方也為數極少的礦工畫像、雕刻作品中追憶他們的形象呢？是否要從像梵谷這類曾短期耽過礦區的傳記中來了解體驗他們的生活和勞動？

總統的褒獎

台灣的先行輩畫家洪瑞麟先生，早自民國二十七年九月起，曾在礦場中生活和勞動了三十五年之久，親身體驗和見證了這項行業的力量、堅忍、宏偉和悲劇之美。而他前後完成了幾千張有關礦工的作品，不僅是繪畫藝術的不朽之作，也為這群在血汗中奉獻勞力的人們塑造了最完整、鮮活的形象；為這群過渡轉型時期社會的無名英雄的事蹟，以畫筆完整地描述了他的見證與歌頌。去年的七月，洪瑞麟先生舉行了一次回顧性的畫展，立刻博得整個藝術界的讚揚，會場中觀畫的人絡繹不絕，造成空前盛況。尤其榮幸的是蔣總統也親臨參觀，對洪老畫家的成就，給予十分親切和關懷的褒獎。曾在苦難中歷煉的蔣總統，對洪老先生礦工世界，想必尤有一份真摯的情感吧。

「台灣繪畫研究所」

民國二年，洪瑞麟先生誕生於台北市大稻埕。他習畫的歷史開始得很早。九歲時進入日本人設立公學校「稻江義塾」，就在日籍老師的影響下，開始和繪畫藝術正式地接觸。這種對繪畫的熱情一直持續到他的中學時期，時常在美術比賽中因表現優越而受到獎勵。

十六歲那一年，他進入了由倪蔣懷先生設立、石川欽一郎教授執教的「台灣繪畫研究所」。這是當時有志於繪畫卻苦於無處學習的青年的最佳習畫場所。經常出入研究所的有輩分比洪瑞麟高的陳植棋和李石樵等先行輩畫家。而陳植棋先生給予他的影響更是深遠，「雖然石川教授一向只畫水彩畫，」洪瑞麟先生追憶這段時期時說，「但是因為陳植棋喜愛油畫的影響，我也畫油畫。」

民國十八年間的台灣畫壇，在官方有民國十六年創始的「台展」，民間的有民國十六年成立的「赤島社」和民國十三年成立的「台灣水彩畫協會」。這一年正值十八歲的洪瑞麟，以一幅靜物水彩畫在台灣水彩畫會展出獲得頭獎，增添他不少信心，也興起了到日本學畫的念頭。幸運的是他的父親極為支持他的志趣，於是在民國十九年九月，由陳植棋帶領，青年洪瑞麟負笈東瀛。

東渡

民國二十年四月，洪瑞麟考進了日本帝國美術學校西畫本科，開始了極為嚴格的繪畫訓練。一九三〇年代的日本畫壇，呈現了極為活潑的風氣，民間的各繪畫團體各自發展著後期印象主義、野獸主義及抽象表現等等風格。這些目不暇接的盛況給予他的衝激，是可以想像的。

「當時台籍畫家多數以『帝展』為目標，較少進美術學校。而『帝展』承繼著保守、寫實、典雅的傳統風格；」洪瑞麟回憶說，「相對的，『帝美』的風氣就比較前進，富有實驗精神。和『帝展』的文雅、靜態相比，『帝美』真可以『野武士』自居了。」

回到塞尚

不久，本著「野武士」精神的青年洪瑞麟開始在「前衛」的浪潮中產生深刻的質疑和反省。「很多人都不是在畫自己真正的感情」，他思索著。他開始覺得那種模仿自西方、充滿形式、技巧或偶然性和皮毛的「抽象」，其內容是多麼地空泛和乏味。他逐漸在「帝美」良師日本畫家清水多嘉示的引導下，往回摸索，重新認同在塞尚的理念之上。

「清水多嘉示留學法國，是羅丹弟子布德爾（Bourdelle）的學生。他一再強調塞尚的分析道理及造形的重要。他甚至不贊成印象主義者忽略物質實體，只對光線作膚淺描繪的做法。他說畫家就像建築師，必須一磚一石地架構畫面。」洪瑞麟說。

青年洪瑞麟於是捨棄了追逐色彩和線條的遊戲，再一次嚴肅地建築他的畫面。這樣的反省，配合上逐漸發揮出來的粗獷表現、動態表現以及熱帶台灣地區的人物造形，使洪瑞麟先生漸漸摸索出完全屬於自己的，寫實、鄉土的道路來。

藝術史中第一人

民國二十七年的春天，是洪瑞麟先生一生重要的轉捩點。在這一年，他回到台灣，並進入瑞芳礦場開始了他那礦工兼畫家的生涯。原先他是想在這所倪蔣懷先生經營的礦場中工作，一方面可以藉以資助日益式微的家境，一方面賺取未來赴法研習的資金。然而不意竟一待就是三十五年之久。

從挖煤工人、管理員以至礦長，從二十七歲的青年到六十一歲正式退休，包含了一個人婚姻、生兒育女、開創事業的重要階段，是何其地漫長、真實而深刻啊！一向主張「藝術貴從生活裡出發」的洪瑞麟，從此拋開從前的花瓶、靜物、裸女的題材，徹徹底底地進入泥土，到勞動中去會見藝術之至美。

據說，在西方的美術史上，除了十九世紀的比利時雕刻家穆勒曾雕過少數的礦工形象，還有梵谷曾短時期在礦場傳道外，像他這樣地以礦場的人和生活為對象，熔合整個畫家的一生的生命和藝術為一爐的例子，是不曾有過的。因此，洪瑞麟先生的繪畫，不僅在台灣的畫壇上具有特殊的藝術史、藝術思想的意義；就是在世界藝術史上，洪先生的生活、經驗和創作，也具有其空前的、絕無僅有的特殊價值。

如果洪瑞麟先生只是一名單純的礦工，他的創作和他的生活沒有關聯，那麼他便只能是一項變遷社會中面目模糊的小小註腳。或者如果他只是一名選取礦工為題材的普通畫家，並沒有和題材產生與生命結合為一體的深刻生活經驗，那麼他的作品，也不會對我們產生這樣的深刻感動。

人道主義的情懷

從小原來就蟄伏心中的人道主義情懷，在親身接觸礦業勞動者，深刻體會了他們的艱苦工作和生活上的喜怒哀樂之後，變得愈發明晰而愈發強烈了。從米勒的自然主義形態下的純樸農民、高爾培筆下的勞動者、杜米埃對人生百態銳利的嘲諷、羅特列克對舞女之類的淪落者的關心、孟克所表現的心靈深處的狂癲，到盧奧宗教性的虔誠和憐憫；從美術史上這一系列良心藝術家所表達的悲天憫人的情懷和創作，洪瑞麟先生尋獲了他的精神支援，於是更加義無反顧地畫了下去！

「雖然畫中表現不出礦工們的辛勞，但總能表現他們的工作是神聖的。我總覺得自己的畫必須和現實生活連繫起來才有意義。」洪瑞麟先生如是吐露出他的心聲，「將礦工們神聖的工作表現在畫幅上——這便是藝術所賦予我的使命。」

洪瑞麟先生以為，和礦工們相處愈久，愈能發現他們各種坦率無偽的人性表現。「這是那樣地契合我的心靈，使我時刻想揮動畫筆，捕捉下來。」他說。礦工雖然是卑微的勞動者，卻是那樣地真性無飾。於是洪瑞麟畫出他們等待入坑時的急躁和煩悶，工作時的揮汗如雨、行樂時的縱情酗酒和賭博之絕望；他也畫出他們那種粗鄙的謾罵和凶暴的毆鬥，充滿了生命的狂喜、沮喪、勞苦、艱困和巨大的力量……。

絕非醜陋與悲慘

然而，雖然在題材是生活中的勞動中的礦工，但是洪瑞麟先生所欲傳達的，卻絕非醜陋與悲慘。

「在隨時可能因瓦斯爆炸而崩塌的坑道中，人的面孔不是溫婉的美而是堅忍的力。這種以生命為賭注的勞動，是非常逼真而嚴肅的。」洪瑞麟先生說。

正如他最欣賞的盧奧，用畫筆將人生的苦難提升到肅穆的美、近乎宗教的境界一樣，他也希望在礦工的生命中去捕捉一種希臘悲劇式的悲壯、滄茫和剛毅之美。因此，他從最平凡的工人中去尋找突破苦難的精神。洪先生所表現的地底中的勞作、表現地層中那種近乎原始、艱險的工作方式和環境；表現那些自遠古以來人類為求生存而逆來順受的威脅與痛楚，是何等地平凡而真實，又何等地觸發我們心靈中那種深遠感情，而產生如此真切的震撼！

所謂的希臘式悲劇，是指人生充滿著荊棘、短暫而悲悽；但人必須以堅忍卓絕的精神，去開拓生命的衢路。儘管經歷艱難，仍不致淪入悲觀的頹境；在飽嚐人世苦病之後，更要積健為雄，且持雄奇悲壯的氣概，馳騁人世。如此以藝術的情懷，征服可懼的事物，陶鎔美感，蔚成樂趣，而引人入高超的意境！

這是洪瑞麟先生很早以前從尼采的著作上錄下的一段話，足以說明，他這種借繪畫來鼓舞人生，熔悲劇精神於藝術，以淨化人類心靈的創作哲學。

作品

從民國二十七年返台進入礦場工作，到民國六十一年完全退休為止，洪瑞麟先生渡過了漫長的三十五年自號「礦山人」的生涯。退休之後，他只保留了民國五十三年起應藝專美術科主任李梅樹力邀之下，而擔任的素描課程，其餘時間都專心地從事創作工作。

三、四十年的漫長繪畫過程中，完成了數千幅的作品。除了大幅有關礦工的油畫是在畫室裡整理完成的之外，其餘光是在現場畫的大大小小礦工速寫，大約有三千多幀。

因為限於礦坑內狹隘困難的工作環境，洪瑞麟先生採用了最簡單的方式，或是鉛筆速寫簿，或是粉蠟筆圖畫紙，及大多數所使用的宣紙和毛筆。這些工具所完成的速寫作品，造形特點是因長期勞動而顯得肌肉發達的身體線條，或群體在礦坑內的活動，經由強烈的明暗對比，墨色的層次而把握出大塊的空間處理。

仔細觀察這些作品，令人驚訝於畫家這種充沛而源源不斷的創造力。就像記載日記一樣，即使某些不夠完整的畫面，也呈現真實緊密的力量，所記錄的點點滴滴，足夠畫家日後整理出具有獨特面貌的經典之作了。

從幾千張速寫及水墨中整理出來的油畫，如民國五十四年的〈坑內工作〉、民國四十八年的〈勞動者〉、民國六十八年的〈礦場〉等，無疑的是他長年提煉、凝聚著菁華的代表力作。像這類作品，他是經常在畫布上打上一層水泥，然後再上顏料，使之渲染出具有礦場味的粗糙質感。黝黑、紅褐、咖啡或深藍為主的畫面上，仿古代壁畫的排列方式，組合著礦工們的各種動態。

向歷史求定論

他的其他作品，則是多年寫生的結晶。這類作品相當客觀地保留下不同地域的各個獨特風味。其特色剛好和礦場作品相反，表現出色彩亮麗豐富、視野遼濶清新的自然景觀。於是台灣式鄉野純樸的風景、日本式精緻明媚的亭園、到美洲大陸式雄壯的景觀，莫不生動流暢地活躍在他的畫布之上。

至於到底是礦工時期那些生動真實的人物描寫，還是這些意境遼闊的風景寫生，何種作品能夠最足以代表洪瑞麟先生的卓越繪畫風格？這是見仁見智的問題，將來的歷史自會有其定論的吧。

初刊一九八〇年十月《立達杏苑》第一卷第二期，署名竺斯辨

1　本篇初刊《立達杏苑》，隨文附《雄獅美術》雜誌提供的洪瑞麟肖像和畫作。

雲門舞集的十萬觀眾 1

把藝術的快樂普及於民眾……

八月一日、二日兩天，台北市的音樂舞蹈季開鑼，由雲門舞集在青年公園演出兩天，免費招待台北市民。

雲門舞集今年四月在美濃開始，一連做了十幾場社區和校園的免費演出，不但滿足了許多低收入國民的文化需求，也帶動了一種可貴的風氣，使國內的藝術工作者，能夠以自己的專業服務社會，也使文化活動突破台北的限制，普及到民間市鎮去。

僅以青年公園八月一日、二日的演出來看，兩晚的觀眾將近十萬人，台北市音樂舞蹈季，十幾天的演出，在國父紀念館，加起來的觀眾，恐怕還不到十萬，雲門的演出因此提醒了我們：大量渴求文化藝術的民眾，無法負擔昂貴的票價的時候，我們「文化建設」的對象，正好應當以他們為主。

從美濃，到各個低收入社區，到校園，到青年公園，前前後後，雲門今年免費招待的民眾，正是我們社會最基層的民眾，他們或者因為生活的壓力，沒有能力走進國父紀念館，或者因為教育的關係，一直缺乏文化生活，把文化和娛樂普及到他們中間去，實在比發展一般所謂的「精緻文化」更為迫切。

每個人都懂得欣賞藝術

以前，在文化界中盛行一種調調，認為「藝術是貴族的」。也就是說：藝術先天有它的限制，不是一般人能夠欣賞。我們不否認，藝術，在欣賞的層次會有所不同，但是，無論任何一種藝術，都是經由學習的階段，逐漸習慣的，絕沒有什麼天生的道理。

認為「藝術是貴族的」這樣想法的人，便集中力量，發展國父紀念館的演出，票價越來越高，使一般民眾無力負擔。國父紀念館一晚上不過兩千多觀眾，這種文化趨於極小的點狀發展的現象，便使大部分民眾被排斥在所謂的「藝術」的門外，長此以往，國父紀念館的觀眾，腦中充滿了《睡美人》、《天鵝湖》……一類的東西，與一般民眾的文化認識距離越來越大，一般人，不把這種現象歸之於文化教育的錯誤，反而一口咬定：「藝術是貴族的」，對大部分民眾，既無教育與引導在前，卻施之以輕蔑與侮辱，實在造成了社會各階層間極大的隔膜。

雲門，以它在藝術上被肯定的地位，來服務大眾，結果受到千萬觀眾的熱烈支持，證明了大部分的民眾多麼需要藝術，也說明了藝術並不只是少部分人的專利，只要耐心在施以引導和教育，每一個人都懂得欣賞藝術。

文化建設的口號叫出以後，一直沒有具體的行動，以廣大的基層民眾為服務對象，仍然是少部分專家學者，在極有限的範圍內狹隘地談「文化建設」，雲門舞集的免費露天演出，正是一種極大的觀念上的突破，希望能對目前正積極發展的文化建設，在方向上、技術上都有帶動的作用。

良好的社區活動

雲門的露天演出，在技術上，需要克服許多困難。但是，也因此使雲門在接受場地不良的挑戰下，發揮了高度的應變能力，工作人員對舞臺、燈光、音響的調整，舞者對於動作的放大，都為了適應野臺演出，竭盡心思，也使他們獲得了寶貴的經驗。

有人說：既然野臺演出困難這樣多，為什麼不在設備較好的劇場中演出呢？

首先，為了服務低收入的民眾，在他們的社區中根本沒有設備好的劇場，為了引導他們逐步習慣欣賞藝術，又很難使他們立刻到國父紀念館去。

其次，在我們中國，一直有野臺戲這個值得珍愛的傳統。它除了藝術活動本身之外，更重要的，是社區活動的一部分。它借一個藝術的演出，聯絡社區民眾的情感，使他們離開自己各人的天地，到公共的場所，建立精神上和心靈上的良好關係。

在現代化的都市，各個擁有一個小小的公寓，即使在樓梯上碰面，也往往互不認識。現代人的生活，較之古代，更需要社區關係的活動來增進彼此的情感。

雲門在青年公園的演出，觀眾中最多的，自然是克難街平價住宅裡的居民。他們離開了每天守住的電視機，在公園裡，帶著孩子，一面看表演，一面與鄰居交談，既談雲門，又談社區中的情形，這一點，恐怕是雲門演出所附帶出的可貴的意義。

藝術的下鄉

雲門帶動了一個好的風氣，最近類似《聯合報》所辦的「藝術歸鄉」正是這風氣影響所及的結果，雖然結果不甚理想，但是，一個正確的文化方向是被劃出來了。

「藝術下鄉」在一般鄉間反應並不好，主要由於參與的藝術家，大部分還不了解鄉間民眾的生活，可能在藝術的內容上，與民眾的生活脫節太遠，造成反感。這一點，在「藝術下鄉」的觀念提出後，是藝術家本身應當趕緊反省的。

鄉間原來也有他們的文化型態。都市裡的文化，如果趾高氣揚的侵入，對當地不做任何了解，結果一定造成有意或無心的抗拒。雲門第一次在美濃演出，就碰到過類似的情形。但是，這一次，在青年公園的演出，主要的一場舞是《廖添丁》，無論人物故事，表現技法，都很適合野臺演出，也能與一般民眾的認識發生直接而密切的關聯。這一點，雲門的成功很值得往「藝術下鄉」努力的朋友們參考。

藝術家關懷民眾的生活，從這裡而滋養自己藝術工作的品質，這種藝術才有豐厚的生命力。當它回到民眾中去，也才能使民眾獲致藝術上的感動，溫暖他們的心，團結他們的力量。

我們為雲門舞集的努力喝采，也為台灣的文化界服務民眾的契機興奮。

初刊一九八〇年十月《立達杏苑》第一卷第二期，署名秦聲

1 本篇初刊《立達杏苑》，隨文附謝嘯良攝影之雲門舞集表演劇照。

潘曉的信所引起的一些隨想

成人和老人常常說著一些「光芒四射的語言」給青年聽；常常寫一些「光芒四射的語言」給青年讀；然而自己卻把整個世界弄成一個滿是謊言、虛偽、背德、貪欲、壓迫和悲慘的地方。然而一旦青年「看透」了一切，青年或者抗議，或者忿怒，或者懷疑、苦悶，發出類如「人生的路呵，怎麼越走越窄……」的嘆息。

這原是一個古老的故事。特別是在六〇年代，世界性的青年和學生的騷動，在東京，在巴黎，在美國各地，對他們各自的成人——和老人——的世界，提出一串串質問。他們質問政府的道德品質；質問越南戰爭的意義；質問軍備競賽在倫理上的妥當性；質問全球性嚴重汙染和生態破壞的原因；質問種族歧視和偏見的論理；質問整個教育體制的形式和內容的合理性……。他們高聲向成人的世界要求愛，要求誠實，要求和平，要求自由，也要求一套全新的、年輕的道德。

然而這些，一貫被理所當然地認為只能發生在西方的、資本主義的世界。但潘曉的文章，卻清楚、明白地說明：在「社會主義」的中國，權威、道德和信仰的危機，不但存在，而且嚴重。

曾經向一切真誠、高尚和勇敢的心靈號召：「人活著，就是為了使別人生活得更美好；人活著，就應該有一個崇高的信念，在黨和人民需要的時候，就毫不猶豫地獻出自己的一切」；曾經帶領著千萬在胸中燃燒著理想的火炬的人們，為著個人、社會、民族的解放而鬥爭的中共，畢竟也這樣徹底地、這樣反諷地墮落了，馴至使一個完完全全在共產黨員的家庭生長，在紅旗下長大的青年經歷了「由紫紅到灰白」、「由希望到失望」，從「思想的長河起於無私的源頭而最終以自我為歸宿」的歷程。這是一個多麼痛切、多麼嚴肅的問題。

讀完潘曉的信，也悲哀、也震驚、也忿恚。然而在這一切之外，卻有一份深刻的羞恥。潘曉的質問，是一種道德的質問。但是沒有一個知恥而誠實的人，有回答這質問的權利和勇氣。這質問指向中國一切自分是愛國的、有正義心的成年人，無可假借地要他們嚴厲地「正視自己」。潘曉的信，應該叫一切良知未泯的中國的成人們，去檢視他自己在道德上、靈魂中、工作上、生活中最隱秘而黑暗的角落。只有在做了嚴肅而毫不姑息的檢視之後，而獨自以為清白，可以坦然地面對著億萬像潘曉這樣的青年的人，才有資格對潘曉的質問提出這樣或者那樣的道理；做出這樣或那樣的解答和批評。潘曉的信，首先應該使一切中國的成人看到自己，讓潘曉清澈、懷疑、責備、哀傷的眼神，看穿自己心靈中多少汙濁、多少黑暗，然後深深地低下頭，流著熱淚，向和潘曉一樣的億萬中國的青年一代說：「對不起你呀，實實在在地對不起……。」

然而細讀參加了因為潘曉的文章而在中國大陸的青年中引起的一場有關「人生意義」的討論之胡喬木的話，卻缺少這份懺悔的、低頭道歉的態度和話語。我以為，全中國的成年人——不論他是在海峽的哪一邊，都應當對潘曉有一份愧疚之心。而尤其是整個共產黨，如果羞恥和歉疚不是面對潘曉的第一個感受，那麼把話說得再怎麼「光芒四射」，諄諄善誘，怕也仍然是出自一個為硬殼所裹的、冰冷的、殭死的心靈的一片謊言罷了。

讀著潘曉的信的幾乎同時，也在《中國時報》上讀到了〈魏京生的悲憤與吶喊〉。讀後，雖然性質不同，竟也是一種深深的、悔愧交加的心境。

和潘曉一樣出身於共產黨員家庭的魏京生，也和潘曉一樣，早在幼年時代，就充滿著為自己的人民和國家獻上一切的情懷。後來，他一寸一寸地看見了大陸政治和社會的陰慘的現實。他懷著無比苦痛的心，更加倍用功地讀書，到苦難的祖國的一個個暗淡的角落，去看、去生活。當我讀到他傾其所有，在中國的一個不知名的地方，將一切散給衣不蔽體，向著每一列列車伸出乞食的手的同胞時，已屆中年的我，也不能不為之掩卷。

然而，魏京生並沒有只是落在「人都是自私的」，或者「人生的路呵，怎麼越走越窄」的悲嘆裡。魏京生在經歷和目睹了更大的黑暗之後，不但沒有放棄類如「人活著就是為了使別人生活得更美好」的信念，反而更用力地擁抱那個信念，向中共提出毫不躊躇的、清晰的、不能退讓的抗議。而且甚至在那欺罔的法庭上，魏京生從容地、詞嚴義正地向全世界宣告了一切勇敢而正直的中國人民對於民主和自由的無可妥協的要求，並且向謊言、暴力和專制官僚體制發出毫不猶豫的批判。他被迫羞恥地判了十五年徒刑。但魏京生的名字，在每一個愛國的中國同胞的心中，發出越來越明亮的光芒。然而，他的名字也像囚犯的黥記，深深地烙印在中共的臉上。

魏京生和潘曉，表現雖各不同，卻叫人覺得他們是中國的多麼善良、多麼純潔、多麼勇敢、多麼正直而值得驕傲的孩子。潘曉使我們正視荒蕪已久的，內面的自己；魏京生卻使我們重新燒起希望的火把；使我們理解到：年輕的、無愧的良心，才使人敢於愛——敢於因愛而怒，因愛而使不以暴力為恥者變得渺小一若草芥。

如果成人制訂的法律，太過公然地侮蔑了它應有的正義，去鎮壓青年良心的抗議，又如何使青年信賴成人世界中的一切？如果中共不以悔愧的心，撤廢對於魏京生的不公正的判決，把魏京生——和其他億萬在過去十數年中深受罪惡的政治所殘害的正直的、愛國的青年懷抱起來，中共怎麼能在因潘曉而引起的「人生意義」討論中，叫億萬中國青年重新相信什麼「我們的社會有弊病，同時存在著同弊病做鬥爭的力量——而且這個力量已占上風」；什麼「公和私並不是只有對立的一面，也有一致的一面。而且在社會主義階段，一致是基本的。這就是要正確兼顧國家、集體、個人三者的利益……個人利益要服從國家和集體利益……人不是在實現自己的個體時，客觀上實現了整體，而是在實現整體中，實現了自己的個體。」這些「光芒四射的語言」呢？

讀潘曉寫在二十三歲、魏京生寫在十九歲上下的文章，感受是深刻而複雜的。讓這麼年輕而正直的心靈透徹地批評了幾近荒廢的自己的心，感到一種謙卑的、復生的喜悅。從文章中的自敘，知道魏京生和潘曉都是文學青年，對著自己說：「難怪能寫那麼好的文章。也是弄文學的啊。」而放下他們的文章，卻無端地想起我們台灣的也是十九歲上下、二十三歲的男女青年來。如果苦難能磨練一個豐富的靈魂，那麼在物質的豐裕中成長的青年們的心靈的貧窮，恐怕也應引起我們的一些做盡壞事的成人悚然的警覺罷……。

初刊一九八〇年十一月《中華雜誌》第十八卷總二〇八期
收入一九八八年四月人間出版社《陳映真作品集8．鳶山》

思想的荒蕪

讀〈苦悶的台灣文學〉敬質於張良澤先生[1]

在友人處讀到目前東渡日本，在筑波大學協助研究台灣文學的張良澤先生，發表在日本的一篇文章：〈苦悶的台灣文學——蘊含「三腳人」心聲的譜系．濃郁地反映迂迴曲折的歷史〉（《朝日夕刊》，一九七九年十一月五日）。對於張先生以所謂「三腳仔」精神，解說整個台灣文學，感到極端的詫異。我與張先生雖相知不深，但對於他在台灣文學史，尤其是日據時代台灣文學的研究上的貢獻和眼光，一貫懷有很深的敬意。以下的討論，不免失敬。但茲事體大，特以數端敬質於張先生。

初讀〈苦〉文，還不能相信這台灣文學「三腳仔」論，就是張先生的真意，總以為我自修而來的日語程度誤解了或竟沒有讀懂張先生文章可能有的反諷。及至我拿回家仔仔細細地再讀、三讀，初讀時所得理解，只有更為鮮明。這倒使我「苦悶」了很久。後來，我詢於一位文學先輩。他笑著說：「張良澤恐怕對於『三腳仔』的本意，並不理解。」有一次，又詢於一位也讀過〈苦〉

文的日本友人，他的看法則是：張先生的日文表達力或許稍有不逮，以致產生不準確的表達所造成的誤解。

張良澤先生生於民國二十八年，晚我兩年。台灣光復的三十四年，張先生才六歲。因此，如果說張先生不甚理解「三腳仔」的意義，不能說絕無可能。而事實上，張先生對「三腳仔」獨特的理解，確也表現在這篇文章之中，讀來也不能不說是一種誤解罷。然而，這誤解的本身，以及基乎這誤解而構造起來的論文，卻透露了張先生整個殖民地台灣的歷史觀中的若干問題。台灣文學在最近幾年間，在北美、日本的文學研究界裡逐漸受到重視。特別在一向對台灣事務表現出勢利的冷漠的日本學界，鄭重敦聘對台灣文學素有研究的年輕學者張良澤先生，協助他們做台灣文學的研究，有其一定的重要意義。張先生的意見，如果是在細微末節上發生的問題，則恐怕是研究工作所難於避免的。但若以「三腳仔」精神來概括整個從日據時代以迄今的台灣文學的精神，就不再是張先生個人研究上的態度和哲學的問題，應該提出來做誠懇的、深入的討論。

一、「三腳仔」的意義

張先生的文章，是這樣開始的：

如果相機的腳架改成兩腳，就會倒掉；改成四隻腳，則又會因地面的狀況而站立不穩。不論如何，腳架還是三個腳的好。至於人，則不管怎麼說，兩條腳的才是堂然的人。在日本統治時代，兩條腿的台灣人，以「四腳仔」罵日本人。

不幸的是，我們從小被人喚做「三腳仔」。但這決不是我們真的比別人多長了一條腿。只因為父母受日本教育，按日本姓氏「改姓名」；為了取得配給物資而使家人常說日本話，變成所謂「國語家庭」。當不成「皇民」，馴至成了非人非畜的一種怪物，為「漢人」所笑。

舊式殖民制度，是一種尖銳、赤裸的壓迫和榨取的制度。殖民者民族，憑其不知羞恥的暴力，在政治、社會、軍事、文化和一切生活的諸面上，支配殖民地民族。在心理上，支配者眼中的殖民地土著，是卑賤、愚蠢、沒有人的尊嚴和價值的。這種心理，表現在語言上，就是「支那人」、「秦國奴」(Chankoro)等等。這猶之如越戰中美軍口裡以越南人和東方人為「Charlie」；以早期渡美華工和今日唐人街華人街為「Chinaman」，是一樣的道理。一切支配民族兇殘的暴行，便以這種不以被支配者為人的心理所造成。南京大屠殺、美萊村大屠殺所殘酷滅絕的，對於日本和美國軍人，已不是人類，而只不過是一些稱為「支那人」和「Charlie」的動物而已。

落後的殖民地土著，以其和平、善良去對待征服者。他們和平、善良和單純的稟性，甚至使殖民者驚異。在隨著征服者和掠奪者的隊伍同行的基督教傳教士早期的記載中，充滿了對於中美印加土著、北美印地安人的和平、良善稟性的無限詫異，甚至驚為上帝所造的人的至善性質的典型。但這些良善、單純的土著民，在征服者難以置信的貪欲和暴力之前，始則驚駭，繼而憤怒，而終於起而反抗。征服者的暴虐被比成惡鬼，於是在「支那人」、「秦國奴」的對面，日本征服者成了「鬼子」；占領者的獸行被比若禽獸，於是在「支那人」、「秦國奴」的對面，日本統治者成了「狗」(一說台人以日人隨地小便，行若野犬，故以狗名)，由狗而延伸為「四腳仔」。

正與歷史一切殖民統治的結構一樣，在金字塔的頂端，是統治的、少數的異族征服者，而底部則是廣泛的被支配的殖民地土著民族。介於二者之間，便是為異民族統治者所豢養、所使用的一小撮土著民。這些人，為了保護自己在征服者未來以前所蓄積的利益，或者為了藉征服者的威勢在殖民結構中獲取利益，背叛了自己的民族，為征服者的鷹犬。在生活上和心智上，這些人盡其全力依照殖民者的形象改造自己：學習使用支配者民族的語言，吃支配者民族的食物，穿支配者民族的衣著，並且對自己母族的血液、語言、生活習慣和文化，充滿了自卑，甚至怨毒的情緒。如果我們回顧日本支配下「滿洲」、「南京政府」和台灣的文獻，我們可以找到一些被征服者和知識分子瘋狂歌頌支配者，對自己民族懷抱著深切的種族自卑，對自己民族的文化和傳統，加以酷似於支配者口氣的惡罵。

這樣的少數一些人和知識分子，自然受到民族的卑視。在大陸，他們是「狗腿子」、「漢奸」；在台灣，他們正是介於「兩腳」的台灣人和「四腳仔」（日本統治者）之間的，「非人非獸的怪物」，即所說的「三腳仔」。

「三腳仔」最明白的，約定俗成的意義，就是「漢奸」。以「三腳仔」精神，概括台灣文學精神的一般，即使是一個真正的三腳仔，怕也不便，不敢出口的，何況張先生呢？因此，張先生筆下的「三腳仔」，應當有他的定義。我於是找到了張先生下面的一段話：

二、「介於皇民和漢民的中間人種」

渡台後的漢族先祖們，一方面和原住民高山族相共存，但是在嗣後半個世紀中，在北方受西班牙人，在南方則受荷蘭人的榨取。鄭成功攻台成功，但僅在二十數年明鄭政治之後，台灣收入清王朝的版圖。日清戰後，台灣割日，其後直至二次大戰終結的五十年零四個月中，產生了介乎大和「皇民」與中華「漢民」的中間人種「三腳仔」。

台灣有史四百年間，作為漢民族之一支流的台灣人，不斷地被逼到夾在異民族的統治和同民族間的對立的情況。為了偷生而百般隱忍，甘於做三腳的怪物，既無蜂起反抗的勇氣，又不甘於當「狗」當「豬」，受役於人。三腳人便愈益苦惱了。

殖民地體制，和歷史上一切壓迫的、榨取的體制一樣，是一種巨大的破壞性結構。它不僅傷害了被支配和榨取者的生命、身體、社會、文化，也傷害了被支配者的道德和心靈。還必須特別指出的是：當施暴者施暴於人的一刻，施暴者便比誰都先在道德和靈魂上墮入暗黑的深淵。從而，作為施暴者的鷹犬的「三腳仔」族，也成為被支配者、被施暴者民族的巨大的傷口。日本殖民政治已隨歷史流逝。現在回顧起來，可以有這樣的理解：三腳仔，當一切他們破廉恥、兇殘的惡跡已成過去，仍然是日本殖民主義的受害者。因此，我決無意，也不忍心在這個時候，對可能大部分尚苟活甚至活躍於台灣生活的過去的「三腳仔」族，施以嚴厲的指責——因為，只要良心尚存，他們的苟活，已是漫長而無從假借的懲罰了。但是，針對張先生的「三腳論」，我還要指出這幾點：

(一)所謂「三腳仔」，不是「沒有蜂起反抗」支配殖民的「勇氣」，而是不但根本沒有反抗的意念，他們認同於殖民者，挖盡心血依照殖民者的形象改造自己，詛咒、怨嘆自己身上流的「下等」的自己民族的血液，而不是統治民族的「高貴」的血液。以自己民族的文化、風俗習慣為恥。在日據時代台灣抵抗文學中常常受到嘲笑的人物，是那些說必甃腳的日語，穿必和服，食必「味噌湯」的人，這正是所說的「三腳仔」。他們決不是不甘為「狗」（日本人），正相反，他們是拋卻一切廉恥想要當「狗」的人。

（二）張先生似乎想要在「台灣史的四百年」中，尋找這樣一種人：反對異民族的統治，也厭惡「同民族對立」的，既不認同於殖民者民族，又恥於承認自己和落後的同胞之間的關係的第三種「人種」。從而，張先生引喻失當地把這第三個「人種」名之為「台灣人」，即「三腳仔」！

十九世紀發展出來的帝國主義，以無限制的貪欲和殘暴攫取殖民地，其目的在掠奪資本主義商品生產的豐富原料，榨取殖民地的勞動，並以廣大殖民地為無防衛的、馴服的傾銷市場。欲達到此目的，殖民地的資本主義改造——設學校以提高勞力品質；設交通以利原料之吸收及商品之傾銷；立現代法律以利殖民地文官統治並因應殖民地資本經濟之合理化；改良農業以適合「農業殖民地、工業母國」之殖民經濟圈結構，發展醫學——尤其是所謂「熱帶醫學」，以利保障健康的殖民地勞力，並使殖民者免於落後殖民地疫病的侵擾——以文明教化澤被蠻夷之名，進行殖民地的建設。特別在教育一項中，無不揄揚殖民母國文明之發達，促成殖民地人民心靈的殖民母國化（例如日治時代台灣和「滿洲」的「改姓名」、「皇民化」）為重要的教育目的，從心靈上消弭殖民地人民的反抗。

在這樣的教化之下，受到殖民者教育的殖民地知識分子，便分成兩種。其一，對殖民者的進步和文明、高尚，產生無限的崇拜，相對地對自己民族的落後和卑下，產生極深的厭惡。於是他一味要按著統治者的形象改造自己，努力斷絕和自己民族的各種關係，並在思想、感情、心靈上認同於統治者民族。其二，殖民者的教育使他開眼，使他更能認識到瀕於滅絕的自己民族的悲慘命運，洞識殖民體制的榨取結構，從而走上反抗的道路，以尋求自己民族的解放。第一種知識分子，可以說是「三腳」知識分子，厭惡自己民族則有之，反抗異族則絕無；第二種知識分子有強烈的民族主義情感，他對統治者反抗，而這反抗正是以對自己的民族堅定的認同為基礎。因此，張先生所設定的既反抗異族的統治，又不屑認同自己民族的第三種人種，現實上是不存在的。而以這第三種人種自居的人，往往其對自己民族的憎惡是真，其對統治的異民族之批評或反抗則是假的。例如，在近十幾年中，在北美和日本有這理論：台灣四百年史，是台灣人在西班牙、荷蘭、英國、日本和中國殖民者統治的歷史，因此台灣應該從中國分離出來，走自己的路。說這話的人，反華的意識是真，但反西方殖民主義一點，就其運動和東西帝國主義關係之密切言，是欺罔之詞。

(三)有一種台灣史論，動輒以台灣的歷史性格為言。從殖民制度的歷史，從帝國主義發展史來看，台灣的歷史，和一切亞洲、非洲、中南美洲這個幅員廣大、歷史古老的殖民地，其實並沒什麼「獨特」之處。西班牙占領北台灣、荷蘭占領南台灣，以至於英國、法國和日本在十九世紀帝國主義瘋狂鯨吞包括台灣在內的東方的時代，整個中國、近東、中南半島、非洲和中南美洲，都遭到同樣的命運。帝國主義發展的基本上的共通性——一國資本主義向國際資本主義發展；資本的擴大再生產要求在落後國家開商埠，甚至占領別人的領土，進行經濟的、社會的、政治的干涉等等，使日本帝國主義下的台灣，和列強帝國主義下的中國、安南、印度、非洲、朝鮮、近東、中亞，遭受同樣的命運。殖民地台灣的歷史，在世界殖民地歷史的背景中，失去了它所謂「曲折迂迴」的、「孤獨」的歷史特點，反而彰顯了帝國主義。殖民地歷史中，被壓迫民族的共性。台灣人民反抗帝國主義的歷史性格，不但和中國人民反抗帝國主義的歷史性格有深刻的同一性，也成了全世界被壓迫民族抵抗帝國主義歷史中的一個篇章。

談到「同族間的對立」，古老亞洲民族漫長的、停滯的歷史中，循環不斷的農民蜂起和相應的王朝更迭，是一個共通的歷史樣相，談不上有什麼「孤獨」的「特性」。滿清領台時期的民間反亂，只是這古老的農民蜂起加上種族(而非現代意義的民族)意識的口號罷了。另外有一種「同族間的對立」，則大約是殖民地時代被異族統治的台灣人民和一小撮「三腳仔」——台人警察、壯丁團長、保甲長之間的對立了。而這種「對立」，也同樣普遍存在於一切殖民地體制之中。

三、抵抗——使奴隸提升為人

張先生說：

……為了偷生而百般隱忍，甘於做三腳的怪物，既無蜂起反抗的勇氣，又不甘於當「狗」當「豬」，受役於人，三腳人便愈益苦惱了。

如果以這三腳人的畫像，來界定「五十年零四個月」日本帝國主義統治下的台灣人（即張先生認識中有別於「大和『皇民』和中華『漢民』」的「台灣人」！），毋寧是一種極大的侮辱。從武力反抗到非武力反抗，五十餘年的日本統治下，台灣發生過多少壯烈的抵抗，這是治台灣文學史從而治台灣史的張先生，所不應該不認識的。正是從張先生辛勞而可敬的研究工作中，使戰後一代的台灣知識分子得以重新認識到日據時代下台灣文學的寶貴遺產，即先行代日政下台灣文學家如何在巨大的日本帝國主義暴力之下，發出英勇的抗議，對異族殖民者和台灣的三腳仔大加撻伐；如何在被壓迫的生活中，懷抱著磅礡的歷史格局。這些主題，也應該是研究日本統治時期台灣文學的張先生所熟悉的。以「為了偷生百般隱忍」、「無蜂起反抗的勇氣」、「為了取得配給物資」而「改姓名」、組成「國語家庭」的「三腳仔」精神，概括一切的台灣文學，簡直是睜著眼睛誣衊先賢了。

在日本侵略戰爭體制下，在當時所謂的「決戰下」的「台灣文學」中；在日本帝國主義侵略結構下組織起來的「大東亞文學者奉公」中，確確實實地，和所謂「滿洲」的漢奸文學家們一樣，台灣也出現過這種三腳文學家，和他們的三腳作品（我不忍在此列出人和作品的名字，因為我有這樣的認識：他們也和其他受壓迫的同胞一樣，是日本帝國主義的受害者）。但是，這些作品，卻使有良心的日本人——例如以研究殖民地文學著名的尾崎秀樹，都不能不在認識到日本人為第一個施暴者的基礎上，以沉痛的心情加以批判的。張先生當然更不能以這種文學者和他們的作品為台灣文學的傳統了。在〈苦〉文中，張先生並沒有引用這些人名，便是一個好的證明。

「偷生」、「隱忍」、不敢向組織性的暴力和壓迫說「不！」的人生，是奴隸的人生；「偷生」、「隱忍」、不敢向組織性的暴力和壓迫說「不！」的哲學，是奴隸的哲學。放眼世界偉大的文學中，最基本的精神，是使人從物質的、身體的、心靈的奴隸狀態中解放的精神。

不論那奴役的力量是罪、是欲望、是黑暗、沉淪的心靈；是社會、經濟、政治的力量，還是帝國主義這個組織性的暴力，對於使人奴隸化的諸力量的抵抗，才是偉大的文學之所以吸引了幾千年來千萬人心的光明的火炬。因為抵抗不但使奴隸成為人，也使奴役別人而淪為野獸的成為人。張先生花費了巨大的心力，為戰後世代把日治時代偉大的台灣抵抗作家們的作品，從塵封中整理了出來，而使戰後的世代感銘不已的，不是奴隸的「三腳仔」的人生和哲學，正相反，是在抵抗中使奴隸提升為人的光明的形象。抵抗使奴隸成為巨人，使日本帝國主義者渺小若草芥。

日據時代台灣文學中的反日本帝國主義精神，有一個明白的基礎，那就是以中國祖國為認同主體的民族主義。離開這個民族主義，是無從理解日治下台灣文學的抵抗精神的。從前，迷信的、封建的農民抗日運動，一直到近代的、民族主義的抗日運動，都在這個祖國意識的基礎上展開。這是一切殖民地政治的、文化的抵抗運動中的共同特質。在中國、朝鮮，以及一切殖民地，從帝國主義的轄制中求得祖國的獨立、民族的解放，成了各受壓迫民族共同的悲願，也成為殖民地文學共通的主題所在。在日據時代的台灣，從來沒有介於「大和『皇民』」和中華『漢民』」的「中間」的文學。只有以漢民族的立場尋求民族解放的、反對日本帝國主義的民族主義文學，而在它的對立面，也只有一味想洗清殖民地人「卑賤」的血液、一心一意要改造自己為皇民的「大東亞文學者」們或「決戰台灣文學」的「文學家」們的，真正的「三腳仔」文學。

四、思想的荒蕪

在「三腳仔」台灣的史觀下，對於戰後一代的台灣文學家，張先生不能不有這樣的看法：

不久，由於中國的內戰，大量的大陸人到了台灣。從而，完全接受了中國語言教育的新生代作家，加速了他們從幼蟲的三腳仔蛻變成為成蟲的三腳仔。然而，這蛻變也徒然使他們從苦悶的小溪游向苦悶的大海罷了。

在這成長的過程中，因韓戰而使美軍進駐台灣，從戰敗中復興的日本資本對台灣的滲透，使台灣獲致社會的安定和繁榮……。

在張先生所羅列的一些戰後世代的台灣省籍文學家名單中，依張先生引用的先後序，有這些名字：鄭清文、林鍾隆、張彥勳、李喬、江上、七等生、鍾鐵民、楊青矗、王拓、洪醒夫、宋澤萊、黃春明、陳映真、歐陽子、陳若曦、趙天儀。這些文藝工作者同人的大部分，我雖熟悉，但未必深知。然而，我卻極端懷疑：在這些作家中，究竟有幾個真正懷抱著「介於大和皇族和中華漢族之間」的「三腳仔」意識（至於這些作家之中絕無一人懷抱著意味著漢奸的「三腳仔」

意識，我是絕對敢於肯定的）。

把台灣的安定和繁榮，歸功於美軍駐台、日本資本對台的滲透（儘管張先生也說台灣民眾為這樣的繁榮「付出了代價」，但確實是什麼樣的「代價」，卻未曾言及），這是什麼樣的歷史哲學、什麼樣的政治經濟學觀點，而又出於我素所敬重的張先生之筆，實在令人費解。對日本「大東亞共榮圈」、「決戰體制」的歷史經驗餘悸猶鮮的東亞各民族，和對二次戰後體驗了美國霸權和跨國經濟體制的支配的東亞各國的愛國知識分子，長年來對美、日兩國在戰後世界各地「美軍進駐」和「資本滲透」問題，從不同的視角加以痛烈批判的時代，張先生的議論之輕率，令人扼腕。日人尾崎秀樹於回顧在日本帝國主義淫威下的台灣皇民文學時，讀到一小撮台灣作家說：身體中流的既然是無可如何的支那人的血，只有追求與大和民族之「精神的系譜」這一類空疏的「文學」時，沉痛地說道：

對於這樣的精神上的荒蕪，戰後的台灣民眾曾否以怒目回顧？而日本人又曾否懷抱著自咎去凝視過這一切？只要逃避了嚴酷的試煉，戰時的這精神的荒蕪，也會延伸到今日的。

——尾崎秀樹，〈決戰下的台灣文學〉

那麼，張良澤先生的三腳仔台灣文學論，應該說是一種思想的荒蕪罷。這使筆者感到無限的心的疼痛和悲哀。正如後世之人從賴和、楊逵等抵抗日本帝國主義的台灣作家的存在，看出一小撮「大東亞文學」派和「決戰」派文學家們精神的荒蕪一樣，黃春明在〈莎喲娜啦，再見〉、王禎和在〈小林來台北〉、宋澤萊在〈糜城之喪〉……等所表現的中國民族主義意識，照見了張良澤先生和一些文學思想界在這個歷史時代中所表現的思考的空疏、荒蕪和墮落。而這，與其說是有關張先生的悲哀，毋寧說是一種時代的哀愁罷。

日政下「決戰」派和「大東亞文學者」派的喧嘩和可憫的鬧劇，受到公正的歷史的批判而消失。人和包含了加害者與被害者在內的奴隸，乍見都是歷史的產物。然而個人對於歷史的主觀的把握與理解，並以這理解為礎石的人生的實踐，分開了人和奴隸——奴隸經由抵抗而為人；人經由加害於人而成為另一種奴隸。這是不能不令人悚然而驚的法則。至於把《臺灣文藝》雜誌的作家立為一系，加以過大的評價，把陳映真、歐陽子、陳若曦這些省籍作家列為表現「中國人（即大陸人——作者）知識分子的苦悶和鄉愁」的一派，都是「三腳仔」文學論派生下來的小之又小的餘事了。

據說，在一九六三年，岸信介曾說過這樣的話：

就歷史和種族，台灣和大陸均不同……為什麼台灣人喜歡日本人，不像韓國人那樣反對日本？這是因為我們在台灣有較好的殖民政策之故。他們易於被統治，因為他們沒有很強的民族主義的傳統，因此他們比韓國人溫和。

——王杏慶，〈帝國主義與台灣獨立運動〉，《時報雜誌》第二十六期

戰後世代的台灣文學家，對於這段話，是應該憤怒呢，還是應該流淚？「台灣與大陸不同」，台灣人「沒有很強的民族主義的傳統」之說，是對於本省人最放膽的侮辱和對台灣抗日歷史最無恥的謊言。但，細細一想，這豈不是張先生台灣人三腳仔論的日本版本嗎？日本帝國主義者的精神的荒蕪，如何可因逃避了嚴正的批判，而延伸到戰後的今日，尾崎秀樹氏的預見，不幸言中。張先生以台灣人的身分，在日本從事台灣文學的整理與研究，以他在〈苦〉文中所表現的思考上的荒蕪與空疏，對於日本帝國主義者若岸信介之流的精神的荒蕪，會有什麼樣的影響，難道還不明顯嗎？

我巴不得我對於張先生的論文〈苦悶的台灣文學〉做了完全錯誤的理解。若然，我渴望張先生的駁正。若不然，我以最誠懇的心情，促請張先生認真地做一次反省，不要再錯下去了。遙念流放中的張先生，我祝福他有新的了悟，成為在台灣的中國文學最好的詮釋者和代表者[2]。

初刊一九八〇年十一月四季出版事業有限公司《帝國主義與台灣獨立運動》（南方朔著）、署名金耕

收入一九八四年九月遠景出版社《孤兒的歷史·歷史的孤兒》，一九八八年五月人間出版社《陳映真作品集11·中國結》

1 本篇收入一九八八年人間版時，文末載明發表於一九八一年二月二十二日《中國時報·人間副刊》，但查當日報紙並無此文，且收入南方朔所著《帝國主義與台灣獨立運動》（四季，一九八〇）的出版時日較《中國時報·人間副刊》更前，收入遠景版《孤兒的歷史·歷史的孤兒》時，文末亦載明出處為《帝國主義與台灣獨立運動》一書，故本文以四季版作初刊版，並參酌人間版校訂。

2 「代表者」，人間版為「研究者」。

試論施善繼的詩[1]

一、無面貌的城市氣質

施善繼生在富於台灣古文化的鹿港。但在他的作品中，卻沒有例如反映在施叔青、李昂姊妹的小說中的那種鹿港古老的神秘、頹傷和輕度的瘋狂。正好相反，尤其在施善繼現代主義時期的作品中，徹頭徹尾地表現了無面貌的現代都市的氣質。這是自有原因的。

施善繼的祖父一代，是鹿港埔頭街仔的地主兼商人。「我還記得祖父開一家雜貨鋪，賣米、賣鹽，日常雜貨之外，應該也賣菸賣酒。」施善繼回憶著說：「店裡有一個長而巨大的、發著烏亮光澤的錢櫃，買賣收進來的錢，就往那櫃面的洞眼裡塞。它簡直像一具巨大無比的撲滿，橫在店裡。」

台灣光復前不久，施善繼的父親一代，遷出了鹿港，開始了城市民生活。二次大戰末期，懷著施善繼的父母疏散回到鹿港故鄉，施善繼便在故鄉誕生，並且在那兒度過了他的幼年時代。及至到了入小學的年紀，他們的一家，又遷到台北。他的父親是一個謹慎、正直、認真而自有尊嚴和識見的公務員。而施善繼在學業完成之後，也成了領取官俸的工程人員。這兩代漫長的公務員城市民的生活，恐怕是施善繼作品中所表現的城市民氣質的重要根源，當然也說明了只度過曚昧的幼年時代的鹿港，始終未在施善繼作品中成為一種主調出現在作品中的緣由罷。

自小聰敏過人的施善繼，從小學時代，就在課業上表現了他的才智。在中學時代，他成為校刊的投稿人。並且在長姊的愛護下，有了一點零用錢買一些雪萊、拜倫、朗斐羅的譯本，一個人耽讀起來。

在那個時代，也不知有多少文學的青少年，先從坊間的英國浪漫主義詩人開始接近詩，然後開始移目於當時台灣的名詩人。「當時，正是余光中的詩名正盛的時候。我不但找到余光中的詩——例如他的《萬聖節》——而且還認真、虔誠地啃啊，」施善繼說。就在那時，即民國五十二年頃，當時的《徵信新聞報》的社會版上，報導了台北著名的街頭詩人周夢蝶的故事。「我於是才知道：周夢蝶那兒有最齊全的現代詩刊物和一些前衛文學和藝術雜誌，」施善繼回憶說。他從此成了周夢蝶書攤上的常客，也在那兒買了不少現代詩人的作品和雜誌。這時候的少年的施善繼，像其他許許多多寫詩的文學青年一樣，從半生不熟的英國浪漫主義的詩，越過中國五四以降至四〇年代的新詩傳統的斷層，宿命地被台北的「超現實主義」現代詩所吸收。

民國五十三年，中國文藝協會在台北主催了一個為期長達半年，規模龐大的「文藝研究班」。「詩組的主任是紀弦，指導老師是瘂弦和鄭愁予。」施善繼說：「瘂弦和鄭愁予，當時真可以說是現代詩國中兩顆熠熠的明星咧。」為了「目睹這些名詩人的丰采」，施善繼參加了研究班。「除了瘂弦和鄭愁予，常有當時已經成名的詩人如洛夫、羅門這些人到課堂上做特別指導。」施善繼說：「當時的學員，沒有一個不是懷著虔誠、感激的心受教的，而其影響之大，便可以想見了。」

以「優異」的成績從「文藝研究班」結了業之後，施善繼比以往任何時候更刻苦、認真地讀台灣現代詩大師們的作品，也模仿著寫詩。在一九六〇年代下半，正是台灣在詩、音樂、繪畫各方面的現代主義的全盛時代。《劇場》雜誌、《前衛》雜誌、抽象畫展、現代藝術季、《文學季刊》和《現代文學》……匯合起來形成一股在文藝上極力追求「新」和「現代」的風潮。這股「莫之能禦」的潮流，甚至漂洋過海，使當時在馬祖前線的碉堡中服役的施善繼，也「成天耽讀著卡夫卡、卡繆的譯本，沉浸在自己醞釀的孤獨、荒疏、索漠和晦澀的『現代感』之中，寫著一首又一首沒有人看得懂的詩寄回台灣……」施善繼笑著、喟嘆似地說。

二、一個晦澀的過程

回憶做現代派超現實主義的學生的時代，施善繼說：「那時候，比較明顯地影響了我的詩人，有余光中、瘂弦、鄭愁予和洛夫這些人。在當時，真是態度嚴肅、認真、熱情。我研讀他們的詩、他們的詩論，創作時滿腦子全是這些當時我奉為大師所設的框框架架。」

問題是：那時候和施善繼同一代或者前後代的詩青年，誰又不是呢？頂多是在他們嚮往的「大師」的名單中，更換一個林亨泰、錦連、白萩等不同的名字罷了。

當問及遷徙於鹿港和台北，以及台北市裡的這一個和那一個地區的、受家人殷殷期待、苦學於台北師範的姊姊為了供弟弟求取更完整的教育，為了兒子的教育變賣田產，過著半生清苦的公教人員生活的父親，和少年時代的個人的憂悒、不成熟的哲思、如何表現在他這些過分早熟的現代詩中時，施善繼苦笑起來。「沒有一首表現了這些，你瞧，」他說道：「一九七二年，我遇見當時因狠狠批評了現代詩而著名的一位朋友。他訪問過當時我在三重的局促的家。他問我：為什麼你的詩中看不見你自己和周遭的生活？」

一方面是清苦卻不失正直和清廉的城市公務員生活，一方面卻是無秩序的、荒蕪的、與生活毫不相涉的現代詩的世界。「既是人，就不能沒有他自己的苦悶、各種情緒和感情。」施善繼說：「但是，現代詩極為專斷地告訴我們：詩只有一種表現的方法、形式和語言。除此以外，再沒有別的詩語言和形式。」

從意識中自動或有意擠壓、釀造出來的一字、一詞，在蕪雜的情況、動機、誘因中閃現在腦中最原始的思惟——把它們捕捉起來，安裝在當時幾位現代詩壇中的名人所創造出來的框框裡。這就是當時施善繼——和其他許多年輕的詩青年們的工作。

「回想起來，在那時，引動你寫詩的，不是一個清楚的、有開始、過程和結尾的事件；也不是一件事理明晰的事物。詩人只為了一種模糊的感受、一種『調調兒』、一種情緒去寫。從頭到尾，都是一個晦澀的過程。」施善繼說。儘管這樣，施善繼早早地在他很年輕的時代，在《藍星》、在《文星》、在《現代文學》發表了他的作品。這對於當時泅泳於台北現代詩之潮流中，力爭上游的無數青年裡，已算是令人矚目的「成就」。也就在這個時期，他和瘂弦、洛夫有了更進一步的友情。他的詩，也頗為當時台北超現實主義詩的重鎮《創世紀》所「推許」。十幾年以後的今日，在回想中，施善繼對於瘂弦、洛夫和商禽這些朋友，仍懷著一份個人溫暖的感念。「作為朋友，他們都是善良、熱情、體貼的朋友。他們給予我許多熱心的教導。儘管今日我詩風已變，但這並不影響我對他們的友情的繫念。而且，我還相信，」施善繼說：「在學做現代詩時他們所給予我在技巧、文字上的教育，在今日或未來，對我也絕不全然是無用的。現代詩在台灣的興起，正如它的衰落一樣，總也有它的道理。我贊成不能全由這些『大師』們負責。因為，畢竟我同他們生活過，了解他們的心情。」

三、《傘季》

民國五十八年，施善繼出版了他的頭一本詩集《傘季》，收集了一九六四到六九年間的他的作品。為了回頭研究一個現代詩人以怎樣的過程寫成一首詩，施善繼舉出他的一首題為〈消息〉的散文詩。它是這樣寫的：

菲莉莎，五月時，你攜一卷紀德與棕櫚來此。你靜靜的絲帕，告訴我，你悄悄的驚喜，（不為什麼），小小的耳語，（不為什麼），著一襲純白格子的消息。你烏亮的雙瞳繫不盡昨日，昨日的甜蜜。迴旋著，那一裙你自己的圓舞。

沙拉沙特那支歌裡，沒有說你流浪了多久？而你在那樣子的南方，風的椰樹，雨的芭蕉。尋不出病蟲害的果園，一枚菓子，你蘊藏各式季候的渴想。

復活節剛過，在一景琉璃的山色裡，遊艇與湖水停泊。純樸的短髮，當風信來訪，盪漾著輕暢的溫柔，你的步履，便在亂石堆中隱沒。你懸掛十八個A小調，在我無韻的牧場。一點點陽光的，這日子，你在雲層，唉，鄉音就此靜寂。你在我的上頭，而那是蕭邦的月臺。小街溼溼，星子們今晚一定更加憂傷。

據作者說，這是送給當時戀愛著的、來自菲律賓的一位少女華僑的一系列情詩之中，比較易懂的一首。菲莉莎，顯然是少女的名字。「五月」，是兩人初遇的月分。紀德是作者當時正在耽讀著的作家。「棕櫚」和紀德有關，也和菲莉莎寄居的南國有關。「絲帕」、「驚喜」、「耳語」，都是年輕的戀人初見的喜悅。「純白格子」，是她當時的衣裳，「圓舞」則與彼女的圓裙有關。沙拉沙特，是流行於當時前衛文學青年中的〈流淚者之歌〉一曲的作者。流浪，經過了美化，使一個華僑少女來台的遊歷，也成了「流浪」。「風的椰樹，雨的芭蕉」，是「蕉風、椰雨」這個套語的扭轉。「尋不出病蟲害的果園」，是比喻菲莉莎家道之豐裕，不知人世波折與艱苦。第三段寫二人遊於石門水庫。「十八個A小調」云云，和作者當時沉迷古典音樂有關。第四段寫菲莉莎遊罷回僑地。「雲層」，喻彼女在飛機上。「鄉音」，指菲莉莎操沉重閩南祖鄉口音，與鹿港口音極近，而濃重猶有過之。

像這樣，詩人由許許多多閃爍不定的意象語詞，圍繞著心中曚昧的主題，以似是而非的語構，寫成作品。至若何以，以及如何「絲帕」能「告訴」「我」你的「驚喜」，詩人是不管的。至於「白格子」和「消息」的關係，「烏亮的雙瞳」如何「繫不盡」「甜蜜」，詩人是不必說明的。可以看見，現代詩只在表現一種氣氛、一種「味道」，一種「調調兒」罷。然則，這樣一首基本上十分稚幼的浪漫主義情懷，換成一首「野風」式的口語詩，恐怕會把少年戀情中那一份歡悅、迷惘、崇拜和感傷表達得更好，更清楚，更引人共鳴。

四、形式主義的創作和批評

然而，現代詩所追求和表達的，的確不是一個完整的意義。它所追求並表達的，是把字、片語和句子，以及標點拿來拼湊、把玩，得到刻意或者漫不經心的效果。當時已極負盛名的余光中，為《傘季》寫了萬言的評介。現在讀來，他的態度誠懇，用意也嚴肅。對於施善繼這樣的句子——

那時　在拿坡里

在珊塔露淒亞港灣
傍晚　在藍波深處
漁人已歸自海上
他的故里
　蓉蓉

余光中說，「純就意象而言」是「夠圓熟的」。對於這樣的句子——

背後曳著變換的風景，我們溶解在無纖維的南方

余光中說是「很有靈感的筆觸」。而對於這樣的一段——

我們已抵達盛裝以前
馬與車都仍在熟睡
那湖夢可任意漂遊或者棲息

我們划著一個島嶼
在月與夜的中央
水草與青蛙忘憂的岸上

余光中評為「流暢、樸素、自然」。當然，余光中也有更多批評施善繼的地方。說施善繼的若干詩句中，有誰人的影子，是說詩句還缺少原創性；說施善繼濫用「們」以表示名詞之多數，會使讀者「不悅」且「累贅不美」；說施善繼某一段詩「意象雖繁多，卻互不相涉，未能交織成一個可感的現實。如果說，這就是超現實，那也只能視為一種不成功的企圖。第二，語言不夠和諧，主要的原因是，不必要的文言語法太多，而這類語法與詞彙和口語之間，又顯得格格不入……令人難以卒讀……。」

像這樣只問「意象」的「圓熟」與否；只問「筆觸」是否閃耀著「靈感」；只問一詞、一句讓讀者覺得悅與不悅，美與不美；只問意象間的關係；只問超現實是否超得成功；只問語言夠不夠「和諧」……要之，都是形式主義的批評。至於一首詩的思想、意義；一首詩反映了在台灣的中國人生活中的什麼樣的現實？一首詩內部思想的統一性，是批評者所不關心的。同樣，一直到民國六十一年，幾乎沒有一個詩評家指出現代詩為追求奇詭而單獨地看來有點美麗、動人的片語、斷句，而荒廢了漢語傳統的語構的危機；也沒有一位批評者指出現代詩中看不見中國文學堅實而活生生的傳統，找不到一個民族整體性的、充滿著活鮮的歷史的整體性的體驗。直到最近，對白萩的一首題為〈Arm Chair〉的詩——

它的雙手慣性的張開
在空大而幽深的屋子裡，因斜光
而顯得注目，面對著前端
黑夜之中似有某物
躍來

這蹲立的姿態，堅定，像
捕手待球於暮靄蒼蒼的球場
彷彿一個意志，赤裸地
等待轟馳而來的星球撞擊

生命因孤寂而沉默，在大地之上
悄無聲息的一軀體——
而它把它的堅強用本身的形象
化為一句閃光的言語，
靜靜的立在那裡。

有導讀師做這樣的詮解：

在首段，導讀師為作者何以用英文Arm Chair而不用中文作題目，做了一番辯說。在第二段，說明了所謂「全知有限」觀點的敘述技巧，證明作者採取了Arm Chair的觀點，即椅子的擬人化的觀點來敘述。第三段說明由Arm Chair而擬化為棒球賽中的捕手之意，並說明「捕手是有耐心的，有堅強意志」地等待「星球的撞擊」。第四段說明本詩不在於「客觀呈現事物的物性」，而在表現「堅定」的「意志」。搖椅的抽象意義，是「孤寂而沉默」的「生命」，它在黑暗中「化為一句閃光的言語」。最後說，作者「把道德意義投射」到詩中，有說教的性質。強詞的晦澀與奪理的導讀，是有它一定的相互關係的，於此更得一證了。

「那時候，一直到今天，寫的人只在意象語、密度、張力、句子和思想的跳躍裡動腦筋，評的人也只在意象語、密度、張力、句子和思想的跳躍去找問題，談問題。」施善繼說：「雖然我知道：有人早在一九五九年就開始批評現代詩，但是一般而言，一直到民國六十一年，幾乎沒有人對現代詩提出過根本性的疑問和批評。」

五、關傑明的三篇文章

一九七〇年，以留美中國學生為骨幹，爆發了一場保衛釣魚台的愛國運動。這個運動，使在第二次戰後二十餘年間在台灣和大陸以外廣泛海外地區中，比較安逸、舒適的條件下成長起來的年輕一代中國知識分子，掀起了一股真實的——而不僅僅是從中國現代史的書本感染而來的民族熱潮。他們開始把眼光從自己的學業、職業前途和個人出路移開，去瞭望整個中國社會、民族和國家的問題。這個運動，在台灣也產生了一定的反響。《中華雜誌》、《大學雜誌》，都發表了幾些具有思想史意義的文章，後者並召開了「民族主義座談會」，對於以後的年輕智識界的發展，有顯著的影響。但在文學上，除了《文季》季刊，發表過幾篇富於批判精神的文章，一般地在詩、繪畫和音樂的分野，仍然是一片寂靜。

一九七二年，關傑明，一位香港出身，留學英國，當時在新加坡大學英文系執教的教授，前後在台灣發表了三篇批評現代詩的文章。這三篇文章是：〈中國現代詩人的困境〉、〈中國現代詩的幻境〉和〈再談中國「現代詩」——一個身分與焦距共同喪失的例證〉，引發了一場批判台灣現代詩的論戰。

〈中國現代詩人的困境〉指出：目前台灣的現代詩人完全拋棄了中國詩文學的傳統，只是一味求「新」。一個認真的中國詩人，絕不可忽視自己民族的詩傳統。他一方面不能只單純地回到古老的傳統，也不能只一味地西化。然而中國的新文學與西方文學又已有牢不可破的關係。這是中國文學作家的兩難的困境。中國新詩，固然應創造它的傳統，但這傳統必須與中國文學的大傳統有所承合。

在這篇論文中，作者指責了台灣現代派詩人只急著割斷自己的傳統，以「世界性」、和「國際性」為言，但其實只是想一味西化。作者並引用了台灣現代派詩人引為神明的艾略特的一段話，說明「沒有其他的藝術比詩更富於民族性」；也引用了葉慈所言「詩人應在自己民族的獨特傳統中尋找豐富的寫作素材」的話。他甚至有這樣的論斷：「由社會批評的觀點看來……(現代詩)是『文學殖民地』的產品；由美學的觀點看來，它只是一批人事先商量好一起玩的一套文學上的障眼法」，並說，惡質西化了的現代詩是「……本身的道德力量漸漸鬆陷，在智能方面的努力只帶進了一條死胡同，而且越來越是只為反抗傳統的約束而傾向外來影響的社會產物。」

在〈中國現代詩的幻境〉中，關傑明指出，台灣的現代詩人刻意地、矯揉造作地模仿西方的現代派詩人，以一種「強詞奪理的姿態去掩飾內容的貧乏」。台灣的現代詩人，對於中國語文、文明和生活採取一種不負責任的態度，使經過「父母和學校裡」傳承下來的中國語文的表達方式和思維模式，均不足以理解這些現代詩，從而完全和中國的文學、文明的傳承斷絕了關係。任何人再也難於從現代詩中感到沛然不絕於中國詩文學傳統中「中國精神」感人的迫力。詩的語言，原該與日趨於庸俗乏味的生活中的語言相拮抗的。但是，在台灣現代詩中，不但失去了這個功能，反而和日益都市化、平庸、乏味、倦怠的生活趨於同流。

關傑明的第三篇評論，以〈再談中國「現代詩」〉為題，討論了台灣現代詩人失落詩傳統的歸屬性與在語言上、寫作態度上失去焦點的問題。

關傑明首先論證「民族特點」的喪失，正好是西方現代詩的一個共同的特性。然而，模仿西方現代詩而失去民族風格的台灣現代詩，卻缺少其所以然的內在和外在的、自然發展的要因。台灣現代詩的非中國的特性，來自學舌，模仿，刻意的拋棄傳統，支借和抄襲西方的情感而來。現代詩的晦澀和極端的歧義性，正好證明台灣現代詩人在語言的理解、感受和使用上；在創作的思想、態度、哲學上，一片模糊，失落了焦點，馴至使原本應該使一民族的語言更趨精緻、美麗、準確、明晰的詩人，反而成為漢語本身語言和句構的任恣的破壞者。

關傑明認為所謂詩的傳統，絕不只是詩的形式、格律和其他一些清規戒律，而更是一個詩人心中特殊的歸屬感——對於整個中國的文學世界所已建立起來的複雜而豐富的傳統的歸屬感。在這歸屬之中，古今的心靈得以交會；一切文化、語言、文明和生活都在這歸屬之中獲得了生命。不幸的是，台灣的現代詩人失落——或者有意拋棄了——這種歸屬。

六、「晦澀的不是文學，而是思想」

唐文標對於港台現代詩的批評，在七〇年代台灣現代詩論戰中為最早。〈僵斃的現代詩〉寫在一九七〇年（雖然「遲」到一九七一年才發表）。於今看來，這篇立意「矯」現代詩之「枉」的文章，有不少「過正」的意見。唐文標的真意不但不在全盤否定包括現代詩在內的詩文學，而且是希望批評現代詩的積弊，希望能發展出一條新的詩文學的道路，這個事實，很明顯而熱情地在他以後的論文中表現出來。

在〈詩的沒落〉中，他批評瀰漫在整個現代主義詩中的不面對現實，反而逃避現實的傾向。他不斷地呼籲詩人應該對他自己所處的時代、社會、民族、國家和全世界的現實，張開眼睛。他指責詩人對上述的人類現實條件「絕口不提，轉身妄議無古無今的人類命運。」在文章的最後一段，唐文標說道：

年青的一代，你們生在凌亂狀態的文學世界裡，在你們前面的作者們，他們懦弱，無能，沒有勇氣正視現實，十多年來，一直逃避社會的、逃避國家的責任，實在他們不配生在你們的前面的。他們的作品也不配放在你們的眼前的。那麼只有靠你們自己的了。橫在你們眼前的文學以至世界，是你們的。〔……〕那麼〔……〕，去建立一個活生生的，關連著社會、國家和同時代人，有生命力的新文學、新藝術吧！

在〈什麼時候什麼地方什麼人〉這篇文章裡，唐文標強調詩人應該對他的時代、對整個民族的歷史、對自己所處的具體環境，和對於作為一個人應有的活法，做深刻的思考。最後，他有這樣的結論：現代詩的晦澀，源於現代詩人思考的晦澀。當唐文標說：「晦澀的不是文字，而是思想。」他的真意其實是說台灣現代主義語言晦澀最本質性的原因，在於現代詩人在思考上的貧窮，和精神、心靈的荒蕪。

七、流變

本身是詩人而對現代主義詩提出批評的，是高準。他的〈論中國現代詩的流變與前途方向〉，雖然以「現代詩」概括一切五四以後的白話新詩，但是在台灣，這篇文章是唯一把詩在台灣的流變，與整個中國新詩的衍發合併起來討論的文章。他引用了在台灣一般為難於入手的資料，把台灣的現代主義詩放在整個中國新詩地圖上，加以說明和批評。他不但對於中國新詩傳統有深刻的理解，在創作上，他也是在三十年現代派支配下極少數堅守著中國五四以來新詩傳統從事詩的創作而有優異成就的詩人之一。因此，他能在一個現代派詩人的歷史中分出不同的時期，把不同時期的詩的成就分別起來，給予公平、客觀的評價。論文的末後，高準羅列了現代派的「八病」，並且為將來新詩的再建設，舉出「五點基準」和「三項方針」，於今讀來，對於鼓足了熱情，想要在現代派遺落的廢墟上重建在台灣的中國新詩的朋友們，是一項極具參考和研究價值的論文。

八、「詞意曖昧‧啟人疑竇」

對於七〇年代頭幾年——主要是一九七〇年到七二年間——對港台新詩的批評，台灣現代派詩人的反應，一般而言，是幼稚、意氣用事、傲慢甚至惡毒的。例如：對於關傑明的批評，有的說關的批評是基於讀過英譯台灣現代詩，不能得原詩真境；有的懷疑關的中國語文程度，並說關的文章以英文寫成，有挾洋唬人之嫌；有的說關文的動機，只在「驚世駭俗」；有說關傑明「中文顯然不太懂」，卻「居然不知謙虛地在英文文章裡大談現代詩的語言問題」云云。

當唐文標指責詩人不去正視詩人的時代和歷史所提出的諸問題，對戰爭、社會不公、強國的侵凌……掩面不看時，現代詩人說詩「應該在廣闊的天地活動」；說詩人有寫自己想寫的題材的「自由」；說唐文標的文學觀是一種「教條」；說如果照唐文標的意思寫，會破壞「文學的藝術性」……。事隔十年之後於今讀來，人們應該會想：勸詩人從個人心靈的葛藤移目於生民的苦樂和生活中豐富的現實，不是恰好要使文學在更真實、更能在「廣闊的天地活動」嗎？不正是要詩人爭取無忌憚地寫生活、寫廣大現實的「自由」嗎？不正是要使詩人從現代主義的密宗式的「教條」中解放出來嗎？詩人難道不知道「破壞文學的藝術性」的，恰好是內容日趨於貧困，而形式異形膨脹的現代主義嗎？

一九七四年七月出版的《創世紀》詩刊，有一篇題名為〈請為中國詩壇保留一分純淨〉的社論，典型地表現了他們在智識和文化上的水平和素質。在這社論中，對於唐文標做出這樣粗暴的政治性的攻擊：唐文標是「赤色先鋒隊」，要在台灣散播「唯物史觀」和「普羅文學的毒粉」！而高準也沒有更幸運。他的詩被控「有××××之嫌」，而且「詞意曖昧」、「啟人疑竇」！

九、「我們何忍？」

但是，在另一方面，真誠的反省的聲音，雖然少，卻並不是沒有的。《龍族》詩刊，作為一個同人雜誌，在創作上，看不見因這次批評所引起的新的步伐。但是在一九七三年七月出刊的「龍族評論專號」（從一九七二年底開始籌畫），高上秦所寫的社論性文章〈探索與回顧——寫在「龍族評論專號」前面〉在面對「來自各種……不同方向的批評及檢討之聲」之後，有這些意見：「詩人應該……徹底地自我批評，並接受檢討」；指出向來現代詩壇中一向以為「詩是少數貴族階級的享樂，不應也不能與社會大眾結合」這樣一種態度的錯誤；指出現代詩人應該對「中國的屬性」「再覺悟」，不應一味引頸西盼；要詩人不能捨棄漢語的特性和習慣，民族的生活和文化傳統。高上秦這樣質問詩人：

> 特別是中國。百多年的劫難，帝國主義的侵凌、壓迫、歷史與現實的恥辱、遷徙、流離、創痛至深的百姓小民……我們拿什麼來呵護這塊破碎的大地，這些骨肉親情的同胞？當我們看到溫和良善的中國人民，如何在歷史的重壓下跌倒了，又站了起來；如何默默地流血流汗，不著一語地建設了我們這個民族延續千年的文明時，我們心靈的感受是什麼？

當我們進入瑞芳的煤坑，走過蚵寮的鹽村，面對雲林的海難時，我們又當如何慚愧而又警惕於自己筆底的表現呢？當我們想到：就在同樣的時間裡，僅僅一海之隔，我們還有那麼多流著相同血液的父兄子弟，如何被剝奪盡了個人的尊嚴，如何咬緊牙根，含淚帶恨地卑微以生、卑微以死的時候，我們是不是能隨著人家去嬉戲、去笑鬧、去空無晦澀，甚至去瘋狂荒謬，而且，我們何忍？……

另一個歷史較久的詩刊《笠》，對於這次論戰的態度由於手邊資料不十分充足，無法判斷。就以登在「龍族詩評論專號」上趙天儀的文章〈《笠》往何處去？〉看來，它似乎在說：「發揚鄉土精神、追求現代精神、民族意識的覺醒」，並「為創造中國現代詩更遠大的前程」，是《笠》同人共同的，早已有之的態度。對於所謂超現實傾向的批判，也據說是它早已有之的工作。趙天儀說：「中國現代詩的遠景，是建立在中國的土壤上，以鄉土的根苗為種子，以現實的問題為肥料，來加以培植。」就三十年來台灣詩文學思想的研究上看來，這種認識，是十分值得注意的。然而，同時值得關心的一點是：《笠》，和《龍族》一樣，存在著認識和實踐上的差距。兩個雜誌中來自西方或者經過日本轉運過來的現代主義——個人主義傾向，過分誇大的形式（語言、詞句和句構），對於歷史、生活、和社會的倦怠（即使談得出個別詩人對生活的干涉，也顯得薄弱，模糊不清），某種程度上的晦澀——與高上秦（《龍族》）、趙天儀（《笠》）的宣言之間，有明顯的出入。當然，這出入的程度，《龍族》似乎比《笠》大得多。

就個別的詩人對這次論戰的反應來看，最令後之搜閱文獻的人感動的，是辛鬱的〈談「自覺」〉，刊登在前揭的評論專號上。儘管對於研究這篇文章的意義的人，文章中有些應該是關鍵性的所在，一時不易究明（例如，在「社會功能，是一個詩人對社會動向的認識與社會意識的瞭解，而主動在作品中表現的現實意義」這樣一種說法裡，「認識」「社會動向」，好懂；「瞭解」「社會意識」，特別與上句相對下，就不好懂了。）社會意識，一般指人對於社會性的各種事物——如制度、分配、生產以及在其中的人的情況——的意識（consciousness）而言。它是從生活，從認識上得來。我們只能說一個作家「有沒有」社會意識；或說一個人的某種經歷，或經由閱讀，使他「產生」了「社會意識」，卻不能說一個人可以「瞭解」「社會意識」——除非語者以「社會意識」為「瞭解」者的身外事。例如，上課的時候，老師可以對學生說：「研究某一位詩人，瞭解他的社會意識，極關重要。」類此的陳述，在〈談「自覺」〉中，並不很少。例如：「詩人應該是無數個自我的凝聚中，具備著酵素作用的一個，與其他的自我協力推動時代的巨輪，使之呈現新的意義……。」但是，辛鬱所要表達的意思，依然熱情地、誠懇地、動人而無可誤解地表現了出來。

辛鬱呼籲現代詩人「不應再做鴕鳥狀，發無病之呻吟，嘆一己之憂悒」；「不應該單為了藝術性的完美而刻意雕鐫，在文字上耍花招」。他主張要「讓詩產生一定程度的社會功能」；認為「詩人也是社會人，他必須介入社會，才能使自己的人生有所完成。」如果詩人「只求單一的自我昇華，名之曰『超絕』，則其詩必是貧血的，冷感的擺出一付拒人千里的姿態」。

更令人起敬的，是他坦率而誠懇地做了對自己的批評。他說：

> 二十年，我做了什麼？
>
> 為什麼我寫的許多作品，竟如此概念化的陷在那不知所云的深坑，為什麼我竟不自知的被一種失落的意識迷惑著，寫了那麼多黯淡的、面目模糊的東西？為什麼我竟將意象視為神奇玄妙，只讓自己的作品製造一層煙霧，意義隱退？我的詩是徒具文字的軀殼，沒有血，沒有精神的質素，這還不夠我覺醒嗎？

這是一個勇敢、高尚而對自己充滿著自信與責任感的藝術家的告白。滔滔天下的現代派，在面臨七〇年代新生代的批判時，態度儘管再惡劣、幼稚，辛鬱此文，可使後世之人說：「當時的現代派，還有一個辛鬱！」

十、《龍族》詩刊

就在新詩論戰展開的一九七一年，《龍族》詩刊誕生了。在這重要的年份誕生的這一份新的詩刊，恰好表現了整個台灣詩壇思考上的薄弱性。它一方面熱情洋溢，卻思想貧弱地主張詩的中國作風，但在實際的創作實踐上，不但在幾期《龍族》中找不到一首和中國新文學革命後新詩傳統在形式或者內容上的相關性，而且還大量存在著晦澀的、模仿西方的現代主義作風。它一方面花費了很大的心力和財力，刊行了一期「現代詩評論專號」，卻在這「專號」中，看不見《龍族》同人自己的立場和思想。當然，《龍族》的主要骨幹之一的高上秦，在「專號」上發表了前揭的論文，有思想史上一定的重要意義。但是，就整個「專號」編輯上的思想看來，它是紊亂的；沒有鮮明主張的；各說各話的；和稀泥，甚至於難於逃避鄉愿的批評。《龍族》的「現代詩評論專號」，不是一個新宗派的宣言，而是該時期中有關詩的意見的中性的紀錄集。這種紊亂，其實是一時代詩人在思考上長期而普遍的貧弱的一個準確的反映。

十一、蛻變

作為《龍族》重要成員同人之一的施善繼，有這樣的回憶——

論戰一開始，我認識了在論戰中對現代詩發動凌厲批評的一位朋友。他讀了我前時寫過的一些詩；他到我當時三重市的居所看過我。然後他說：「善繼，我怎麼在你的詩中，一點也看不見你所敘說的童年生活的影子；一點也看不見你生活於其中的三重市的人和市街？」

我聽了他的質問，感到五內俱震。對，為什麼呢？然後他不厭其煩地講，詩要寫得明白，寫生活；詩和小說一樣，要關懷社會、民生，要關心整個民族的去向……就像他當時的論文中所說的一樣……。

於是施善繼停了筆。「糟了，我不住地對自己說：糟了，我怎地噩噩渾渾地在現代派中淌混了這麼久？」施善繼說：「這位朋友還不斷地告訴我：『沒有詩，人照樣活得好好的，』要我放棄寫詩。『寫些別的嘛！』他說。可是除了詩，我偏是什麼也不會寫。」

不能已於不寫詩的施善繼，繼續寫較少的詩，集中在自己的同人雜誌《龍族》上發表。他知道，詩，是非變不可了。可是怎麼變？卻沒有人告訴他。當初他開始寫詩，有個範本，有個當時通行的形式——和內容——他可以依樣抒寫自己的或不是自己的情懷。現在，沒有一個人告訴他，否定了現代主義以後，詩要以什麼形式去表現。「我只知道要寫得明白，要言之有物。但是具體地說，怎麼辦？怎麼寫？卻是茫然的。」施善繼說：「現代派這條路不通了，這我是看見而且相信了。但要往前走，要走哪條路，怎麼個走法，卻找不到一個可以問路的人。」

施善繼在這個轉變的、過渡時代中的困難，是對於新的表達形式的無信心。他私下嘗試著寫，可又怕被人認為這個不被公開接受的寫法，不被承認是「詩」。要怎麼寫，寫成什麼樣才算是詩，長久以來有一個標準：現代派的標準；有一個權威，現代主義的權威。大論戰在理論上打擊了現代派。但是在創作實踐上，它還是個未倒的權威。

在這樣的背景中，施善繼發表在這個階段的作品，一般地說來，是尷尬的、紊亂的。他時而晦澀難讀如昔，又時而清澈易讀；語言平白了；思維有了邏輯；通篇也有了主題的輪廓。但是，不論如何，從一九七一到一九七七年，施善繼堅定地向著一個新的形式和內容蛻變著，他的意志是堅定的，信心也逐漸穩固，態度是異常的認真，而其成績，確實令人喜悅。

在這個時期中，最晦澀的時候，他曾這樣寫：

輝煌的貧苦在挑擔的漢子長駐，他們的茅屋永固。那像是繁衍瘟疫的奇蹟；豬舍芬芳，雞蒔美麗，牛棚感動。婦女和小孩統統在去日根植的粗糙健康，我在相形間慚穢，我形將遠離溪流的表皮開始汙垢。但我的內容因重新入譜，將在木桶的搖湧中，與伙伴齊唱糞便之歌。

但是，毋寧是他的一些轉變中的詩，更引起我們的注目。一九七四年，他發表〈到三貂嶺就下車〉。其中〈南港之一〉，明白地寫著詩人對胡適之的敬意。

過了童年，就是南港了
就是智德兼隆的
胡先生
我們將重新看見
你，轟轟然的昔日
你轟然倒下
在六尺的局促

歷史的詫異
那令人心痛的香杉棺
那心痛的香杉棺
分明是，久遠的哀慟
歷歷不衰
胡先生
你聽不見，我們與你
告別後全部呼吸的韻律
我們的致候
我們的悵惘，若失
你的懷念

如今你在多麼漆黑的窗口
選擇怎樣亮麗的呵護
自地獄那端緩緩暖暖地寄來

這裡又是另一幕春雨了
詩人說彩衣酒旗
彩衣酒旗可曾在你的門前飆飛？

在第一節，說「過了童年，就是南港了」，雖不好懂，但總覺得到南港去的途程上，似乎與詩人的童年有關。這一節的末四句「你轟然倒下／在六尺的局促／歷史的詫異／那令人心痛的香杉棺」明顯有現代派「思維的跳躍」痕跡，尤以末二句為然。除此而外，第一節是易讀、易懂的，情感也還真實。至第二節，尤其是第三節，現代主義但求奇句，不求篇章的影響，立即明顯地呈現出來了。

至於第二部分的〈南港之二——給煥彰〉，晦澀的作風居於領導的地位。但其中也有這樣的，可以懂而且好玩的句子——

如果換一種說法
對你來講
台肥六廠是一座大型的玩具屋
詩人，你每天

騎著玩具腳踏車通過
警衛森嚴的玩具門
打玩具卡，只有時間依然那樣
嚴肅，告訴你
歲月的色澤漸漸深了
不要遲到、早退，你應該準時
在你玩具化驗室化驗
化驗明天的明天的明天
明天的風信雞

直到「……只有時間依然那樣／嚴肅……」在我們讀來，很可能發展成為一種富於童趣、活潑而且微諷的好詩。「歲月……」以後，「現代」的惡習又作，到「風信雞」，簡直現代得俗濫了。但是，從極端的超現實，到現在的依稀有一點眉目、輪廓，是一個極大的距離。這個跨步；於一九七四年，是應當重視的。

第二年，施善繼發表了一首描寫自己的一位同事的詩：〈那麼瘦〉。詩是這樣寫的——

五十八年底，就這樣了
到現在仍然堅持
要
這樣
這麼瘦
挑嘴守信
講原則
愛坐計程車

在熄燈的夜晚和妻小安眠
在因人而異的臥榻上
讓良心隨意睡去
脈搏的跳動像規律的鐘擺
守護神祇也無憂無慮的躺下
讓理想伴著燈籠裡的燭光

暫時懸在門外
在門外
漆黑遙遠不平凡的夢外
照亮那一小段平凡
簡短沒有出口的
死巷

「我們是比較講真理的。」
你說
你常常說
天地常常驟然陰霾
泫然欲泣
不多久，風雨便來了

唉，風雨來了

風雨來了
阿滿嫂她們公司又在裁員了
風雨來了

我們開始懷念陽光
渴望他來照耀
他金閃閃的祝福
那麼寬大
真理，仍顯得那麼弱
小

而你這麼
瘦
你堅持要這樣，和
真理等高

第一段寫得俐落，把友人的神情氣質，乾淨地勾勒下來。二段、三段是不必要的，造作的語言。「唉，風雨來了」以後，接連三段之間，雖然沒有思考和邏輯上的貫聯，但就每一段讀來，也還可讀，並且作者友情的溫暖，迷迷茫茫地把一部分可讀、一大部分晦暗的詩，漫在一起了。而且，在「唉，風雨來了／風雨來了／阿滿嫂她們公司又在裁員了／風雨來了」這一節中，又看見施善繼以後的作品中常見的複句。其實，從一九七五到七六年，施善繼寫的詩，逐步奠定他今日作品之獨特風格的大部分：街名、商品、門牌、車牌、家庭、兒女、工作都不憚其細瑣地寫入詩中，詩句細細密密地延發成篇，瀰漫著典型的市民階級善良、平庸、細緻、穩定的感情。一九七五年，他發表了〈阿福與我〉、〈明天小滿〉。在〈阿福與我〉中，有這些句子——

現在我仍在，想
要不要來點
冰過的啤酒，想
你們要不要回去桃仔園
播田、播稻仔、巡田水，回去
舊厝，把棕蓑穿起來

到田中央去等雨，等久違的
甘霖，等久違的
陽光，等親切的
天公伯仔對你笑笑

從現代主義極端個人主義的世界走出，轉變中的施善繼，開始把眼光從局促的個人心理學的世界向外投射，初則看到胡適，繼則看到他的老是「這麼瘦」的朋友，如今他看到在工地的三個工人同事。他開始看到有「稻仔」、「田水」、「棕簑」、「甘霖」和「陽光」的社會和鄉村，而且就順暢地使用了鄉音的這一節而言，讀來頗令人喜悅。但就整篇來說，還不習慣在一首詩中表現層次，發展分明的思想的施善繼，基本上還只是讓一個句子半自動地帶動另一句子；一個段節半自動地漫延另一個段節這種現代詩的積習，馴至使他的詩依然只能「感」而不能讀，不能理解。

最接近今日施善繼風格的一首，是〈明天小滿〉：

明天小滿
早上我

必須到辦公室
報告課長
我
昨天去貢寮查勘貢寮澳底路的經過

小耕上快樂幼稚園時
外頭在下雨
太太去遠東公證公司上班時
外頭在下雨
我一個人吃稀飯時
外頭在下雨
我向板橋出發時
雨聲暫停
但滯留鋒仍留在我的髮上

我讀著今天的早報

第一版說

斯勒辛格再保證美信守對華承諾

第二版說

中日貿易逆差短期內不可能平衡

第三版說

有家胡不歸

孤魂何日度！

紐約華僑示威

抗議美警打人

附

合眾國際社傳真一幀

上書「打得頭破血流」

第四版說

廣告

一九八〇年十一月

〔……〕

課長出差
只有他玻璃墊上的電話沒跟著去
我照例必須回家
我必須脫鞋進屋
換便衣淘米下鍋
四點半小耕放學時
外頭還在下雨
五點半太太下班時
外頭還在下雨
滯留鋒仍留在氣象報告小姐
美麗而動聽的聲帶上
街景已經整個黯淡下來

太太給小耕洗澡
我們照例必須睡覺
拉上窗簾
把燈熄掉
明天小滿

除了被略去的、與全詩扞格不入、晦澀費解的一段，這首詩，已經非常接近今日的施善繼的詩了。精細的細節、日常生活的紀錄、不憚其煩的複句、小孩的名字、幼稚園的名稱、太太公司的名號⋯⋯，對於熟悉今日施善繼詩風的讀者，讀來是不免莞爾的吧。第三節所記錄的日報標題，則很能不造作地表現出尖銳的當代的問題。對於這些問題，特別和全章配合起來看，當日的詩人顯然並沒有十分清楚或者具體的意見。但走出對於生活的冷漠的現代主義之後的施善繼，在轉變詩風的這個時期，無疑地甦醒了他對於問題的關懷之心。

第二年，即一九七六年，施善繼在《龍族》發表了〈景安路的冬天〉。自他從現代主義努力追求轉變以來，這是第一篇文意一貫，不被偶有的晦昧的段節阻隔的一篇。依然是以身邊的、日常生活中的細節入詩。街名、地名、電視節目、歌星、電視劇⋯⋯，以及非常市民階級的自足和輕微而決不傷人的諷刺。像這樣的詩的風格，到同年發表的〈房東，再見！〉而愈臻於確立——

終於我們買了房子，
買了房子，
赫然發覺買房子，
並不是什麼稀鬆平常的事。
雖不值得動心動容，
卻驚心動魄，
雖不值得大書特書，
竟餘悸猶存。

公寓四樓，
廿七坪四十四萬。
錢有些積的；
有些太太招會當會首湊的；

有些向朋友無息借的；
有些向合作金庫貸。

想想：我們的薪水從來便沒贏過，
鉅大的通貨膨脹。
我們的薪水，
像頻頻誤點的普通列車，
常常、往往在出事的地點，
仰起頭看物價——
看那令人心折的空中巴士，
切出藍天，
若無其事，
噴射而去。

我們站在出事地點，

定定的發呆、發麻。
而天空中那一長條
灰濛濛的噴射雲，
正是我們力不從心的寫照。

搬來中和幾近三年，
景安路、景安路一巷二十弄的
石子，踢過多少？
聯亞麵包店的
土司，嗾下多少？
停過電、停過水、斷過氣，
就是不曾到對面
算命擇日的「游子方寓此」，
問問卜卜，卜卜問問。

當然明天小耕還要長大，
我們還要上班，
十一月我們將添新寶寶。
石子還得踢，
土司也得嚥，
電視、新聞看要挑著看，
美軍電臺聽要挑著聽，
中國論壇到期不續訂。

房租兩千、押金六千，再見
房東，再見！
您的臉色，
您壞了的抽水馬桶，再見！
您每年非漲不可的租賃契約，再見！
房東，再見！

一九八〇年十一月

再見！

和施善繼在一九七七年以後發表的絕大多數的作品比較起來，〈房東，再見〉並不是一首好詩。他沒有把買房子如何「並不是什麼稀鬆平常的事／雖不值得動心動容／卻驚心動魄／雖不值得大書特書／竟餘悸猶存」寫出來。當然，詩人對於一般社會中下階層永不可企及的房價，做了批評。但是對於長年在房租的壓力下喘氣的生活，卻未著筆墨。而且，在末段的一連串勝利的「再見」聲中，更沖淡本就輕微的抗議。

但是，這首詩的重要性，毋寧是在施善繼個人詩風轉變的意義上。從暗晦無狀的《傘季》時代，一直到過渡期間明晰和晦澀混合的詩風（例如〈到三貂嶺就下車〉等等），再到〈房東，再見〉，是一條漫長的道路。它不止是一種表現方式到另外一種表現方式的轉變，更是一種價值到另一種價值；一種哲學到另一種哲學的巨大轉變。從關注心理學的個人的施善繼，逐步轉變成關注生活中的、社會裡的個人的施善繼。這個初步的轉變，為以後把關注面更大地擴充到民族、同胞、社會和國家的施善繼，預備了條件。

十二、「如釋重擔」

一九七七年，蔣勳的詩陸續在《夏潮》等刊物發表。「這時候，我讀到蔣勳的〈寫給故鄉〉，我開始明確地感覺到：七二年以後長期追索新的表現形式的苦惱，初步有了解決。」施善繼說：「讀過蔣勳的詩，我感覺到我終於可以確立以後應該怎麼寫，寫些什麼。我覺得真是有如釋重負的喜悅……。」

其實，如果單就形式而論，在整個現代主義陣營中，和施善繼有長年友情的林煥彰，一般地一向使用明白可讀、而且多時是美好的語言寫詩——只不過對於生活，他一貫不採干涉的態度罷了。再早一些的高準，可以說在三十年台灣新詩惡質西化的歷史中，他是極少數優美地承繼了一九四九年以前中國新詩傳統的重要詩人中的一人。再拉近一些說，在七〇年代的前夕發表了「吾鄉印象」的吳晟——這些詩人，應該早於蔣勳，而成為徬徨於探索詩的新出路的施善繼的重要參考的。「然而獨獨受到蔣勳的影響，是因為在一九七七年前，我自己已有了變化。煥彰同我一直是好朋友，但一向只是各寫各的詩。至於高準、吳晟的詩，一方面我讀得少，二方面我當時在認識上還是現代主義那一套。」施善繼說：「論戰以後，我一點一滴的變，我開始讀更廣泛的書：歷史、社會、政治、經濟、和小說，都會引起我的興趣。從前，除了詩，除了現代派，很少有別的東西能打動我。論戰以後，過去會自以為無窮，其實局促可笑的現代派世界，忽然崩潰了。這樣地過了好幾年，我自己有了變化。到一九七七年，這變化過的自己，碰巧讀了蔣勳的詩，那自由抒發的形式和真摯的情感，深深地打動了我。」

十三、一九七七年以後

一九七七年，施善繼終於掙脫了舊殼，完成了蛻變。「當時，怎麼覺得視野忽然開闊了；覺得有好多情感要流露，好多思想要表達，好多的話要說啊！」施善繼說：「過去，我是吐出一句，養下一句；吐出一句，把它雕來琢去。現在，是思想像水一般地流出，然後語言趕在後頭捕捉那如流水一般興奮的思想。」結果是詩變長了，「而且，在表現形式上，還真沒有十分的把握，自己也覺得表現上，應該有些問題。」施善繼說。

在現代主義時期，施善繼和一切現代派一樣，只有一個渾沌、紊亂、不可索解的心理學的世界。一九七二年以後，他逐漸甦醒了。他雖然看的還只是自己，卻已不是夢魘中的、心理學的自己，而是生活的、社會學的自己。他喜悅、基本上滿意地看到生活著的自己——自己生活的社區、街道、妻子、兒女、食物、日用品、和自己的工作。這一個傾向，一直到後來，還保持在他以後的一部分作品裡頭。例如〈景安路的春天〉，詩人以市民階級慣有的知足和謝意，計算著自己已有的事物。所不同的，是詩人不只看見了自己鍾愛的孩子，也看到娃娃車的司機、娃娃的老師和保姆；不但看見自己生活的小天地，也看見使這溫馨的小天地成為可能的送瓦斯工人、自來水廠和電話局……。

十四、〈小耘周歲〉和〈小耕入學〉

施善繼圍繞著兒女所寫的詩，到〈小耘周歲〉、〈小耕入學〉，有了嶄新的、開闊的發展。〈小耘周歲〉寫一個市民階級的父親，面對方滿周歲的嬰兒的心情。詩人從母親陣痛的清晨寫起，寫當時正是一家原本爸媽要上班、小哥要上學的窘境。接著，施善繼以那慣有的精細寫病房，寫醫藥費用，寫奶粉、奶瓶的牌子。這個父親自語似地對方才滿月的嬰兒，追溯家族的本源，從台北市到彰化的鹿港；從鹿港到福建的晉江。「將來長大妳要在中和國小／和別的小朋友一樣帶便當／受中文的中國教育」。詩人接著說——

爸爸有廣東籍的朋友，

有吉林、
有湖南、
有四川、
來自中國各地的朋友。
你將來長大上學，
像爸爸也會有：
來自中國各地的小朋友，
妳要用國語和他們交談，
和他們互助互愛，
和他們不分彼此的遊戲，
絕對不要打架。
〔……〕
要記牢我們是堂堂正正、
脊樑挺直不亢不卑的
中國人。

「妳快快的睡吧快快的吃吧快快的長大／快快的長大」詩人寫道。然後長大了的嬰兒，就會認識到勤勉而互相依賴的人的生活，並在嬰兒成長的明日，看見「英氣風發」「虎嘯鷹揚」的「少年」的中國。施善繼以真摯的、溫厚的情感，對著滿月的搖籃，綿綿絮絮地敘說著父母的愛和祝福，也敘說著在歷史轉折中的一個父親，對中國的炙熱的展望，語調自然而誠懇，有感人的力量。

寫在一九七九年，並且得了時報詩獎的〈小耕入學〉，以較大、較為細密的規模，發展了〈小耘周歲〉的情感。施善繼寫滿懷詫奇的，入小學第一天的稚兒；也寫滿心欣喜、祝福和思潮起伏的父親的胸懷。在學校裡，做父親的看見終年忙碌的魚販、肉販和菜販，都歇下了工作，帶著孩子上學，為的是想他們的下一代不必像自己一樣勞累終生。但詩人卻憂愁地說：「唸好書會不會，忘了，／忘了：魚伯伯、肉伯伯、菓菜伯伯？／沒唸好書，卻盡學壞的榜樣！」這初見愛兒入小學的父親，有家國的感懷：

> 你——
> 幼年的台灣，
> 一千七百萬分之一的台灣，
> 要不斷學習、用功、努力、

健康成長的台灣。

你——
幼年的中國，
九億九千四百九十九萬分之一的中國，
要不斷奮發、精進、向上、
抬頭挺胸的中國。

這父親要愛兒懂得從小蜜蜂、小螞蟻、農夫、水牛、低頭的稻子、田間的花朵、石頭下的
小草、屋簷下的蜘蛛、旅行的候鳥……去學習不盡的智慧，並且——

絕不欺負女生，
絕不欺負跛腳的同學，
和他們結成好友。
也和魚伯伯的小孩，
和肉伯伯的小孩，

和菓菜伯伯的小孩結成好友。
受委屈一定要說，
不要憋在心底，
向媽媽說，
向爸爸說，
向老師說。

這父親還叮嚀：將來孩子成了科學家、音樂家、醫生，爸爸固然高興。但是——

當小樹長高，
當你長大，
當你是泥水匠；
把一堵牆砌得那麼漂亮，
當你是木匠；
把一塊木板鉋得那麼光滑，

當你是鐵匠；
把一支剪刀打造得那麼雪亮，
爸爸將一樣的高興。

當小樹長高，
當你長大，
爸爸僅僅期望，
你是一個正直、勇敢，
謙遜、向上的中國人。

在這首共有二百六十四行的長詩的第二段，詩人很富於童心地寫道：

爸爸曾驚喜地告訴你：
爸爸聽見我們家，
有一株小樹抽芽的聲音。

你說你也要聽聽，
你用心聽了許久，
聽了許久，什麼也沒聽見。
於是你仰頭問：
「小樹抽芽的聲音，
像不像蟋蟀的歌唱？」

於是「小樹抽芽的聲音／像不像蟋蟀的歌唱？」這兩句，就像一段縵美的主題，在全詩的幾個段落，彷彿變奏似地出現，凝結了二百多行的長詩，取得良好的效果。從〈景安路的春天〉一直發展到〈小耘周歲〉、〈小耕入學〉，施善繼作為市民階級的詩人，逐步開闊了他的感情和思想的領域，在精細、安適之中，有自然的家國之思，對民族的前途，懷抱著悲切而熱情的希望。他的聲音，不能不說是感人的。到了發表於今年的〈中國，您往哪走？〉施善繼關懷民族命運的心，達到了蒼然的地步，卻不失他原有的懇切、絮密的語調——

中國，黯夜裡，

高舉您手擎的炬火。
高舉您的人民手擎的炬火。

穿過牛棚和雞舍，
穿過鄉村和城市，
穿過監視和跟蹤，
朝霧散的地方走，
中國，朝黎明的缺口走。

穿過審問和吊打，
穿過誣衊和坐牢，
穿過民主和自由，
朝幸福的路上走，
中國，朝天亮的缺口走。

十五、〈怎麼忘〉·〈又一戶人家，走了〉

其實，施善繼變化的過程，就是這樣地把心靈和認識的視野不斷擴大的過程。從對於歷史、對於生活一貫倦怠和冷漠的現代主義走出，施善繼的心恢復了懷疑、驚訝、慍怒的功能。在〈怎麼忘〉裡頭，詩人對於那在台灣賺了錢，急著移民、設籍、置產於海外的人問道——

彬彬十歲，
明天，
一九七七年八月廿一，
你三十五。
怎麼這麼深厚的，
土地，
這麼狠，
你連根拔起，
連台灣，台灣的福建，

福建，福建的中國
中國，中國的三百五十年，
你連根拔起。

被中小企業的
恩澤，壯碩。
董事長，
一如生活在這麼深厚的土地，
它重重的關愛，
撫我們成長，
但你竟不與大家同擔
明天。

施善繼以他慣有的細緻，切切絮絮地反覆質問，反覆嘆息：「把生你、養你、育你的／新竹、台灣、中國，／慷慷慨慨，／整個留給我們。／而城隍廟、／貢丸、／米粉，／及生你、養你、育你的／中國，（……）三百五十年，／這土地，／不信你能忘記。」施善繼以一份真摯的情感，這樣地再三嘆責。沒有怒聲、沒有咒罵，溫婉、憂愁而且懇切，讀之動容。

和〈怎麼忘〉屬於同一主題的〈又一戶人家，走了〉，是長達兩百多行的長詩。在「去當美國公民／悄悄地走了，又一戶人家」這個主題上，施善繼重重疊疊地插進台灣生活的各個場景：賣春的街道、巨額非法貸款、豐收的莊稼、「無私、無言的」農民、老來得子的退伍士官、歌臺舞榭、故國的回憶……。雖然就全篇看來，讀來不無蕪雜之感。但是，施善繼像照相機鏡頭似地盤旋著攝取他要描寫的場景的特點，到了一九八〇年，他寫一系列較長的敘事詩中，臻於比較自在、自然和成熟的境地，初步展現了施善繼以詩行去描寫、述說故事的才能，也為在台灣以詩敘事的藝術實驗上，做出了他不可忽略的貢獻。

十六、〈燒給李杞璜船長〉•〈涉水〉

即事寫詩，是施善繼作品的一個特點。先是對著自己，後是對著整個社會生活張開了眼睛的施善繼，他的一顆原本對於生活充滿了倦怠和冷感的心，一變而為對他人的苦樂有了強烈同情和呼應的，易感、易淚的心。一九七七年七月底，台灣的漁船「新慶旺」號在菲律賓的外海，遭到落後、殘酷的菲保安部隊劫殺。為了這悲慘的謀殺案件，施善繼寫了〈燒給李杞璜船長〉。

李先生，
你在秋後的海域一定深知，
那晚，那情景，
令人心絞難過，
令人如何以堪。

像敘述一首歌唱著慘死的英雄的民謠，施善繼這樣地吟唱著。當「新慶旺」號在那孤立的、絕望的、命定的海域上遭遇了強盜，遠在國內的同胞，沒有一人看得見，沒有一個人知道去救援——

在那麼遙遠的外海，
當你出事，
〔……〕
我們無法看見。

〔……〕

我們愧於無法看見，
你硬朗的軀體落海，
我們愧於無法看見。

船漂回台灣來。人們「發現了手錶／發現了你不再擺動的時間／發現了刻著李杞璜三字的蠟燭／發現了你凝固的熊熊火焰。」船長死了。但是詩人不禁問：是不是應該有艦隊保障漁民的安全？是不是應該讓遠洋漁船有起碼的武裝；有起碼的通訊設施？詩人痛心地自責：「我們怎麼這麼軟弱？／我們怎麼這麼疏忽？」然後以這些淒愴的詩句結束了這首詩：

我們將一直齊集站在故鄉等你，
船長，
一直站在：
你揚帆的碼頭，
一直遙望：

你出事的地點，
等，船長，你，
冤抑平申，
然後將消息一字一句的燒給你。

一九七七年十月間，花蓮山興國小的兩位老師，在涉花蓮溪赴校途中，為暴發的山洪淹沒。為著紀念為獻身教育東台灣少數民族兒童而身殉的老師，施善繼發表了〈涉水〉。

堅守在自己生長的故鄉，
——那東部的台灣，
再辛苦、再勞累也守下去，
像先民從從前守到現在，
我們從現在守到將來。
用血汗不停地勤耕、翻鬆泥土，
不能任它荒蕪，

養豬、種菜、栽菓，蒔花，
不要到外面去漂泊，
不要到外面去淪落，
〔……〕

在台灣的詩文學中，施善繼是第一個為瀕臨民族絕滅，民族的母性遭受斲傷的台灣少數民族說話的詩人。當然，就這樣一個莊嚴的主題而言，施善繼還只停留在情感上強烈的同情，卻缺少對於問題更深入的、理性的認識。而這一個欠缺，不可置疑地減輕了他感情上同情的力量。但是滔滔詩人之中，不，即使是鋒利的批評體制的知識分子和政治家中，也沒有一人曾把他的心、他的眼睛投向那善良而處在生存危機中的民族。在追悼為教育而殉身者的詩章中，施善繼寄託了自己的理想——

老師，教他們不要到外面閒蕩，
堅守在自己生長的故鄉，
——那東部的台灣，

娶妻生子，用粗壯的臂膀，
牽牛、犁田、砍柴、挑擔。
用寬厚的胸膛擁抱大地，
用深沉的肺腑引吭高歌，
唱阿美族優美的歌，
〔……〕
不要到外面讓人隨意欺凌、剝削、壓榨，
不要到外面讓人隨意蹂躪、吮吸、啃噬。

十七、「早晨的中和」

一九八〇年，施善繼寫成了由〈早覺會的女士、先生〉、〈醒醒，小張〉、〈左轉迪化、右轉酒泉〉、〈瑟縮的頸項〉和〈一九四四，宛若昨日〉等五首詩組合而成的「早晨的中和」。原本就長於散文一般地描寫事物的施善繼的詩，至此發揮和開拓了詩在速寫上的功能和可能性。詩人已不再汲汲於將街名、門牌和家中的老少入詩。他已經從描寫社會學的詩人自己，一躍而把眼光投注在自己以外的社會和生活，進一步開闊了詩的範圍和世界。在〈早覺會的女士、先生〉，施善繼用輕微的諷刺、詼諧的語調，描寫活躍在清晨的夕陽的世代：他們「談高血壓、高血糖，／攝護腺漸漸肥大，／喘氣喘得要發狂」；他們「談移民、談綠卡，／到底去美國、加拿大？」在〈左轉迪化、右轉酒泉〉，施善繼寫一個從事駕駛工作的退伍士官無可如何的鄉愁。施善繼也寫大城市裡小人物荒唐的豔遇和在城市中淪落的少女（〈醒醒，小張〉）。施善繼也寫在民國三十三年在衡陽戰役中被日軍砍斷了一隻臂膀的，如今退下來開豆漿店的老鄉——

衡陽一役，
肉搏劈刺，
給鬼子砍去了一隻手臂。
那手臂在慘厲的六個星期，
那手臂在激戰的六個星期，
已然溶為鍾愛的秋海棠，
秋海棠根部依偎的溼泥，
一點兒也沒覺得惋惜。

難道那是湮滅久遠的往事？
不！一九四四，
恍如昨日。

這首〈一九四四，宛若昨日〉，是施善繼最好的作品之一。往事雲煙，穿插著「早安，老鄉／來一套燒餅油條／來一碗打蛋的甜漿」和店裡日常的行事、民族的際遇、國家的命運，齊上心頭，感人極深。另外，施善繼寫了一位飄零的鞋匠——

他蒼勁的面影，
提醒我們注目，
光陰刻劃在他額角的皺紋。
——戰爭的皺紋，
——千百餘萬方公里的皺紋，
——白山黑水的皺紋。

詩人不知道他是什麼地方人，「有無妻子？／兒女多大？／家住在哪？」，卻看著老鞋匠「總瑟縮著頸項殷殷地工作」，而且——

一雙雙皮鞋，
交織著，
一絲絲戰爭的皺紋；
一支支雨傘，
浮繪著，
一幅幅千百餘萬方公里的皺紋；
一條條拉鏈，
連鎖著，
一重重白山黑水的皺紋。

——〈瑟縮的頸項〉

施善繼的這種炙熱的關懷——對歷史、對社會和對於因著歷史的流轉而顛沛一生的同胞的關懷，和幾年前向一切莊嚴的事物惡笑，對生活倦怠，對歷史冷感的現代派的施善繼，相去是何其遼遠，令人震驚。而且，在表現的藝術性上，他的進步是十分顯著的。在「早晨的中和」中，施善繼開始用韻。雖然還不十分自在，但在許多詩行中，確有令人喜悅的成績。

十八、搶回過去三十年虛擲的光陰

現代詩在台灣的發軔、發展和凋萎的整個過程，和台灣在一九五〇年代國內外情勢，和六〇年代美日經濟、政治、文化在台灣取得支配性影響力，以及和七〇年代冷戰時代的終焉、國際政治力量再編組這整個歷史發展，大體上是互相因應的。在五〇年代，現代詩的一部分，可以看成在嚴酷環境下，詩人在不干涉生活現實的文學天地中，求得藝術上的自由和情感的出路，有它發生上的理由和積極的意義。在六〇年代，美日在經濟、政治上對台灣巨大的影響力，使一時的知識界以西方的工業文明、文化、知識為最進步、最優秀。在當時的文化界，學術必以美歐學派為進步，文學藝術亦必以現代主義為尖端。斯時也，音樂有前衛派音樂，繪畫有抽象畫和其他現代派，文學有意識流、反小說，詩則是一片超現實主義現代派的天下。一個文學青年，是很少不能不像施善繼一樣，一出道，就被現代主義的天羅地網所攫獲的。在更多的時候，許多還不懂得縝密的思考、精細的觀察；還不會寫通順明白的散文，還弄不好漢語最通常的表現方法的青年，一開始，就掉進現代主義的泥沼中，在自欺與欺人的世界中打滾。

從七〇年代開始，現代主義在文學、詩、繪畫、音樂等各個陣地上敗退了下來。現代詩大論戰以後，為現實主義的、中國風格的、干涉生活的文學藝術，準備好了認識上的條件。文學史告訴我們：在一個兩種文藝思潮相交替的時代，一方面是兩種新舊政治經濟學上的結構的轉換，在思想上，是兩種不同文藝思潮的論爭。在人的方面，則是前一時代的文藝風格的作家之停筆；是以新的文學風格寫作的新一代作家之竄興，也是一部分前時代的作家逐步向新的文學作風轉變和過渡，即跨越兩個文學思潮的作家和藝術家的出現。哥德，便是由擬古典主義跨向浪漫主義的著名詩人之一。哥德的早期寫了很多擬古典主義的詩，中期寫了一些同時包含著擬古典主義晚期和前浪漫主義風格的過渡性作品，到了晚期，他也有充滿著感傷、幻想的典型浪漫主義作品。

在這個意義上，施善繼是第一個——現在看來顯然不是唯一的——從現代主義向現實主義轉變的，跨越兩個文學思想的詩人。他的跨越，不僅僅是語言由晦澀變為明白，更是從極端個人主義轉變為對人、社會和人類世界充滿了明朗、自然的關愛的詩人，從而在台灣中國文學思想史的研究中，有一定的意義。

施善繼的轉變，頗受台灣的小小的詩壇中的一些人的譏誚，說施善繼是「善變」的詩人；說施善繼寫的「不是詩」，還警告他寫詩不要「寫脫了線」。

其實，真正改變的，不是施善繼，而是整個時代與它的思潮。只不過時代挑選了對於改變有敏銳反應的施善繼罷了。從歷史看來，在現代派中，「變」的如果不是施善繼，也一定有別人。有人變不來，停筆不寫了；有人以新的作風躍起於詩壇，也必有人像施善繼，從老路向新路發展。但是，也還有一種人，一時變不了，既不願後退，也不能前行，卻喜歡站在前進的路邊，對路上的人品頭論足，說某人「善變」，說某人「變脫了線」。這其實在文學史上，也是古已有之的。

施善繼的詩，可以而且應該給予批評。但總是與他善不善變，與他是不是變脫了線，是無干涉的。任何以熱情對待批判了現代詩以後代興的台灣新詩再建設運動的人，都能覺得，施善繼的詩，在有一些地方，結構還嫌鬆散了些；有一些詩句，還應該再鍛鍊，再琢磨一下。施善繼的細瑣，在其成功時可以成為他風格上獨到的特點，一些寫得不很好的地方，他的細瑣，也恰好成為他的缺點。他的溫厚、自足的情感，在寫得成功時，變成他獨有的風格和味道，煦煦感人；在寫得不很成功時，也恰好使他的詩顯得猥小。他的有一些即事寫成的詩，其優美處，充分表達了詩人淑世的熱情和胸懷，但其失敗處，常常因事過境遷，而失去感人的力量。他的語言，多有優美的敘述和描寫。但是也有一些時候，讓我們覺得，接續了中國韻文、美文偉大傳統的新詩，在語言上還要多多研究，多多學習，多多在中國偉大的詩、詞文學中，承接它偉大而精美的遺產。

但是，這些責求於施善繼的，正可同樣地責求於吳晟，責求於蔣勳和一切未來的新詩工作者——卻獨獨無從責求於現代詩人。經過現代詩在漢語語言的大破壞，加上對於三〇、四〇年代中國五四以還新詩傳統有一個斷層地帶，在台灣的中國新詩人，更需要自覺地、艱辛地建設和接續中國新詩的傳統。然而一切的一切，在台灣，新詩的再建設，首先是必須在具體的創作實踐中，為新詩打開一條新的出路。施善繼這些新傾向的創作，正好比什麼都具體地批判了現代詩，並且步履勇健地向著一條擁有長遠發展前途的創作道路邁開腳步。這一點，跨著兩個詩文學思潮的施善繼，便有非常重要的意義了。

也因為這樣，我所見證的，施善繼在面對一些詩壇舊友惡劣批評時那種豁達的態度，是十分令人注目的。「基本上，我感謝他們的批評。我很知道，我的轉變，時間還不長久，加上個人才學有限，創作上的實際問題還很多。」施善繼說：「但是，朋友的批評，越使我覺得，轉變是對的。我有最大的信心，一邊學習，一邊寫作，逐步寫出一首比一首好的詩。」

一九八〇年十一月

詩的形式問題，從中國韻文傳統中去汲取語言上的豐富資源的問題——這些「創作上的實際問題」，都是十分艱難而嚴肅的，需要詩人以認真、嚴肅、謙虛和團結的態度，努力學習、研究、思考和創作，才能把新詩一點一滴地再建起來。「奇異的是，我開始覺得寫詩是一件嚴肅的事，是一件很難的事——比寫現代詩難得好多。」施善繼說：「而且，我變得比較善於檢討自己作品中的缺點，並思索這些缺點改進之道。我也變得能衷心欣賞別人——例如蔣勳、吳晟——詩的好處。這種感覺，既不自誇，又能熱情看到別人長處的心情，應該就是一種自信吧。一種毫無驕傲的自信……。」

施善繼的這種自信，建設在什麼基礎上呢？

儘管有一些詩壇的朋友，在施善繼的轉變中，給予冷漠和譏誚。但是讀過〈小耘周歲〉和〈小耕入學〉的一般讀者——家庭主婦、工程師、教員、保姆和公司職員，有好些人熱情地給施善繼打電話、寫信，表達了他們的喜悅和感動。「我真是深受感動啊。他們那麼熱心地告訴你看懂一首詩的快樂，」施善繼說：「這使我深受鼓勵。他們的獎勵，與當年來自詩友的感受，真是截然不一樣。來自詩人圈外的鼓勵，使你慚愧，也使你覺得應該更努力，寫出更好的作品。」

這種自然的、真實的虛懷，正是代現代主義而興的新詩再建設工作之生命所寄。過去，詩壇是一個窄小而充滿了國王公侯卻獨獨沒有庶民的「國家」——每一位詩人都互相承認是最尊貴而有價值的人物。寫詩的人多於讀詩的人。現在，詩逐漸要吸引一切從學校和父母學習了漢語的人的注意，逐漸要引起他們的愛讀，逐漸要招回一度失去的讀者社會。毫無疑問，現在的路子是比從前寬闊得多了，但問題也比往時更加重大，更加嚴肅。繼吳晟、高準、蔣勳之後，如今施善繼將他園中初熟的果子，結集付梓，長遠地看來，是在台灣中國新詩再建設工作在將來十年、二十年、三十年所要爭取的更巨大、更輝煌的成績的一個起步而已。我們希望朋友們更努力、更謙虛、更艱苦地學習和創作，同時也希望讀者們給予持續的熱情關懷和批評，共同搶回過去三十年虛擲的光陰，讓新詩在台灣的中國文學上，開出絢麗的花朵來。

是為序，並以更勤勉的工作共相勉勵。

民國六十九年十一月三十日

初刊一九八一年二月《現代文學》復刊第十三期，署名許南村
收入一九八一年八月遠景出版社《施善繼詩選》（施善繼著），一九八四年九月遠景出版社《孤兒的歷史·歷史的孤兒》，一九八八年四月人間出版

社《陳映真作品集10・走出國境內的異國》

1　本篇為《施善繼詩選》（遠景，一九八一）書序，一九九八年人間版篇題改作〈試論施善繼——序《施善繼詩選》〉。引述詩作據《施善繼詩選》校訂。

不朽的冠冕

《諾貝爾文學獎全集》中文版總序[1]

一、「戰已勝而和平未致」

偉大的物理學家亞伯·愛因斯坦，在他的一篇題為〈戰已勝而和平未致〉的文章中，沉痛地檢視了處在充滿著戰爭結構中的科學家的處境。他以深受「沉重的責任心」和「負罪感」所困擾之心，寫下當年為了使全世界免於被瘋狂而凶殘的納粹所屠殺和奴役，他和別的一些科學家，將原子武器的秘密，連同全世界億萬人類的命運，託付給他們曾信以為是「和平自由的鬥士」的兩個國家。但戰爭結束，和平卻依然遙遠。愛因斯坦寫道：

> 然而，不幸的是，一直到今天，我們看不見任何和平的保障。我們看不見《大西洋憲章》對各民族所應許的自由，有什麼保障。戰爭已勝，而和平未致。強國在戰爭上團結一

一九八一年二月

致，但在處置和平時卻各行其是。人類也曾得到過能免於恐懼之自由的承諾。但是，事實上，終戰以來，人類的恐懼卻有增無減。有人也曾經許諾過人類可以有免於匱乏的自由。但是，當世界上絕大部分的地帶上，都面對著飢饉時，而另外一些別的地區卻富奢有餘。有一些民族和人民也曾得到過解放與正義的諾言。但是我們已經見證過，甚至到目前，仍然可以親自目睹到這悲慘的景象：所謂「解放」的軍隊，正在向著渴望著獨立和社會正義的人民開槍……。

在一百多年前，阿弗列德．諾貝爾發現了截至當時全世界最具威力——和殺傷力——的爆炸劑，乍成巨富。沒過多久，這種當時最巨大的毀滅力量，被用來產製強力的殺人的武器。沉重的自疚和負罪之心，使他在遺言中捐出巨資，設立了諾貝爾獎金。其中重要的一項，便是「諾貝爾文學獎」。每年一次，委託瑞典學院，頒給「不論其國籍，但求對全人類有偉大貢獻，且具有理想主義傾向的傑出文學作家」。

然而，在這八十年間，人類卻經歷了兩次世界規模的戰爭。第二次大戰以後，又經歷了生命、財產、物質、金錢的損失數倍於兩次大戰的地區性戰爭。人類心靈的、物質的、文化的——以及人的損害，都是無從估計的。儘管如此，就在韓戰的前夕，愛因斯坦有這樣的祈禱：

但願那激發諾貝爾創設獎金的崇高精神；那相信自己也信賴他人的胸懷；那慷慨、正義、愛和四海同胞的信念，能在那些掌握人類命運者的心中，發生有力的影響……。

在人類漫長的歷史中，人類似乎只有一小部分的人，為了描畫並且實踐一些美善之夢，為了仰望並追逐高懸天邊的熠熠星光，聲嘶力竭，赴湯蹈火。但同時，一次又一次集體的愚昧、貪婪和暴力，不斷地摧毀著那美善之夢，使熠熠的明星晦闇失色。但是，當歷史的巨流滾滾而來，又洶湧而去，那些專制的君王、好戰的將軍，都隨歷史的浪捲流失無蹤，而人類企求普世的和平、正義和愛的理想，卻像晶瑩的寶石，永遠留在歷史的海灘上，閃耀著動人心魄的光芒。也正因為這樣，二次戰後，世界的和平不但沒有取得保障，反而驅使人類面對著更具毀滅性的核子戰爭的陰影。這個現實，不但沒有使愛因斯坦——以及一切為著全世界的永久和平而戰的人們——之美夢失色，反而益增人類爭取和平事業的決心。包括文學獎在內的諾貝爾獎的理想，雖乍見之下受到戰爭結構下現實世界一次又一次無情的打擊，卻也在上述的意義上，於增進國際間的相互理解、寬容和善意的事業上，有了一定的貢獻。

二、國際強權政治下的文學桂冠

諾貝爾文學獎，作為一種獎金，和世界上其他各種各樣的獎金一樣，充滿了爭論。這是因為執行獎金授與的瑞典學院，是不能不由一群受到特定歷史、意識形態，甚至國際政治所影響和限制的人們所組成。一九〇一年，當第一屆諾貝爾文學獎頒給法國的蘇利．普魯東的時候，為了獎金出乎意外地沒有授給至今為全世界所公認的俄國大文豪列翁．托爾斯泰，引來全世界喧噪而強大的抗議的聲浪。一九〇二年諾貝爾委員會不得不提出一份答辯，終於說明了當時諾貝爾文學獎真實的思想立場。

如果僅是考慮到《戰爭與和平》、《安娜．卡列尼娜》和其他托翁的傑作，把這項文學競賽中的榮冠授與俄國的這位文豪，就比較容易了。然而，當我們考慮到他，其餘一些引起很大的騷動，叫人無法忽視其他複雜因素的作品，我們的決定，就很艱難了。

托爾斯泰對於那種否定了一切形式的文明，而且與一種更高文化的諸原則無緣的原始的生活樣式，大為讚美。他認為，不論什麼樣的政府，對於罪犯都沒有權利加以嚴重的懲處。尤有甚者，他甚至否定任何政府存在的權利，從而提倡無政府主義的思想。他對《聖經》的批評毫無所知，卻基於他的一半是合理主義、一半是神秘主義，任意改寫《聖經》。此外，他斷然拒絕承認不論是個人或者國家，可以具有正當防衛的權利。對於他那種罕見於一切形式的文明中的狹隘和敵意，我們覺得無法忍受……。

委員會並且明白地指出托爾斯泰有關宗教、政治和社會的著作是「不成熟的」、「迷惑人心的」。事隔多年，委員會的申辯詞，徒然暴露了自己在文學上、思想上的鑑賞力和思考的深度，是如何受到典型十九世紀市民階層的庸俗、驕傲性格的限制。今天，表現在托翁文學作品和其他著作中深刻的人文主義精神，和托翁宗教理念中偉大的福音主義精神，已經受到普世越來越廣泛而真摯的敬仰。

事實上，任何熟悉世界文學史的人，還能舉出更多為諾貝爾文學獎所「遺漏」的巨匠的名字：易卜生、康拉德、哈代、斯特林堡、高爾基、喬埃斯、普魯斯特、馬洛……等等。對於中國人，也可以舉出一、兩個理應列籍受獎的偉大的中國作家。所幸，在文學的國度中，自有法則。這些為諾貝爾文學獎所「遺漏」的大師，也自有他們輝煌萬丈的榮光，無需任何外加的褒獎來增加他們的榮耀，當然也絲毫不因不曾列入受獎者中而遜色。然而，這些巨匠的「遺漏」，正好說明任何文學獎——即使諾貝爾文學獎也包括在內——只能增添原來自有的光榮，卻無法製造原來所沒有的價值。當諾貝爾文學獎迅速地成為各強國為了增添自己在國際政治中的光榮的重要工具時，由謹慎、保守而力維中立的瑞典主持下，阿弗列德．諾貝爾原初的理想和願望，遭到愈來愈嚴重的困難。當我們回顧，授獎的檔案顯示了某種國際間的「配給」傾向。在世界大戰中，在國際強權政治下，任何挑剔的人都可以找到審慎而力求自保其「中立」的瑞典學院，是如何讓意識形態的好惡，以及國際政治的無可如何的壓力，滲透到文學桂冠的選擇。

三、為真理和自由而鞠躬盡瘁

如果對於諾貝爾文學獎給予過高、過大的評價是一項錯誤，那麼，對於它做過低或者過小的評價，也同樣是一項錯誤。事實是：當我們充分理解到諾貝爾文學獎評選和授與背後整個錯綜複雜的秘辛，我們反而更能珍貴而不是蔑視這個文學獎。在國際強權的政治壓力下，在委員會成員各種歷史的、民族的，有關政治、社會、宗教的意識形態的限制下，諾貝爾文學獎固然沒有為我們畫出一條無可爭議的、世界文學主流發展的實線，卻也大致上畫出了一條虛線。八十年來，諾貝爾文學獎的金榜上，的確也刻下一長串輝煌的名字：

一九〇五年的顯克維支；

一九〇八年的奧鏗；
一九一一年的梅特靈克；
一九一三年的泰戈爾；
一九一三年的羅曼．羅蘭；
一九二一年的法朗士；
一九二三年的葉慈；
一九二五年的蕭伯納；
一九二七年的柏格森；
一九二九年的湯瑪斯．曼；
一九三〇年的劉易士；
一九三二年的高爾斯華綏；
一九三四年的皮藍德婁；
一九三六年的奧尼爾；
一九四六年的赫塞；
一九四七年的紀德；

一九四八年的艾略特；

一九四九年的福克納；

一九五七年的卡繆；

一九六二年的史坦貝克；

一九六四年的沙特；

一九六五年的蕭洛霍夫；

一九七一年的聶魯達……。

當然，任何人都可能依他自己的喜好，去重新排列和挑選這些名字。但無論如何，諾貝爾文學獎，在漫長的八十年中，在幕後複雜萬端的條件下，挑選了這些公認——或者爭議較少——的世界性的作家。無可懷疑地，這些作家或者在思想的啟發上；或者在對人類和世界所懷抱的理想上，或者在文學表達的技巧上，或者在文學表現的遼闊可能性之探索上，都做出了偉大而令人感謝和敬仰的貢獻。在嚴酷的納粹支配下的法國，一邊戰鬥，一邊寫作，一九五七年獲得諾貝爾文學獎的卡繆，如此說道——

……在人生的各種境遇中——不論在隱晦或短暫的聲名中，或者在專制者的牢獄，或者能自由發表作品的時候，作家只能在鞠躬盡瘁地承受為真理服務和為自由服務這兩項使他的作品成為偉大的任務時，才能獲得億萬人民的心，並受到億萬人民的承認。因為作家的職責，是在於團結大多數的人民。他的藝術不應該和一切的謊言和奴役妥協。因為，不論謊言與奴役在什麼地方得勢，都會產生孤寂。不論我們個人的弱點是什麼，我們作品的高貴處，永遠是根植在兩項十分艱於遵守的誓約：對於我們明知之事絕不說謊，並且奮力去抵抗壓迫。

在這二十多年瘋狂的歷史中，在時代巨變裡，和我這一代其他的人們一樣絕望地迷失的我，卻一直受到這樣一個事實的支持：一種深藏於內心的情感，認為在今天這樣時代裡寫作，是一種榮耀——因為寫作是一種誓約——不僅僅只是為了寫作的誓約。尤其在審視著我自己的力量和存在的情境時，寫作，是一種和我共同活過同一個歷史時期的人們，一起忍受我們相同的悲慘和希望的誓約。這些人們，在第一次大戰時期降生，希特勒上臺和第一個革命的徵兆正在開始的時候，他們正值二十歲上下的年紀；在西班牙內戰、第二次世界大戰、集中營的世界和充滿了酷刑拷打和囚禁的歐洲中，他們完成了他們的教育。正好是這些人，在今天，他們必須在一個為核子武器所毀滅的威脅下的世界裡，生養子女，從事創作。對於這些人，我想，沒有一個人能要求他成為一個樂觀主義者。我甚至認為，我們應該去理解那些在極端絕望中，主張墮落和競相趨向於這時代的虛無主義的人們。但是，事實上，我們當中大部分的人，不論在我的國家、或者在整個歐洲，都拒絕了這種虛無主義，並且涉身從事人類正道的追求。他們必須為自己鍛鍊出一種生活在災難的時代所需的藝術，以便藉以重生，並且公開地和那在我們的歷史中起了作用的死亡的本能，做不懈的鬥爭。

卡繆在諾貝爾文學獎致答詞中說出來的這些語言，經過了四分之一個世紀，仍然在我們的心中引起蒼茫、悲痛的迴響。不，只要卡繆所說的謊言和奴役一日不從這人世中根除；只要刀劍一日還不能改鍛為耕犁，卡繆蒼沉的智慧和熾熱的人道主義精神，便一日仍是人類反省和指引的明證。

諾貝爾文學獎，便是由許多如卡繆這樣智慧的創造天才，譜成了獨特的系譜。平均地說來，世界上再也沒有一項文學獎能像諾貝爾文學獎一樣，歷史悠久，在爭論和眾說紛紜中，堅定地樹立起獨有的權威。此無他，因為諾貝爾文學獎的確將她的冠冕，授給了一些一世紀以來比較偉大的睿智、心靈和原創的才能。他們各自使他們的民族和國家得到榮耀，卻也在受獎的一刻，成為全世界一切民族和人民共同的財產。

四、《諾貝爾文學獎全集》英文版與日文版的特點和缺憾

正是為了良好、有效地承受這一份二十世紀世界文學共同的遺產，一些先進國家，如美國和日本，都花費了很大的心力，用自己的語文，整理出版歷年諾貝爾文學獎全集，分別在一九七一年和一九七二年在美日問世。

英文版的全名《The Nobel Prize Library》（諾貝爾獎文庫），一共有二十冊，蒐羅自一九〇一年普魯東至一九七〇年索忍尼辛等六十六位得主的作品，同時附有木刻、得獎評語、頒獎詞、致答詞、作品（有插圖）、短評、及得獎經過，但是，可能顧及商業性的考慮，或遷就每冊書既定的格式及厚度，或者是受到種種版權上的限制，在內容上所選的作品，有一部分不是該得主的得獎作，例如根據瑞典學院對外所公布的資料，哈姆生的得獎作應是《土地的成長》，而該書選的是《飢餓》；赫塞的得獎作應是《玻璃珠遊戲》，而該書選的是《戴米安》（即《徬徨少年時》）和《克林梭的夏日》；史坦貝克的得獎作應是《不滿的冬天》，而該書選的是《相持》……等等。且有部分作品並非全譯本，譬如蒙森的《羅馬史》、羅曼·羅蘭的《約翰克利斯朵夫》、雷蒙特的《農夫們》、溫茜特的《克麗絲汀的一生》、湯瑪斯·曼的《布登勃魯克家族》、高爾斯華綏的《富賽特世家》、巴斯特納克的《齊瓦哥醫生》、蕭洛霍夫的《靜靜的頓河》……等都是節錄本，以全

集的標準而觀，顯然該書並不是個很理想的版本。

日文版的全名是《諾貝爾文學獎全集》，係日本東京主婦之友社在諾貝爾基金會的贊助下，於一九七二年對外所發行的。一共有二十六冊（另有一別冊，總共二十七冊），蒐羅自一九〇一年普魯東至一九七四年瑞典作家詹生與馬丁遜等七十二位得主的作品。同時仿照英文版，附有木刻、作家簽名筆跡（新增入）、評審經過、領獎詞、致答詞、作品（有插圖）、短評（或照英文版，或新補入）、年表（新增入，有的得主有，有些則無），主要的，其別冊還附有諾貝爾遺像、遺囑，得獎評語、簡介和生活照片，諾貝爾小傳，諾貝爾財團及所屬機構，諾貝爾文學獎的創立及物理、化學、生理、醫學、和平獎簡介，款項，歷屆各項得主的名單，並附有索引。以上這些資料的收集，都有助於對諾貝爾獎的歷史背景做更進一層的了解，可見編者在編輯上下了一番工夫。雖然日文版所選的作品與英文版不盡相同，但是前面所說的英文版的缺憾，在日文版仍然可見，仍然沒有改正過來，像羅曼．羅蘭的得獎作應是《約翰克利斯朵夫》，而該書選的是《高拉．布洛寧》、《彼得和露絲》、《愛和死的搏鬥》、《貝多芬傳》；巴斯特納克的得獎作應是《齊瓦哥醫生》，而該書選的是《巴斯特納克自傳》及其詩集；蕭洛霍夫的得獎作應是《靜靜的頓河》，而該書所選的是《頓河的故事》；福克納得獎前的代表作，應是《聲音與憤怒》、《熊》，而該書選的是《軍餉》及一些短篇；羅素得獎前的代表作，應是《西洋哲學史》，而該書選的是《懷疑論集》、《懶散頌》。貝克特的代表劇作，應是《等待果陀》，而該書選的是《終局》；索忍尼辛得獎前的代表作，應是《第一層地獄》，而該書選的是《伊凡·丹尼索維奇的一天》，和短篇小說《瑪特略娜之家》、《克列切托夫卡車站事件》、《為公益》……凡此都是美中不足的瑕疵，令人深感遺憾。

在比較了兩種版本的特點和缺憾之後，遠景出版事業公司在充分估量台灣現有的人力和物力之後，決定在編輯體例上，做出這樣的決定：

(一)既然英、日兩種版本仍存有不少的不足和缺憾，那麼將這兩種版本列為參考，站在中國人的民族立場，運用現階段中國人的智慧和財力來重新編纂，並吸收英日版本的特長，盡可能的或改進它們的闕失，使得出版的意義不僅是著眼於「橫的移植」，更是向世界開窗，汲取歐風美雨來滋養我們的文化根土。

(二)為了對歷史負責，則根據原始的文獻史料，力圖蒐羅得主的得獎作或代表作予以全譯和精譯，比如說：

顯克維支的《你往何處去》、吉卜齡的《基姆》、海才的《葡萄園守衛》、霍普特曼的《織工》、《沉鐘》、哈姆生的《土地的成長》、法朗士的《天神們口渴了》、葉慈的《葉慈詩選》、雷蒙特的《農夫們》、德蕾達的《母親》、溫茜特的《克麗斯汀的一生》、湯瑪斯·曼的《布登勃魯克家族》、劉易士的《白壁德》、高爾斯華綏的《富賽特世家》、布寧的《鄉村》、《舊金山一紳士》、杜嘉德的《尚・巴華的一生》、西蘭帕的《聖者的悲哀》、拉克斯內斯的《獨立之子》、安德里奇的《德里納河之橋》、《邪惡的庭院》、懷特的《人之樹》、索爾・貝婁的《阿奇正傳》、以撒・辛格的《莊園》、米洛舒的《米洛舒詩選》、卡內提的《被拯救的舌頭》、馬奎斯的《一百年的孤寂》……等等，這些都是每位得主的嘔心瀝血之作，也可說是二十世紀世界文學的精華，而且從未在國內翻譯過，我們有責任將它們介紹進來，此外還補齊了一些作家的年表，期以呈現諾貝爾文學獎的全貌。

(三)在製作態度上，我們絕不高估諾貝爾文學獎，正如同不低估諾貝爾文學獎一樣，我們將它們擺置在適當的地位，予以合理公允的評價，不盲從，不迷信，試圖撥開國際強權操縱下政治勢利和人情冷暖的迷霧，去顯現諾貝爾文學獎的原始真貌。

五、齊手把中國文學推向嶄新的世界性高峰

在台灣，三十年來社會和經濟的巨大發展，在文學上也有了相當的收穫。一種反省的思考，正在成長。在台灣的中國文學，是不是應該有更廣大、遼闊的視野，是不是應該更縱深、

豐富地思考這些問題，以日甚一日的問題性，提到全中國的作家面前來，要求他們嚴肅地正視這些問題。也就在這個時刻，有態度、有條件而且虛心地閱讀、研究二十世紀八十年來，世界文學的心靈、智慧和創造性所走過來的步跡，成為當前我們中國作家和讀者共同的迫切需要。遠景出版公司的編輯部，恰好是端正地理解到這個工作的嚴肅性的背景，在兩年前，開始了籌畫、翻譯和編輯的工作。因此，我們深刻地理解到應該對諾貝爾文學獎做出既不過高，也不過低的，正確的評價，並且以這個評價為基礎，調動目前一切可以動員的力量，嚴肅、認真、有計畫地進行翻譯、校訂和編輯的工作。遠景編輯部的每一個同仁，參與翻譯的每一位文學先進，都清楚地認識到：任何取巧、哄抬的手段，是對於諾貝爾精神和理想的背叛，更不用說是對讀者、對台灣文化界的瀆侮和欺罔了。

最後，對於學問和品格都名重一時的翻譯家，由於他們熱誠、認真的協力，我們不唯感到光榮，也要在這裡表示最深切的感謝。沒有他們的協力，沒有他們共同支持把中國文學推向嶄新高峰的理想，這部全集，就不能以這樣一個可以信賴的品質出現在中國的出版史上。編輯部同仁們日夜不可言喻的辛勞，也應該受到人們的紀念。

最後，還要著重指出的是：舉凡出版這部全集的一切優異成就和光榮，都應歸給傑出的譯者和出版者。而一切的闕失，則應由主編負起全部的責任。然而，我們都有這樣的信念：盡力逐版改訂可能發現的錯誤，一代傳遞一代，以便將這套全集所點燃的亮光，廣泛地照亮更多中國的青年們。

初刊一九八一年二月二十二日《中國時報．人間副刊》第八版
收入一九八一年三月遠景出版社《諾貝爾文學獎全集》（陳映真主編），一九八四年九月遠景出版社《孤兒的歷史．歷史的孤兒》，一九八八年四月人間出版社《陳映真作品集10．走出國境內的異國》
本文按《諾貝爾文學獎全集》版校訂

1 本篇原題〈不朽的冠冕——《諾貝爾文學獎全集》出版緣起〉，發表於一九八一年二月二十二日《中國時報．人間副刊》，並轉載於一九八一年三月一日《書評書目》第九十五期及同日出版的遠景出版社刊物《出版與讀書》第四版，後據《諾貝爾文學獎全集》（五十二冊，陳映真主編，台北：遠景，一九八一年三月）的實際出版書目增修內文，易題為〈不朽的冠冕——《諾貝爾文學獎全集》中文版總序〉，收作總序。本文依遠景全集總序版校訂，並從遠景全集總序版篇題。

在存去爭議聲中看水筆仔紅樹林 1

具有深遠意義的爭論

去年年初，水利局打算把台北縣淡水鎮淡水河口的一片水筆仔紅樹林全部砍平，開發為河川新生地，興建國民住宅。沒想到水利局的這一項看似平凡的計畫，一經公布，立刻引起了植物學家、動物學家和環境科學家們激烈的反應。

經過一段時期正、反雙方意見的爭議，並且在實際上做了協調和會勘的工作之後，在去年三月五日，行政院長孫運璿做了一個在我國生態保護史上非常具有意義的批示：「紅樹林成長地區應予保護。」這一項政策性的批示，傳遍了國內外關心淡水的水筆仔紅樹林的學界，而誦為美談。八月，台北縣長邵恩新，「為淡水地方的繁榮請命」，請求政府高層當局「重新考慮保護紅樹林的決定」，所持的理由，是認為淡水鎮的對岸八里鄉也有紅樹林，已經足夠供學術研究之用了，所以請求依照水利局原議開發目前的水筆仔紅樹林地，拓築公路，蓋國民住宅。九月，《科學月刊》發表了一篇廣泛的意見調查和評論文章：〈爭一時？爭千秋？——淡水竹圍水筆仔保護問題之探討〉；十一月，同刊又登出呂光洋教授的〈一九八〇年亞洲紅樹林環境研討會紀實〉；周昌弘、姚正兩位教授：「紅樹林的生態及其價值」和環境保育專家馬以工小姐的「〈樹林的保護與規畫〉等三篇文章，深入探討和分析了淡水竹圍水筆仔紅樹林應予慎重保育的理由。九月，某一位「不法建築商人」擅自毀壞了面積約在一萬坪的這一塊水筆仔紅樹林的一部分，並且擅自築堤堵水，意圖慢性枯死這一片紅樹原林。事發之後，警察局奉命取締，並毀堤通水，樹立牌示禁止砍毀。十月底，台灣省主席林洋港在勘察林地後，表示築路、興建國民住宅與學術研究同樣重要，要想辦法既要開發新生地，又要保存一部分水筆仔紅樹林供學術研究之用的辦法。去年十二月號《中華雜誌》，列出盧澄源〈建立萬物並存人類才可生存的觀念〉呼籲保護水筆仔紅樹林。十二月底，《時報雜誌》第五十一期列出李利國的〈紅樹林命運未卜〉，呼籲保護。立委胡秋原並為保護水筆仔紅樹林向行政院提出質詢。今年元月，作家韓韓在《聯合報》副刊登出一篇散文，透露了一般民眾保護生態的要求……。

就是這樣，從民國六十八年十一月開始，經過學術界提出的「淡水河竹圍水筆仔紅樹林保護問題」，成為一種漣漪越圈越大的爭議。涉入這場爭議中的，有各級行政首長、植物學家、動物學家、環境生態保育學家、土木工程人員、新聞記者和文學家。極有意義的是，爭議的雙方，並不分是朝是野，是官是民。爭議雙方的分界線，集中在對環境、生態所持的看法之不同。因此，「開發建設者」與「環境保育者」之間的爭議，成為這次正、反雙方互相論議的主要性格，而具備了深遠的思想、文化、經濟和社會的意義。

人本主義的科技

在西方國家，經過一九六〇年代高度繁榮和成長，會以為大富足、大繁榮的人間天堂已經建立起來了。人類對物質、科技、工程的崇拜，到了它的最高潮。可是不消多久，一種反省的思潮興起來了：盲目而幾近瘋狂地追求成長、繁榮和進步的結果，是人的嚴重疏離（alienation）、宗教的無力、思想的荒廢、道德倫常的崩壞、家庭和婚姻的解體和信仰的危機。尤有甚者，人們開始理解到：任何成長和繁榮，都不值得以對於生態的嚴重破壞——空氣和水的重大汙染，數千種延生了幾億萬年的植物與生物的消滅，土壤的流失和貧瘠化，劇毒物質的氾濫，異常細菌和病變的繁殖——來取代。

這種反科技崇拜、反高度成長的哲學，和工業革命初期退嬰性的反機械運動不一樣。恰好相反，這個新的思潮，正是對科技懂得很多——而不是不懂得——。這個新的思潮，是認為一切科技應役於人，而非人役於科技。人在科技拜物教的迷亂中，終於又尋找到自己一人。他們認為應該由人來主宰科技的目標，而不是任由科技來改變人類的整個目標。

在這個新的哲學下，人體自然的對抗疾病的能力受到醫學界的重視。以過量藥物「迅速」「消除」疾病的痛苦，減少人類耐受自然療癒過程中耐受痛苦的自然能力的明智與否，受到懷疑；尊重人體中自然的抗病力，並以這自然抗病力為主，藥物治療為副——而不是絕對依賴藥物治療的醫療思想，逐漸受到醫學界廣泛的討論。動物學家、植物學家、科學家、國會議員、教會和一般國民，逐漸展開了反核能運動，保衛生態運動。以有機肥料進行小規模生產的「乾淨的農業」受到農業專家的鼓舞。適量的，為消費而生產的經濟觀念，相對於大量的，為營利而生產的體制而滋生。總之，一種新的，人本主義的科技觀，在飽經「成長」的災難後的西歐，逐漸凝聚成形。

但是在廣大的落後地帶，亞洲、非洲和拉丁美洲，「高度成長」、「完全就業」、「經濟起飛」成了他們擺脫貧困，挫折與羞辱的不二寄託。自己的山林、沼澤、魚貝，鳥獸和廣闊的土地，被視同糞土。不論是右翼或「左」翼的政府，莫不汲汲於無原則的，不計代價的「現代化」運動，而且率多未蒙現代化之利，早已反受其殃了。因此環境保護思想，落後國家中受到最嚴重的忽視和嘲笑。

在我們台灣，淡水河口竹圍水筆仔紅樹林的存廢問題的爭論，恰當地表現了我們目前所處的經濟發展階段的思潮。我們還沒有西方或日本那麼繁榮，還沒有那麼深刻地感受到盲目「建設」的災害，所以還有一些在朝、在野的人，斥環境保護主義為一種奢侈的想法，振振有詞地主張「為地方的繁榮」而大興土木。另一方面，我們在亞洲地區已經明顯獲致了僅次於日本的社會、經濟發展，不論在實際上，知識上和思想上，很有一些在朝、在野的人，充分理解到唯成長論的乖訛，看得見為民族長遠利益應該以人重於科技。就在這個背景上，有主張保護的孫院長，也有主張建設的林主席；有主張保護的政府林務局、觀光局官員和民間學者教授，也有主張建設的地方行政人員和老百姓。客觀看來，這是一個自然而健康的現象，相當程度地表現了我們的社會潛在的活力，這是正、反雙方都應該感到欣慰的。

一身紅妝的樹

就淡水河口竹圍水筆仔紅樹林的存廢而言，不但是主張開發的一方，即連帶地廣大社會，對於爭論中的水筆仔紅樹所知十分有限。因此，首先，讓我們查一查紅樹林的譜系吧。

紅樹林(Mangrove)是一種在海岸河口的沼澤地帶、浸澤在水中生長的喬木或者灌木。根據植物學家的研究，紅樹林是從陸生植物經過億萬年的演化，逐漸侵入海水而生長，並且巧妙地適應了海口沼澤環境而生長的植物。她的花是紅色的。她的樹幹、樹枝都是暗紅的顏色。因此，除了綠油油的葉子，她真是一身紅妝，有獨特的嬈美。

紅樹林的種族很昌盛，真可謂支族繁多。在植物分類上，有紅樹科、使君子科、馬鞭草科，木棉科、楝科等等，一共有十一個科、十六個屬、五十五種不同的植物。在這麼一個支系繁昌的系譜裡，在我們台灣生長的，就占了三個科、六個屬和六個種——屬於紅樹科的水筆仔、五梨跤、紅茄苳、細蕊紅樹；屬於使君子科的有欖李；屬於馬鞭草科的海茄苳。可惜的是，由於自然環境保育上的疏忽和盲目開發的破壞，目前紅茄苳和細蕊紅樹已經在我們台灣絕了種！

世界紅樹林的地圖

絕大部分的紅樹林，都生長在北緯二十度到南緯二十度間的熱帶地區。印度洋和太平洋之間，是世界紅樹林分布得最廣的地區。在這一個地帶裡，海河口三角洲互相連接，分別延伸到孟加拉灣、麻六甲海峽、婆羅洲、新幾內亞、泰國、湄公河三角洲等地。此外，南太平洋群島、澳洲、加勒比海島嶼、美國佛羅里達海岸、西非洲和我們中國的海南島、廣東、福建、台灣和香港、琉球等地的海河口沿岸，都生長著各種不一樣的紅樹，總面積估計在四千萬公頃，其中分布在東南亞洲的，就占了一半。

台灣的紅樹林地圖

生長在我們台灣西岸的紅樹林總共有多少面積，目前還沒有很準確的資料，但估計起來，總共應該不超過三百公頃吧。這麼一點面積，跟東南亞各國約兩千萬公頃者比較起來，還真是少得可憐了。但是淡水河口竹圍的水筆仔紅樹林，位於北緯二十五度左右，算是世界紅樹林在植物地理學中分布最北的罕例，彌足珍貴，有研究上的重大價值。

在我們台灣生長的紅樹林，生長在西岸。北起關渡、竹圍、八里挖仔尾、桃園、一直到新竹紅毛港、仙腳石、中港溪、清水、塭港、東石、布袋、高雄茄萣鄉和東港等地，都有她們的蹤跡。但是除了淡水河口竹圍的水筆仔紅樹純林，和東石、布袋由水筆仔、五梨跤和海茄苳混生的紅樹是成林的以外，其他地方長的，都呈零星分布，而且不時受到開發者嚴重的破壞和剷除的厄運。

認識水筆仔紅樹

現在，讓我們比較集中地了解一下這一年來成為話題的水筆仔紅樹。

源流

在淡水，有一個傳說，說淡水河口的水筆仔紅樹，是六十多年前淡水有一位黃姓富商，從南洋帶回種苗移植成功的。但是專家的看法，認為從目前生長繁盛的程度看來，水筆仔在淡水河口蓄生，何止於六十年！因此從南洋隨黑潮漂洋而來，或拓台先民從廣東、福建有意或無意帶來的可能性比較大。

胎生的植物

水筆仔紅樹，和其他大部分的紅樹一樣，是一種以「胎生」繁殖的植物！

這是因為紅樹科的植物，大多數是生長在海河口沿岸的沼澤泥濘之地。為了適應這種特殊的環境而生存，紅樹林的種子，在成熟而未脫落之前，先就在母樹上發芽、伸出胎莖，形成一種植物學上稱為「胎生幼苗」的樹苗。這「胎生幼苗」的子莖和幼芽，仍由「宿存萼」加以保護，而固結在母樹之上。一直等到這「胎生幼苗」在母樹上長成熟了，便自然地從母樹脫落下來。這是尖長下懸，有若一枝懸筆的胚莖，因著地心引力，筆直地插入沼澤地上的泥濘鬆軟的地上，就地生長。有的掉落到潮水之中，便隨著潮水漂泊到附近的河岸，著地而生長。尤其奇異的是，在海水漂流的水筆仔幼苗，由上天賦予強韌無比的生命力，儘管在海水中漂漬經年，一旦著地，仍能生長成樹。

一片平綠的純林

淡水河口竹圍的水筆仔紅樹林，目前是我們台灣西岸各地生長的最好的一片純林。它分布的地區，約從淡水火車站前一直延生到關渡之間，淡江兩河的河緣。尤其是生長在淡水竹圍約五十公頃的，最是整齊。遠遠望去，一片平綠，點綴江心，蔥翠生姿。據省林試所恆春分所主任徐國士博士指出，竹圍水筆仔純林，已經發展成一種極盛的終極性植物群落（Climax community）。「它是一個大小一致，形態極為均勻的植物群落。這個群落的自我演進，自我繁衍已具十分穩定而且獨立的性格。」徐國士說，「在竹圍水筆仔紅樹純林中，我們可以看見老樹於壯年期、青年期和幼樹並生共存，源源不斷地更替。此外，它的現生環境也容納了最大量的生物種類，表現了最大的多樣性。這種純林，是其他地區的水筆仔所不及的。」

水筆仔紅樹林中的生物世界

從生態學來看，紅樹林是食物鏈上的生產者。原來，紅樹的根、莖、葉和花、枝條等，敗落在泥沼裡之後，久而久之，被自然的菌類分解成十分豐富的有機物質。這些有機物質，是螃蟹、寄生蟹、大蝦、軟體動物、牡蠣和其他許多種軟體動物攝食的營養物質。

因此，我們常常會在紅樹林的海灘上，一旦潮水退落，看見一片白色紅色和藍色的螃蟹的陣營，蔚為奇觀。據初步的調查，目前淡水河口竹圍水筆仔紅樹林下，約有五種不同的螃蟹(仔細的分類學上的研究，尚未著手)。牠們各有各的生活範圍，有的近水岸，有的蝟居泥灘。其中有一種螃蟹，有大小二鉗。大鉗常常高高地舉起，遠遠望去，牠們抬著大鉗向著潮水，踽踽斜走，狀若招徠海潮，有自然的諧趣，因此牠們又有個「招潮蟹」的雅號。

紅樹林又是候鳥過境棲息和覓食的地方。每年九月開始，一直到次年的五月，是水筆仔紅樹林中各路過往候鳥來棲的時節。

竹圍水筆仔紅樹林上，也是各種鷺鳥喜歡停留的地方。棲息在這兒的鷺鳥，以白鷺、小白鷺為常見。竹圍八勢里一帶的水筆仔紅樹林，便有許多鷺鳥的巢。黎明日落時分，但見一片葱綠的水筆仔林上，棲息著數十雪白的鷺鳥，或振羽低徊，或交頸聒噪，朝曦和夕照中，構成一幅令人心醉的圖畫。最近，有一位動物學家，在鼻仔頭橋一帶水域，甚至發現到早已列名在「世界瀕臨絕種之鳥類紅皮書」中的唐白鷺（Chinese Egret），尤足珍貴。

沼澤的泥灘上，除了幾種螃蟹、貝類，還有很多俏皮、活潑的「跳彈魚」，躍跳在泥灘的水漬上。鷺鳥、候鳥、螃蟹、軟體動物和以紅樹根葉分解後的有機物為食物的各層魚蝦，構成了一個生意盎然的動物世界。

國際學術會議桌上的紅樹林

亞洲的人口密集，經濟困難，因此對於土地開發的需求很是迫切。再加上唯成長論的氾濫，自然生態遭受到毫不顧惜的破壞和摧毀。因此，在東南亞、南洋一帶的紅樹林，長年以來也遭受毀壞和消滅的厄運。一直到近年來，生態科學日益發展，由於理解到一國紅樹林的開發立刻影響到鄰國，保持生態平衡，已成為全世界性的重大關切。聯合國有鑑於此，由聯合國「教科文組織」（UNESCO）帶頭組織，在最近幾年中，連續召開了幾次有關紅樹林的國際性研討會。一九七六年四月，聯合國教科組織在馬來西亞的檳城召開了「東南亞水域海洋汙染國際工作研討會」，強化紅樹林汙染物質的研究，以保護紅樹林。一九七八年十二月，聯合國科教組織又在孟加拉的達卡召集了以「紅樹林生態系；人類之利用及有關的管理與經營」為題的國際會議。

紅樹林的研究、保育和經營，成為世界各國嚴肅關切的問題。

去年八月二十四日，聯合國教科文組織和馬來亞大學，因有鑑於此東南亞地帶紅樹林天然資源遭受嚴重破壞，在吉隆坡馬來亞大學，舉辦了以「亞洲地區紅樹林環境：研究及經營管理」為題的國際性學術研討會。我國中央研究院周昌弘博士、中興大學陳明義博士和師大的呂光洋博士，觀光局的倪執中博士和馬以工小姐，在中研院和外交部支持下，也參加了大會。

在這一個由中華民國、馬來西亞、泰國、菲律賓、印尼、印度、孟加拉、緬甸、新加坡、錫蘭、澳洲、斐濟、英國、美國、加拿大、丹麥和中共代表出席的國際會議中，討論了(一)紅樹林沼澤生態系的基本研究，和(二)紅樹林沼洋的經營、管理和保育等兩大主題。

據參加了這次會議的呂光洋博士指出，聯合國教科文組織一而再地在東南亞召開紅樹林學術會議，已足證紅樹林問題的重要性了。「就與會各國的學術研究水平和社會經濟條件而言，有許多國家不及我國。」呂光洋博士說，「但是，他們都能注意到紅樹林保護、研究和經營的重要性。反觀我們，不論在研究上、觀念上，都不及別人，還有一些輿論說要剷除紅樹林哩！」

另外一位參加了會議的觀光局馬以工小姐指出，有一位滿頭白髮的孟加拉代表阿赫馬(N. Ahmad)激動地發言，說孟加拉是個很窮苦的國家，目前每年還有不少的人餓死。但是，孟加拉對於沿海六十萬公頃的紅樹林保育措施，卻做得很周至，允為東南亞各國中執行紅樹林保護政策最認真的國家——因為，阿赫馬先生說，這六十萬公頃的紅樹林，是防止海水倒灌，保衛窮困的孟加拉人生命田園之所繫！

讓我們來保護水筆仔紅樹林！

許許多多的人，對於為水筆仔紅樹引起的一陣保護者與開發者間的爭議，採取旁觀的態度。有些大聲主張開發的人，也承認對水筆仔紅樹的價值所知不多。事實上，主張保護的人，也沉痛地感到我們幾十年來缺少對於台灣紅樹的調查、研究，也就更遑論經營和保育了。「我們主張保護，除了從世界其他各國的研究中，推定我們自己的紅樹林的重要性外，主要地，環境科學的研究和發展，已經十分明顯地告訴我們：為了子孫萬代的福祉，學術界有責任極力說明保護的必要。」馬以工說。

其實，這一年多來由學術界提出來的保護論，已經充分地顯示了水筆仔紅樹保護的必要——

首先，正如前文說過，淡水河口水筆仔紅樹，在世界紅樹分布地圖中分布最北的一片純林；是世界學術界公認為具有保護必要，以供研究之用的稀有的水筆仔紅樹純林。

其次。也如前文所說，淡水水筆仔紅樹林不僅是食物鏈中的生產者，更是許多動物棲息之所。在紅樹林沼澤，棲居著螃蟹、寄生蟹、蝦、軟體動物、牡蠣、鳥類、兩棲類和爬蟲類等動物。外國的研究也指出，紅樹林區常常是豐富的魚蝦蛸集的處所。因此，東海大學的林俊義教授主張研究紅樹林的生態，利用自然現象，增加漁產養殖的產量。

紅樹林植物雖非大材，但根據研究，人類早已利用紅樹材燒炭，當建材、做傢俱和藥材。只要良好的經營和管理，紅樹林是有它一定的經濟效用的。

再次，紅樹林可以防止暴風雨和河海岸泥土的侵蝕，使海岸免遭海水沖失。孟加拉會為了「開發」的需要，剷除了幾千公頃的紅樹林。一九七〇年孟加拉患大水，便是因砍伐了海河岸的紅樹招致海水倒灌，人民生命財產受到很慘重的損失。據專家指出：淡水竹圍水筆仔紅樹林，對當地河岸發揮了很大的保護功能，防止海潮湧入，有固堤、防風的作用。

最後，從更長遠的意義說，竹圍的水筆仔紅樹林很可以經營成為自然生態保護區，不但可以成為民眾休憩的去處，也可以成為自然生態活生生的教育場所。觀光局的馬以工小姐和許文聖表示：「如果竹圍的水筆仔紅樹林規畫成觀光地區，能提高觀光的知性品質，讓遊人在玩樂中，從大自然中學習許多知識和智慧。」

只有萬物共生，人類方能生存

植物學告訴我們，千百萬年之前，水筆仔在地球上誕生了。在它漫長的生存鬥爭中，和潮水、海風、鹽分奮鬥，水筆仔終於發展出胎生、呼吸根和獨特的抗鹽力，而使自己昂然地和其他百萬種植物，在存在廣大的海河口岸鹹苦、泥濘的沼岸之地，和無數的生物，自成充滿了生命的世界。

也不知多少年前，隨著海流漂泊，水筆仔堅毅的生命，在北台灣著地生發，在這兒安生立命，形成了一個完整的植物聚落，庇蔭著魚、蝦、鷺鳥，形成充滿著活鮮生命的小小的樂園。

然而，自以為「萬物之靈」的人類，為著「繁榮」和「開發」之名，企圖把只知物欲的鐵手，伸進這一片純林之中。

十多年來生態科學的研究，嚴肅地揭發了一項重要的訊息：即只有萬物共存人才能繼續生存，人類的文明，也才能生生不息地博承下去。在全世界各地，土地流失，空氣和水受到嚴重汙染，好幾種動物植物正瀕臨著滅絕的厄運。久旱不雨、山崩、大水、海水倒灌、飢饉、疾病的流行，不明病菌的猖獗……，這些，對於生態學家，只不過是一場更大的集體災禍的預兆能罷了。人類以對生態之肆無忌憚的破壞，建築起今日的「富庶」和物質的豐裕，但他們不知道，

一九八一年三月

如果人類再不知節制，自然將施以無情的報復。著名的生態學家勞德米克，為摩西的〈十戒〉增添了第十一戒：「汝不得違背自然之戒律，否則汝等子孫將永不得昌盛，或世世生於貧困之中，或全體自此地球之上消跡。」

「這絕不是生態學者聳人聽聞的話，」一位年輕的生物學教授說，「不論如何，這次關於水筆仔紅樹的爭論，對我們是有益的：我覺得政府高層決策者，很具有現代人的智慧，覺得他們明顯地傾向於保護。這是非常難得的。另一方面，這次爭議，在某一範圍內引起了知識分子和一般民眾的關懷，對水筆仔紅樹的知識增加了，許多人發了言，寫了文章，表現出我們這個社會的不可忽視的活力來。生態問題畢竟是全體人類的問題，絕不是一小撮稱為『生態學家』的怪物的杞人之憂而已。」他希望水筆仔紅樹的保護，將是我國一系列現代化的、自然環境研究、保護和經營的開端。「在我們中國，很早就有『天人合一』的觀念，把人與萬物等同起來看人生，看世界。我們中國也很早就有一種哲學，要人過著簡樸的物質生活，並且以與自然取得和諧的關係而豐富人的精神生活。」馬以工說，「環境科學家所透露的訊息，基本上也不超過這個範圍。不要以為自然環境保護的思想全是外來的東西。正相反，現代『超工思想』的思想家，都在以無限的敬意在中國的這些哲學中找尋寶貴的教訓呢！」

初刊一九八一年三月《立達杏苑》第二卷第一期，未署名

1 本篇初刊《立達杏苑》，隨文有紅樹林在世界和台灣的分布等配圖。

鐵與血的時代史詩：《滾滾遼河》

那是一個什麼時代？
那是一種什麼工作？
什麼樣的一群青年在那時代做那種工作？
在那一時代那種工作下產生了什麼樣的愛情？

「我恥於訴說，我們這個行列是如何堅忍地投身戰鬥，與敵周旋。我厭於回答，有關我們地下工作的任何一項詢問。」開頭第一頁，《滾滾遼河》的作者紀剛——趙岳山醫師如此寫道：「我們那些年、那些人、那種種鐵的生活、火的情感、血的工作，不是為人當作茶餘酒後談話做的。……但是，我又不能不把我們『覺覺團』的故事，從頭細說！」於是，一部東北愛國青年受苦受難史，抗日工作可歌可泣的種種烙痕，都熔入一群醫學院學生的故事中，而《滾滾遼河》這部民族抗日戰爭史詩誕生了。

鐵和血的時代史詩

《滾滾遼河》這部鉅作，是敘述一群我國東北學醫的青年學生投身抗日救國工作的故事；背景是位於瀋陽大東關萬泉河（遼河支流）的「盛京醫科大學」，更大的背景，則是烽火干戈連連的東北，在日本帝國主義侵略下輾轉呻吟的「偽滿州國」。

中日甲午戰爭後，《馬關條約》曾一度使遼東半島淪入日人之手，展開了東北同胞遭受帝國主義侵凌的悲涼序曲。西元一九〇五年，日俄戰爭之後，日本更進一步長期竊據了旅順大連二港，使東北各地不分男女老幼，一致悲悽地吟唱〈今年三月廿四日〉這一首當時著名的中國抗日民謠。民國二十年，「九・一八事變」爆發，日本帝國主義對中國加緊侵略，日本關東軍炮轟瀋陽北大營，一夜之間在我東北炮製個「滿州國」來，次年三月，日本誘引清遜帝溥儀返回東北，就任偽政權「執政」；越二年改帝制，年號「康德」，東北三省就此完全淪入日本帝國主義的魔掌之下了。

以「九・一八」為分水嶺，追隨政府撤退入關的東北義民，開始悲吟〈九・一八流亡曲〉和〈松花江上〉的時候，留在家鄉的同胞們，則在敵偽的統治下，對日本侵略者默默地展開了迅速而有力的反擊！

「……那時候我們還小，不太懂得做亡國奴的痛苦。……而在『七．七』抗戰之後，我們已就讀大學，一種自然的民族意識和國家觀念的覺醒，使我們不忍坐視同胞及自已身受異族統治。」在《滾滾遼河》第一章裡，作者這樣敘述著說，「於是有志的青年們都像雨後春筍般的，在敵偽各大專院校裡，紛紛地結成秘密團體，展開了反滿抗日的活動。」

於是「覺覺團」這個由醫學生組成的團體，也就在這樣的背景下，和那一個時代那一個地區的熱血青年們一起，用那種「鐵的生活、火的情感、血的工作」，開展了一場以年輕的靈魂與血肉和日本暴力的鋒鏑相抗的抵抗生活了。

鮮血漂上來的一群

「七．七」聖戰掀起了全中國人民洶湧無比的抗日情緒。所有的中國人民都放下了手頭的工作，和日常的生活秩序，加入掀天動地的抗戰怒潮之中。

就像每次反侵略、反強權的革命行動一樣，億萬人的焦點全部都指向了如何打擊敵人侵略者這個目標上，各式各樣的人物全都投身到這現實的抗日活動中來了。昨日的中立者也許就是今天的狂熱抗日分子。有的從軍直接到前線去，有的奔向後方從事鞏固大後方的建設生產工作。更有的化整為零，在敵後淪陷區內從事宣傳、滲透、游擊、破壞等等削弱敵偽組織的工作。到處都有自願的犧牲者，每個人都希望為民族爭取最後的勝利。

崇高的獻身行為就在這時發生了，由「盛京醫科大學」醫學生所組成的「覺覺團」，是這股愛國大狂流中，採取激烈行動的組織之一。她和所有當時愛國青年地下抵抗團體們一致，唯一的願望就是在敵人的炮火中向前邁進。

《滾滾遼河》一書中的主角們，是包括紀剛、羅雷、仲直、心竹、伊正、任俠、谷音、惟亮等等愛國的醫學生們，和詩彥、方儀、鍾鳴、澄波、宜民等組成「覺覺團」的女護士們；還有宛如、姚惠等平凡無助的亂世兒女們，在這樣一個悲壯的時代中，以他(她)們生命和血堆砌成的工作，交織成一幕幕激情而動人的抗敵故事。

由於這是一部以真實故事為藍本的小說，所以並沒有誇大了的鬥爭情節，或是傳奇性的地下諜報故事。事實上，在東北抗日歷史轉捩點的瀋陽「五．二三」事件之前，通篇小說幾乎都是在描寫從事地下抗敵工作時，所遭遇的種種困厄和掙扎。

就在大戰局勢瞬息萬變，內部意見龐雜的情況下，「覺覺團」的地下抗日同志們，為著要造成合作以匯集力量，為著要鞏固「就地抗戰」的戰果，忍讓、說服、爭取、溝通，占去了這群熱血青年們全部的精力，以至於幾乎做不出什麼轟轟烈烈的抵抗行動來。

等到抗戰的最後一年，日警和偽滿特務組織掀起了「五．二三」大逮捕事件，幾乎將所有抗日組織地下工作人員一網打盡之時，青年們犧牲的精神就徹底表現出來了。

「五．二三事件」是《滾滾遼河》一書中，整個故事架構中的高潮，是這部抗日地下工作的故事中，最戲劇化的敘述情節。事實上整本《滾滾遼河》中，誠如書中的一位主角說過，是「一種『角力式』的鬥爭」。這種寫法當然是更接近真實。雖然「觀眾喜歡看激烈的球賽或武打，沒有人愛看雙方僵持形態的角力。」然而，《滾滾遼河》畢竟不是一部供人茶餘飯後消遣之用的傳奇小說。她是一段愛國青年為國族犧牲奮鬥的血淚史，她著重的是真實，一切描寫都必須出自至誠真意，而不能有所取巧誇飾。書中的主角之一——羅雷曾說過：「我們從不訴說我們遍體的創傷，我們永不改變我們飛躍奔騰的方向！」這句話，正代表著《滾滾遼河》，這本小說寫作的精神。

這是一塊不容侵侮的土地！

勝利——終於來臨了。當年隱藏於地下的抗敵志士們，如今也重見光明；由當年特務偽警濫捕追殺的對象，搖身一變，而成為國家民族的英雄。

可是，他們都在抗敵工作中受了傷害。男方因非刑而非死即殘，女方則受辱於日特。他們本可早日相會，共渡平安幸福的歲月的。但是，一個更大的陰影籠罩了他們，為著另一場戡亂的大鬥爭，於是不約而同地，他們立刻拾起鬥爭的行囊，各奔西東，奔波流離。

抗戰、戡亂，是一個動亂的時代，也是一個偉大的時代；是一個困難的時代，是一個陰暗迷惑的時代，也是一個充滿理想、希望的時代。生活在這樣一個時代的中國青年。他們的生活、心情、志向，也是豐富、多樣而壯烈的。

反映這時代青年生活意識，時代精神的文藝作品極多；而以醫學生為主角的《滾滾遼河》尤其是其中佼佼者。《滾滾遼河》中所描寫發生於醫學院中的戰鬥生活，那種活現的情節，那些空間與時間的錯落，那些人物的心情言行；我們可以如此說，非親身體驗者，難以敘述得如此合情合理，逼真動人。

「這『覺覺團』的故事，只是那一時代愛國青年奮鬥史中的千萬分之一而已。」紀剛在《滾滾遼河》的末章如此寫道：「自俄日先後侵略，建築中東鐵路與南滿鐵路交叉成不祥的十字後，東北同胞便開始了十字架上的苦難命運。但是，我並不是只紀錄他們的悲傷，也不僅訴說他們的痛苦。我要報告他們永恆不息的奮鬥，要讓全世界知道，這是一塊不容侵略的土地，在這片土地上生長著不可奴役的人民！」

一九八一年三月

「覺覺團」的醫學生們並不是以他們做過的事感動了我們，而是他們所預許的一切，振奮了我們沉睡的心。因此紀剛寫下了《滾滾遼河》，紀錄了那一段青年奮鬥救國的歷史，使「覺覺團」中許多青年同志們的生命沒有虛擲，鮮血不曾白流。

東北愛國青年組織性地下抗日活動，在當時是一件震撼敵人的大事。使無數志士犧牲捐軀的「一二・三〇事件」、「三省黨部事件」，以及《滾滾遼河》故事重心的「五・二三事件」，都是這段血淚鬥爭史的暴露。然而這將近十年的激烈搏鬥，卻都在地下無聲卻激烈地進行，各自保持秘密，以致極激昂的場面沒有觀眾，極動人的故事而沒有讀者。

民族國家的醫者

一向推崇「生命寫史、血寫詩」的紀剛表示，《滾滾遼河》是以感情故事為興趣線，穿織敵後抗戰的奮鬥史。「因為地下工作是『角力式』的，為了忠實，不能在工作故事中妄加『動作』；而那工作又是極其嚴肅的，更不能用感情故事來粉飾『劇情』。」他說，「所以構成小說應有的衝突情節，我只能用小我感情如何被壓縮、割裂，與扭曲來製造高潮。進而用這些個人悲苦淒慘的命運，來反映那個時代環境下的殘酷與不仁。」

然而，或許正由於這種質樸的情節和真實的故事，再加上紀剛醫師優美的文筆和動人的表達，使《滾滾遼河》更有著巨大的感染力。《滾滾遼河》是一部氣勢渾厚的傑出小說，更是一部血淚交織的歷史紀錄。雖然這兒所紀錄的只是一個片段，背景只在東北一角，但所給予讀者們的衝擊力量，仍是無可比擬的。

在飽經帝國主義侵凌的廣大的第三世界，作為社會菁英的醫師，常常不僅是醫治個人的醫者，也是醫治帝國主義毒害下的自己民族的醫者。因此，殖民地的醫生，往往是反侵略和革命運動的領導者，中國也不例外。紀剛的《滾滾遼河》正好捕捉了東北淪陷區中，年輕的醫學生在鐵和血的民族抵抗中偉大的情操——對國家、同胞、同志之愛。而這愛，竟高昂到不惜以捐獻自己的生命去實踐，表現了中國醫者道德生活的最高水位。

初刊一九八一年三月《立達杏苑》第二卷第一期，署名怒江

為抗日歷史做見證的小說家：紀剛醫師

就地抗戰

趙岳山醫師——《滾滾遼河》的作者紀剛——在高中一年級的時候，中國爆發了「七七」民族抗日聖戰。這一戰爭引燃了所有在東北淪陷區中華青年兒女們的高昂的民族主義覺悟。潛返重慶大後方從事抗日工作的想法，是當時東北一切熱血青年一致的願望；想脫離日本及偽滿統治當局箝制，逃回祖國的後方，和後方的同胞一起站起來和日寇拼戰的意念，此時正在青年紀剛的心胸裡燃起高燒的火焰。「是了！有辦法的人，都該到後方去！」他想。為了慎重起見，他偷偷地將這個秘壓在內心深處的問題，請教一位教會學校的丹麥籍教授。

「但是如果你們有才智，有能力的人都走了，家鄉的同胞，又交給誰呢？」這位異國的教授痛苦地提出這樣一項令人驚諤的反問。是的，我走了，家鄉無助軟弱的同胞們，就活該在日本人的鐵蹄下過日？

這位異國的教授斷斷續續地告訴了紀剛這樣一個故事：他的家鄉丹麥，在歐戰期間，南部淪入德軍之手。當時陷區一切愛國的丹麥青年，也都跑到北方去了。「結果，陷區的民族思想一時陷入真空，原本軟弱的同胞們，由於缺乏精神及行動上的領導，只有任人宰割，讓德國人在祖國縱橫肆虐了好幾年之久！」教授沉痛地追憶著。其實，更糟的後果是，歐戰結束，丹麥光復，為著彌補德國侵略者在丹麥南方所造成的精神上和物質上的破壞，所花費的財力和精神，竟還超過戰事本身。「如果當時淪陷區裡有人領導保持丹麥的精神，就不一樣了」丹麥教授說。

「如果你真正愛國，就該留在家鄉！」這位丹麥籍的教授肅穆地下此結論，「留下來，與你們的中國同胞們站在一起。將你的心智和生命貢獻給家鄉的同胞們，教育他們，領導他們，去和日本人鬥爭；將反抗工作轉入地下，就地抗戰吧！」

青年紀剛留下來了。許多醫學院的同學也留下來了。他們組成了「覺覺團」，加入「就地抗戰」的行列，在地下展開了抗日的工作，用他們「鐵的生活、火的熱情、血的工作」，去寫下懾人心魄的抗戰史詩。

走向創作之路

《滾滾遼河》的背景「盛京醫科大學」，正是趙岳山醫師——紀剛——接受醫學教育的母校。「當時我選擇學醫這條路，似乎是件很自然的事。」趙岳山醫師笑著說，「一方面，學醫比較接近我個人的性向，是份崇高的理想。另一方面，也是希望能藉此使自己的革命工作更落實。畢竟，醫師是件救人的行業，易於和廣大民眾親近。我可以一邊替他們醫病，一邊灌輸他們國家民族意識方面精神上的處方。」

就像日據下台灣偉大的賴和醫師一樣，趙岳山醫師也兼具著醫師和作家的雙重身分，以他的醫技來醫療民眾的肉體，更以充滿正義和愛的筆鋒，以民族大義的處方，來診治當時淪陷區民眾們空虛而屈辱的心靈。談起寫作的緣起，趙岳山醫師說：

「當時在東北地下工作組織的體系裡，我主要擔任的是文宣方面的工作，專門以文字滲挾著國家民族的思想，向敵偽進行宣傳滲透的工作。結果磨練出一支還算流利的筆，為日後表達和寫作奠定下良好的基礎。這是完全出於當時預料之外的。」

他形容學生時期就像一個永不饜足的倉庫，無論是有關醫學本科上的新知識，或是中西文學的作品只要弄到手，都狂熱地耽讀，為青少年時代的自己，創造了比較廣闊的發展可能性。

而等到大學時期加入抵抗運動之後，有了非常現實而嚴肅的工作和責任，早年熱情學習的收穫，便形成一股異常雄厚的力量，為人民、為社會、為國家民族毫不躊躇地把自己奉獻出來。

「現在回想起來，那時候基於工作的需要而淬勵寫作，一方面固然是沉重的考驗，另一方面卻也是我一生重要的轉折。」紀剛說，「如何用文字工作來達成東北人民抵抗日本侵略暴政的任務，寫出一篇篇生動、熱烈的宣傳訴求文字，當時確曾給我莫大的考驗。結果，很僥倖地，我圓滿達成任務，在當年敵後抗日戰爭中，造成了一定程度的影響力。到台灣以後，更使我能夠有一枝活潑的筆，去為當年東北抗日時期的血淚史作見證。」這個歷史的見證，就是這部達四、五十萬字的《滾滾遼河》。

偉大的布景

經歷過日本帝國主義長期嚴苛統治的台省同胞們，對於同樣遭受過日本軍閥鐵蹄蹂躪的東北九省同胞，該格外有一份曾經共過患難的心情罷。台灣的賴和醫師曾被日本特務視為「危險思想」分子，在東北，趙岳山醫師也曾經被日本特務戴過同樣的帽子。當時所有尤其是醫師階層的高級知識分子，都被日本特高當局列入思想犯的黑名單。那時期的東北九省的醫師、學生們，也是如此地被日警經常「視察」著，稍不如意，就大肆濫捕，百般凌辱，以滿足殘暴統治者猜疑和恐懼的心理。

「曾使賴和醫師差一點送命的台灣『一二三事件』，當時也在東北發生過！」趙岳山醫師說。那次血腥的鎮壓，使淪陷在東北的同胞，在心靈深處蒙上一層深刻的恐怖和戰慄！就在那一段黑暗時期中，有人屈服了，過著今朝有酒今朝醉的生活，整個人落入沒有道德準繩的精神虛無狀態。也有想辦法逃避了，或是潛離家鄉，遠去異國。或是逃進大後方，或是含憤抑鬱以終。但是更有一些人選擇了抵抗的路子，將猛烈的行動轉入地下，明合暗與地和遠方第一線的抗日鬥爭相呼應。他們的犧牲、他們的奮鬥，雖然一時還無法給予日本軍閥致命的打擊，但是他們堅毅不屈的戰鬥，和全國各地抵抗的火花匯合成一股中國抗日民族戰爭巨大的、絢燦的火焰，在全國範圍中高高地燃燒起來了。

「我認為當時台灣和東北的同胞們，之所以能形成這樣無我的前仆後繼的犧牲精神，是可以歸納到兩項重要的原因。」趙岳山醫師沉思著說，「一是歷史環境的驅使，一是傳統文化的實踐。」

幾年前，趙岳山醫師曾在《聯合報》副刊上發表過一篇叫作〈歌中歷史〉的文章，透過幾段往昔流傳在民間的歌詞，為那個時代的環境背景做了明白的解說。該文中描述了近百年來日本和蘇俄對我東北的侵略，迫使有志青年走上抗敵救亡的艱辛旅程。「百年來帝國主義對中國的侵侮，使全國同胞經歷了一個世紀痛苦和屈辱的歷史，所以才引發了堅忍壯烈的全面對日抗戰。」趙岳山醫師說。

除了帝國主義侵略的歷史經驗，中國傳統知識分子那種「義不帝秦」、「漢賊不兩立」的特殊歷史使命感，是激發當年東北青年們大我的民族國家正義感的重要根源。這股動力，使類似《滾滾遼河》中覺覺團的青年志士，將自我向人性的上限發展。他們經由自我犧牲奉獻捐軀的精神，義無反顧勇往直前的魄力，承繼著傳統文化，做了熱情的實踐。

而當年「覺覺團」青年團員們的「就地抗戰」，不單否定了「屈服和接受」的軟弱人性，同時也否定了消極奔向後方祖國，做義民式的「逃避」。這多麼真摯確著的情懷，又是多麼堅決誠實的抉擇！

不如做個好醫師

雖然完成了《滾滾遼河》這樣的鉅作，趙岳山醫師卻謙稱自己並「不是成為偉大作家的料子」；他寧願堅守自己醫療的崗位上，竭力做個好醫師。

「我認為做一名醫師，是一份可以現實和理想兼顧的行業。」他笑著說，「就如偉大的賴和醫師所說的，可以一手行醫養家，一手懸壺服務大眾。」

趙岳山醫師認為文學是人類文化思想的精華，是構築人類精神結構的重要支柱。包含醫師在內的每一個人，當然都應該時時接近文學。「這不僅是因為文學是人類精神的總表現，親近文學也就等於親近普遍的人性，可以變化自己的生命觀和宇宙觀，使胸襟更加開闊。」趙岳山醫師說，「同時經由文學的潛沉，使心靈得到滋潤，使生命更加充實豐盛。」

「但是從事文學創作又是另外一回事，」趙岳山醫師接著說。從事偉大作品的創作，文學技巧很重要，體驗經驗很重要，而出世的想像力和表達才華更為重要。

「我自認是個平凡的人。有一點點不錯的寫作基礎，加上那一段時期在東北以生命和血肉從事抵抗的異乎常[1]的特殊體驗，配合為『覺覺團』同志們做紀錄，為那段可歌可泣的歷史做見證的使命感，驅使我完成了《滾滾遼河》這樣的一本作品。至於現在，我感覺到自己在文學上的使命感已告一段落。我以為，做一名好醫師，將可以使我更完滿地趨向於自我實現的道路吧。」趙岳山醫師笑著為自己下了如此的結論。

比歷史更真實

《滾滾遼河》從出版迄今，已經不斷出版了二十四版。這在台灣出版界中，是一個了不起的紀錄。戰爭似乎已經去得很遠了。在戰後出生，成長的世代，早已把抗日的歲月看成只是歷史上的一個篇章而已。然而，趙岳山醫師——紀剛——的這本書，在青年中擁有一個世代又一個世代的讀者。儘管這一代青年在物質上的豐厚已非前一代所可比擬，但《滾滾遼河》中那些在敵人鋒鏑下彰顯出人性最崇高的品行——親愛、犧牲、無私、勇敢、正直高於生物學意義的生命——的青年，深深地感動著千萬年輕的讀者。亞里士多德說「詩比歷史更真實」，於此又得另一個鮮活的證言了。就內容、精神而言，一般的台灣文學批評家都同意：除了《滾滾遼河》，台灣再沒有一本同類深刻觸及日本帝國主義侵略體制下中國人的心靈的小說。學院方面評論這本小說的文章或不多見。但《滾滾遼河》的評論，更多來自整個中華民族的心靈。它歷久銷行不衰的紀錄，便是最雄辯的文字評論，給予《滾滾遼河》最忠實、最持久的高度評價。

初刊一九八一年三月《立達杏苑》第二卷第一期，署名竺斯辨

1　「異乎常」，原文如此，應有文字脫漏，疑為「異乎尋常」或「異乎常人」。

台灣近代雕刻的先驅者：黃土水[1]

〈水牛群像〉

在台北市中山堂光復廳背牆上，位於二樓和三樓樓梯之間，陳列著一幅長達五公尺，寬兩公尺半的巨型浮雕。圖面上有五頭水牛和三個戴斗笠的小孩。背景隱約可以看見幾株芭蕉，烘托出一片我們所熟悉的典型台灣鄉村的風光。

這幅命名〈水牛群像〉的浮雕作品，是一項未經翻銅的石膏模，陳列於中山堂已有五十年了。如今略呈斑駁，再加上展示現場的忽略，使它長年埋沒於陰暗的光線之下。但是，這幅作品，卻是日據時代先輩雕刻家黃土水先生一生最具代表性的力作。

拿這作黃土水嘔心瀝血的最後遺作，和他早期實驗性的鄉土風味的作品——如〈山童吹笛〉等，到「帝展」時期的學院派名品，如〈甘露水〉、〈擺姿勢的女人〉等一相較之下，明顯地呈現了一位誠摯的藝術家，那種曲折的創作心路歷程的流轉。

〈水牛群像〉似乎有意將黃土水多年來對水牛的探索，在這浮雕的畫面上歸納出一個總結。他讓距離這一作品十二年前的〈山童吹笛〉中的本土形象，重新浮現出來，使五隻不同姿態，不同造形的水牛，在構圖中串聯成一個優美的結構，組成了既有寫實的表現手法，又富於浪漫鄉土情調的風景。

〈水牛群像〉完成於一九三〇年，是黃土水先生的最後遺作。在他短短的十二年創作生命中，經歷過鄉土的啟蒙，到學院派嚴格的藝術訓練，再回歸到本土的努力。在這十二個年頭裡，他完成了八十餘件作品，受到日本藝術界的盛譽和權貴們的褒譽，也曾因作品風格轉向本土化，而遭到無謂的誤解和排擠。最後，他以〈水牛群像〉這件作品，為自己創作上的心路，雕下了肯定的句點。但是，不料這句點竟也成了他生命最後的句點。完成了這件石膏模，還來不及在台翻銅，黃土水先生就與世長辭了。

佛雕藝術的啟蒙

西元一八九五年，即光緒二十一年七月三日，黃土水先生誕生於台北城西的艋舺（今之萬華）。父親黃龍，母親施氏，帶著五個兒女，落居在今萬華祖師廟後街，過著清貧的歲月。

清朝以來，向有「一府，二鹿，三艋舺」之說，意指艋舺的開發僅次於台南府和鹿港，是台灣北部發達最早之地。因此，萬華地方寺廟密集，有名的龍山寺、祖師廟皆建於此。所以在黃土水先生的童年以至於少年時期裡，廟堂的佛像和龍雕等，均成為他宗教生活中不可缺少的形象。

十二歲那年，黃土水舉家搬到大稻埕，投靠住在真人廟口（今延平區天水路），從事木匠的三哥黃來順的家中。

台灣有史以來，大稻埕地區的佛雕行業一貫極為昌盛，多數店鋪皆聘有遠從大陸福州聘來的雕刻師。此時台灣由於農產富庶，宗教信仰深入民間，廟宇的建造便相應興隆，佛像雕工精緻，福建地區一流的手藝，也來台謀求發展，使台灣民俗雕刻幾達全盛。

少年時期的黃土水，便在這樣的環境下，展開他和雕刻藝術之間的因緣。就在他新家的巷口處，便有這樣的一家佛雕鋪。少年的黃土水，便常在課後在這家佛雕鋪子徘徊觀覽，流連忘返。他的舅父眼看著他對佛雕那麼著迷，索性也帶著他正式向鋪子裡的老師父拜師學藝，做私淑的弟子。從此，少年的黃土水便經常雕刻一些習作，向這位佚名的佛雕師請教，不時，也請他代為修潤幾刀。就這樣，黃土水在他正式承受美術教育之前，先做了中國民俗佛雕傳統藝術的學生，踩開了他雕刻藝術生涯的第一步。

命運的軌跡

黃土水先生在十七歲那年畢業於公學校，考進國語學校師範科（今台北師專）。一方面是這所學校並不特別重視美術課程，然而奇怪的是，一直到畢業，黃土水也並未被人發覺有任何美術天分。

「他（黃土水）在學校時，對藝術方面的才華並無絲毫的顯露。大家只是覺得他是一位好啃書的用功學生而已。」一位曾是黃土水國語學校同班同學——吳朝綸先生回憶說，「如果他有特別的表現的話，或許早已為當時的美術老師石川欽一郎吸收了，而從事於繪畫了！」（《百代美育》十五期，一九七四年十一月號）

但也正由於黃土水一直到國語學校畢業之前，在美術課堂上極為不可思議地沒有過人的表現，終於使他順著命運的軌跡，在日後踏上雕塑藝術的路程，成了台灣近代雕刻藝術史上，一個偉大的雕塑創作的先驅者。

他在雕刻方面的才能，遲習畢業考試之後，才被發現。「……畢業考以後，工藝老師要每位學生繳出一件工藝品，唯獨黃先生用木頭雕了自己的左手繳件，受到了誇讚。」吳朝綸先生笑著說，「後來因為老師鼓勵，又仿刻了若干佛像留在學校。……」

這些便成了黃土水先生的處女作品。至今台北師專還收藏這批作品，包括觀音、彌勒佛和李鐵拐等木雕。

國語學校日籍校長志保田偶然間看到了黃土水的這些留校作品，黃土水的才華，受到了十分熱烈的讚賞。經由這位校長斡旋，向東洋協會借了一筆款，並由當時民政廳長推薦，通過入學試驗，黃土水終於在一九一五年十月八日，畢業不滿半年，就東渡留學了。

誰也沒有想到，就在踏出校門的前夕，偶然間展露的才華，竟為他後日留學東京美術學校鋪了路，成為他生命的轉捩點，從此躍入了雕刻藝術殿堂的大門之中。

美術界留日的第一人

在黃土水到達東京之前，東京一地的台灣留學生只有一百多名。其中專程來學美術的，就幾乎沒有見過。往後幾年(約一九二〇年代初期)，才有張秋海、陳澄波、王白淵、陳承藩、陳植棋、顏水龍等這些台灣前輩畫家相繼來到東京。到三十年代，更增加到四十餘位之多。

台灣這股留日學習藝術的熱潮，到了四十年代，因日本侵華戰爭的爆發而告中斷。此後，從台灣到日本去學習藝術的漸少了，但學成歸台的卻相當的多。這些學成返台的藝術家，終於在日後促成了台灣新美術運動的全盛時期，成為台灣新美術運動中的骨幹。

戰爭結束之後，台灣學畫的留學生改向歐美發展，再到日本的就很少了。由此也可以看來：三、四十年代的台灣美術界，所以受日本影響之大和日本對台灣的殖民統治這個歷史條件，顯然有著不可分割的因果關係。

〈山童吹笛〉

日本東京美術學校創設於一八八九年。一九一五年黃土水進雕塑科時，該科只有十六年的歷史，但是教師陣容已非常地堅強。尤其在木雕方面，可謂集一代精英於一爐。在日本明治之前，日本傳統雕刻本已逐步走向式微之途。所以這些當時執教於東京美術學校的雕刻家，幾乎全都是日本蒙受西方近代美術思潮和技藝的教育所產生的日本第一代和第二代美術家。

東京美術學校學生用功的苦讀、苦修的學風，本就是夙負盛譽的。而負笈他鄉的黃土水，更是日以繼夜，不知疲倦地學習。他知道自己能到東京學習雕刻之不易，在心理上有不能辜負此行的壓力；他也深知：在他來到日本之前，自己手中雕出的作品，屈指可數。而且那些作品又只是模仿本能中的一種粗糙的技藝罷了。因此，如何以台灣佛雕技法作基礎，來接續西歐學院嚴格的技法，成了他自我要求下沉重的課題。

從一九一五年到一九二〇年黃土水在東京美術學校完成了他初步的現代美術教育。青年黃土水在拮据的經濟條件下，在學校中刻苦地和雕刀、木槌、石膏、泥石奮鬥了五年。之後，他開始一鳴驚人。

一九二〇年，在師長的鼓勵之下，他發表了〈山童吹笛〉這一尊泥塑作品，送進上野公園的東京美術館受審。結果在十月初，當新入選作家公布之日，青年黃土水親眼看見自己的名字出現在榜，才驚覺多年來夢寐以求的心願，終竟初步實現了！

這是日本當時領導美術界的帝展第二回競獎，是黃土水先生首次與日本當代一流大師同列一室，也是台灣的美術家中，第一位爭得這麼崇高的榮耀。那一年，黃土水才二十四歲！

「帝展的榮顯」

從此以後，黃土水成為「帝展」系統下的新進雕刻家。「帝展」不僅是他藝術團體上的歸屬，也同時標明了他在創作上的風格與路線。「帝展」一系，代表了日本少壯派雕塑家，那種嚴謹的西歐寫實主義的風格。

在黃土水先生一生的作品中。尤其是這段「帝展」時期中的作品裡，其所表現出來的那種嚴格的學院派風格，是顯而易見的。一九二一年和二二年，他又分別以〈甘露水〉（大理石雕刻）、〈擺姿勢的女人〉（泥塑）入選於第三、第四屆「帝展」。這兩尊作品創作態度的嚴謹，形象的刻畫入微，充分顯示了他在學院派技法上的愈加圓熟。

然而，掌聲並不曾迷惑了青年黃土水的心智。參加過第四屆帝展之後，他在東京美術學校研究科的學習過程已告一個段落；這種學院趣味的雕刻題材，也逐漸無法使他滿足。

當他雙腳踏進了「帝展」的殿堂時，因為力求「帝展」中做出一番表現的強烈欲念，使他真正的創作的意志，也被日本沙龍藝術的規範所左右。然而在他的內心底處，一縷鄉土的情懷，卻始終縈繞不絕；每當學院的誘惑偶一鬆弛，這一分植根於南國鄉土的藝術情感便乘隙滋長萌芽。他始終沒有真正放棄過製作他少年時期的台灣民俗工藝類的木雕。直到有那麼一天，回歸的意念猛然撥動了他的心弦，發出渾厚親切的回響。

折衷穩健的現實主義

一九二二年冬天，他再度回台省親。這一次，他一方面租營了一間臨時工作室，做塑像的工作；另一方面，他開始致力於水牛造型的研究。

他之所以研究水牛，是因為想借著水牛碩實的豐美軀體，以學院中習得的寫實造形經驗，來容納東方木雕的內容。他要回到自己成長的土地上來尋求創造的源泉，要從木雕的製作中補償日本學院沙龍藝術的不足。這時，他在他研究水牛、觀察水牛、思想著水牛的時候，他其實便在研究、觀察和思想著台灣——這個養育了他，啟蒙了他的鄉土。他於是使他的藝術形式和他的藝術思想情感，在他凝視著水牛時，合而為一，而得到至大的喜悅與滿足。

然而他這種回歸鄉土的創作方向，卻不為派系鬥爭激烈的「帝展」所容忍，並且觸怒了日本當權的雕刻宗派。他以水牛為題材的雕塑作品〈郊外〉，雖為第五屆「帝展」接受展出，但在第六屆帝展時他送去一座塑像，卻被擋駕門外。從此，黃土水與「帝展」之間，也永遠斷了緣。

然而，黃土水在創作上的鄉土回歸，是一個極為自然的歷程。長年在「帝展」之下，黃土水鍛鍊了嚴格的學院寫實主義的技巧和風格。但這終究只是藝術表達形式上的訓練。童年的回憶，民族生活的積累，終於成了越來越強大的呼召，使生性溫和穩健的黃土水，自然而然地脫離了「帝展」的枷鎖，他創作的情感和思想，至此獲得最大的自由，飛躍在故國鄉土的風土之中，而使黃土水的藝術臻於成熟。

當時在日本還有一個名為「二科會」的美術集團，以和「帝展」觀點相對立姿態出現。一九二八年，普羅美術展開鑼，黃土水也依然不見參與。意識上的差異，該是他之所以無法合流的主因。痛感於派系紛爭對藝術的禍害，而欲自這股漩渦拔身的認知，應該也是黃土水內心中潛在的重要原因罷！

名藝評家謝里法先生曾指出：黃土水的作品，走的是前衛的現代主義和社會寫實之外，屬於折衷穩健的敘情寫實主義。這應是他一生創作的路線最佳的詮釋。

後援會

進出於「帝展」的路子雖然斷了，但並不見得就能因而斷絕一位偉大雕刻家的前途。黃土水雖然暫時因此面臨經濟上的窘迫，在心靈上卻是豐收的。因為，在解除了「帝展」的約束之後，他的心智卻更能自由自在，回歸致故土的草原上熱情地奔馳。

同時，在台灣支持他的人，也愈來愈多。日據時代台灣的知名之士和豪紳宿彥，為藝術家組織後援會，支持和保護本土藝術工作者的風氣很盛。如民族運動領導者之一的楊肇嘉先生，及聞名早期繪畫界的王井泉先生，便經常以私人財力，廣泛幫助許多台灣藝術工作者，而聞名於世。

當時的台灣士紳如郭春秧、黃純青和林熊徵等諸位先生，便為黃土水組成後援會，號召各地有錢有勢的人向他訂製胸像。甚至到了後來日本的皇親久邇宮邦彥，也找黃土水塑像，使他逐漸解除了經濟上的困境。

此時黃土水將他的全副精力，投注於以動物為主的雕刻上。一九二五、一九二六年間，他創作的主題都是些水牛、鳩、鹿、猿、兔、鯉魚等泥塑和木刻。這些改變風格的作品，也先後為日本皇宮所收藏，使得他的聲名更為鼎盛。

一九二七年，黃土水先生三十二歲。此時他在日本藝壇中早已奠定了不可動搖的地位。這一年他將作品轉送到「聖德太子奉讚展」中，結果以〈台灣風景〉這項作品受獎。這時，他已將十二年前向東洋協會支借的款項歸還結清，於是於年底束裝返台。

莊嚴法相

再度回到故鄉的黃土水先生，正是創造力達於顛峰的時期。幾年當中，他先後完成了艋舺龍山寺的釋迦佛像，和以水牛為題材的〈歸途〉、〈水牛群像〉等代表作。

為艋舺龍山寺所作的釋迦佛像，無異是他一生中，風格最特殊的力作。過去他在學院中習得的，以及「帝展」時期所感染的技法和藝術觀，都是為展示會場或富豪的客廳的空間而創作。如今他必須在堂皇而宗教氣氛濃郁的中國建築空間裡，雕塑一位佛教聖人的莊嚴法相；這確是他一生中創作的空前考驗！

於是他又返回日本去搜集資料，研究中國歷代的佛雕和佛畫。他的抱負是突破眼前傳統佛雕的固有造形，希望在舊有的形式中輸入新時代的血液。

當釋迦佛的形象被塑造出來後，他以上等的櫻木來雕製佛像。黃土水捨棄了傳統渾圓距坐的姿勢，改以肅穆靜立的頎長姿態，來表現佛祖的無限慈悲和莊嚴。雕像完成後，他更僅只依靠線描飾以金紋，不上任何彩漆；保留了木料樸素的色澤和紋理，使佛像更顯得玄雅遠樸。

黃土水的這件嘔心瀝血的鉅作，卻不幸在二次大戰末期，因為盟機的轟炸，和龍山寺一起焚燬！後來龍山寺在戰後重建，寺廟本身雖然較從前更為壯麗堂皇；然而百年難見的佳作，在兵火的浩劫中，永遠消失，成為台灣新藝術中一項至為重大的損失。

前台大醫院院長魏火曜先生家中，至今尚保存著此尊佛像的石膏原模，斑駁的外觀上仍然可以依稀窺見當年原作的氣象。今天，不論是研究黃土水藝術創作，或是探索台灣雕刻的歷史，這件石膏模型都是不容忽視的重要史料。

大地的安息曲

一九二八年，黃土水先生已走到了他短暫一生中的最後階段。在這最後的兩年時間裡，他幾乎貫注全力於系列的水牛連作。

也許由於多年來過度深陷於西歐學院派的藝術格局，當猛然驚覺之際，本能的反應使他急於尋回真正屬於自己的文化和藝術的本源。他彷彿在跟蹤水牛踩踏過的足跡，焦急地去追尋觸摸那屬於大地的親情。

除了為幾位訂戶製作雕像以謀取生活費用之外，他將全部的時間投注於一面九尺高，十八尺長的巨幅浮雕的製作之上。似乎有意地想把多年來對水牛的探索，作一個總結。他讓十二年前〈山童吹笛〉的形象，又重新出現，把五隻姿態相若，不同造形的水牛，在構圖中串聯起來，組成了〈水牛群像〉中的一股浪漫的鄉土情調。

此時他手持雕刀，使勁刻出線條之際，應有著落鋤於家園泥土中的快樂；這過程中萌生的情感，更會是無比的結實而溫厚的吧！

〈水牛群像〉在他生命中的最後一年完成。早年在貧苦環境中的奮鬥，再加上十二年來藝術創作裡付出的巨大辛勞和身心的消耗，深深地毀壞了他的健康。但是他依然忙碌地工作著。當

〈水牛群像〉被送往日本翻銅，再運回的時候，已接近一九三〇年的年底了。在黃土水還來不及處理這項作品，就於十二月十六日因併發症腹膜炎而入院；輾轉病榻一週，一代巨匠，台灣新雕刻藝術的先驅黃土水終於永遠地安息了。享年僅三十六歲！

藝術史中的彗星

距離一九八一年的今天，黃土水先生恰好離開我們足足半個世紀。他的出現和消失，是那麼短暫而突然。他工作了十二個年頭，在台灣本土裡完成了八十餘件作品，遺留給我們一筆龐大、豐富而極富啟蒙意義的藝術遺產。

半個世紀以來，在我們這塊土地上，也曾雲湧起許多次藝術思潮的運動，出現過無數藝術家和藝術作品。所有這些人物和活動，構築了一幕又一幕奮力追求民族美術的繁複風景，在歷史的巨大畫布中，刻劃出無數亮麗的軌跡。

當我們尋溯這些軌跡而深自反省，會驚訝於前輩藝術家們的才華和努力，也會讚嘆於他們作品的盛碩和繁榮，使我們民族內在和外在的生命，變得更其豐盈和充實。

月換星移，黃土水先生的名字，似乎一度隨著時間的消逝而逐漸為人淡忘。但是當我們重新回顧他的作品，當我們真正肅敬地佇立在中山堂的〈水牛群像〉前，在闇淡的光彩中，黃土水的水牛，在這荒蕪的工業化時代中，逐漸變得巨大、矯健，使我們對這以畢生的精力和生命捕捉了逐漸消失的鄉土，台灣的偉大藝術家，滿懷著崇敬和感謝之情！

初刊一九八一年三月《立達杏苑》第二卷第一期，署名竺斯辨

1　本篇初刊《立達杏苑》，隨文附《雄獅美術》雜誌提供的黃土水相關肖像和雕刻創作。

國家圖書館出版品預行編目（CIP）資料

陳映真全集／陳映真作. -- 初版. -- 臺北市：
人間, 2017.11
23冊；14.8 ×21 公分

ISBN 978-986-95141-3-2（全套：精裝）

848.6　　106017100

陳映真全集（卷四）

THE COMPLETE WRITINGS OF CHEN YINGZHEN (VOLUME 4)

作者　陳映真
全集策畫　亞際書院・亞太／文化研究室
策畫主持人　陳光興、林麗雲
執行主編　宋玉雯
執行編輯　陳筱茵
小說校訂　張立本
版型設計　黃瑪琍
內頁排版　顏麟驊
印刷　中原造像股份有限公司

出版者　人間出版社
發行人　呂正惠
社長　陳麗娜
總編輯　林一明
地址　108台北市萬華區長泰街五十九巷七號
電話　886-2-2337-0566
傳真　886-2-2337-7447
郵政劃撥　11746473・人間出版社
電郵　renjianpublic@gmail.com

初版一刷　二〇一七年十一月
定價　一萬二千元（全套不分售）
ISBN　978-986-95141-3-2